清代少數民族
文學家族詩集叢刊
第二輯
多洛肯 主編

丁澎文學家族詩集

【清】丁　澎　等撰

多洛肯　點校

下

上海古籍出版社

扶荔詞

(清)丁 澎 撰

扶荔詞集序

往壬午歲，飛濤丁子舉於南，余舉於北。當時即聞丁子負雋才，名噪海內。及乙未，丁子成進士，官儀部，又得讀其詩，組織三唐，颯颯乎大雅之音。上追高、岑，下亦不失爲錢、劉。乃知丁子風雅正宗，弁冕詞場，有由然也。數思與之把臂揚扢，一盡其蘊。無何，丁子有塞外之行，謀面不果，心儀而神企之者，十餘年於玆矣。比聞入關，余亦歸里。今年過恒山，晤余田間，執手相勞苦，見其人雅度沖襟，澹然自遠，宜其吐詞抒采，春容溫粹，婉約而多風也。從之索新篇，則又知方肆力於詞學，撰著盈帙，出以示余。流覽再四，駸駸乎踞南唐北宋之室。猗歟盛哉！益歎丁子之才如萬斛之舟，而又服其道氣湛深，有大過人者，不獨爲詞人之雄也。昔人窮愁著書，如三閭之騷，龍門之史，皆以勞落崎嶔之感，發爲奇崛幽眇之辭，然傷於憤矣。丁子處憂患，窮關塞，身歷嶮巇，備極艱瘁。憂能傷人，意其侘傺無聊，當何如者？而其氣愈益和，神愈益王，所著日益富，亦日益工。酒酣耳熱，談藝文，娓娓忘倦，不及世事。觀集中之詞，流麗雋永，一往情深，所謂"言近指遠，語有盡而意無窮"者，令人諷詠之餘，穆然以思，式歌且舞。至其寫閨房之委曲，摹旅況之蕭森，暢敘樽罍，流連贈答，事存乎閭巷婦子之微，而情繫乎君臣友朋之大。寄寓闊而託興婉，抑何其樂而不淫，怨而不怒耶！是丁子風雅之一變，而不失古人溫厚和平之旨。非深於道者，烏足以語此？觀丁子之所遭如彼，其所造如此，較昔之窮愁所著，抑又遠矣。余固陋失學，坐井窺管，何足以盡之？聊綴數言簡末，使海內讀斯集者，知丁子以詞名家，而又不徒以詞見長，則庶幾乎。

康熙戊申冬日，年弟梁清標序

序

　　夫辭賦之作，體有雅怨，聲有愉苦，此情之正者也。然有從雅而得怨，從愉而得苦者，此時之變者也。夫時變矣，而情或與之偕移，則必有噍庎之音與幼眇之響，或亢或墜，或浮或沉，此雖情之變，亦變之正者也。藥園丁子，天下才也，自其少時，言語妙天下。往在長安官禮曹，與余等論詩，其聲崇竑清越，如金鐘大鏞，此之謂夏聲矣。居無何，有忠州之貶，走遼海，望長白山，其聲激昂悽愴，流連蘇李，此一變矣。既入玉關，復仰瞻宮闕，與故交夙契重結縞帶，置酒相勞，歡若平生，輒發而爲小詞，如屯田、淮海，纏綿婉側，清綺柔澹，此又一變矣。或曰：是誠麗矣，美矣！將毋失之弱，傷於靡？余曰：不然，《國風》好色而不淫，《小雅》怨誹而不亂，豈曰非情之變，變而正者乎？淵明閒情，每反覆於《五願》；平子道術，或鬱陶乎《四愁》。託美人於君王，比瑯玕爲君子，又焉知不以怨爲雅，以苦爲愉，以變爲正者乎？夫丁子，天下才也，忠君愛國之誠，與夫慕友悅群之概，其爲纏綿婉惻，清綺柔澹，實有不能自已者。一旦天子思賈生，對宣室，出入承明著作之廷，向之所稱金鐘大鏞，鏗然自在，又何疑其爲變之不倫也哉。

　　　　康熙辛亥九月年家同學弟沈荃頓首題

扶荔詞記

　　康熙庚戌春,余讀書于蕪城道院,評閲丁藥園儀部《扶荔詞》三卷,曰:美哉斯詞,庶不愧扶荔之名乎。夫扶荔,漢武之宫也,在上林苑中。漢武既破南越,起扶荔宫,以植所得之奇草異木。宫中有甘蕉十二本,留求子十本,桂百本,蜜香、指甲花百本,龍眼、荔枝、檳榔、橄欖、千歲子、甘橘皆百餘本。是宫中所植不獨一種,而宫名扶荔,豈非以荔枝又獨異於群芳乎?夫百物皆足用也,而必以希者爲貴,是以熊膚、膾鯉,切如蟬翼,未嘗不美。而進以山海珠翠之鮓,則遣芳不更射越乎?纖綺、文羅,飄若雲烟,未嘗不適,而進以蜀吴鸞鴻之章,則流光不更馳耀乎?故讀儀部《瑣窗寒・東風》詞"入柳非烟,弄花無影,斷腸何處",《聲聲慢・秋夜》詞"撇得我恁憔悴,自己鏡中難識,倚着枕,把淚兒揾住怎得",《柳初新》詞"最惜纖腰如楚,恐難禁、灞橋人去。及早和他同倚,怕銷魂、夕陽飛絮",《爪茉莉・閨怨》詞"含糊過,翻恨成悲,細看去,都是淚被風吹。直向海天雲底也,知到他那裏",《眉嫵・憶舊》詞"心頭念着、小字千迴,忍將伊咒",《品令・幽懷》詞"九十春光,添做百分憔悴。不如除却,今番慢把、相思再理",《鳳銜杯・舊恨》詞"將抆淚雙綃,斷腸一紙,交伊看。怎推得、無人見",《臨江仙・春睡》詞"柳慵花醉唤不起,鵜鴂啼。畫梁殘,日依依,怪他燕子故雙棲。湘鈎暗下,賺得個撲簾飛"。是愈出愈妍,後人駕前人之上。真可謂山間明月,鳳管秋聲,凄楚迴環,傷情欲盡。其視《花間》、《草堂》唐宋諸詞人,不啻奴盧橘而婢黄柑,輿蒲萄而隸荅遝。此武皇宮中草木不止一本，而必以扶荔爲名，無惑乎天寶妃子，獨愛紅塵一騎也。以此詞授雙鬟，執紅牙板，倚雕欄，作曼聲。命余定其品格，其殆骨細肌柔，恰似當年十八娘乎。

廣陵宗元鼎梅岑氏撰

扶荔詞卷一

小令

十六字令　閨夜

秋月悄，玉箏和淚彈。梧桐夜，花影上釵寒。

梁蒼嚴曰："言短意長，徘徊無限。"

宋旣庭曰："與周淸眞同一詠月耳。周云'移過枕函邊'，是閨中睡醒時情景；'花影上釵寒'，是閨中夜坐時情景。各極其妙。"

花裏　本意

新譜自度曲。

自注云：新譜者，藥園之所定也。有自度曲，有犯曲，有翻曲。自度曲者，取唐宋以來諸家詞，依聲按律，自成一調，或因原調而益損之，如減字、攤破、偸聲、捉拍皆可歌者是也。犯曲者，節兩調，或數調之音，而叶之於宮商以合一調，如"江月晃重山"、"江城梅花引"之類是也。翻曲者，一調之韻，適可平仄互換，如"憶王孫"之爲"漁家傲"，"卜算子"之爲"巫山一段雲"是也。要皆前人所有，不自我倡，雖云好事，非同妄作。後之學者，庶無譏焉？

早起。爲惜嫩紅花裏。小蕊未曾開。怕蜂來。

王西樵曰："似孟珠子夜，含情蘊意，殊有小致。"

摘得新　幽思

湘女琴。弦弦一片心。却被風吹去，在花陰。思君多少花間淚，看羅衾。

龔芝麓曰："花間絕調，與草堂迥別。"

宗梅岑曰："與先生'十六字令'閨怨詞俱寫出秋夜庭院光景如畫，令人如見琴心吹落花陰時。"

搗練子　春情

情脈脈，淚瀸瀸。半臂春寒晚更添。燕子自來春自去，梨花飛盡不開簾。

張祖望曰："二作逶迤，瀝思心若涵烟，絕似涼藹漂座清香盪琴之際。"

又

瑤瑟冷，玉釵橫。悄立燈窗倚袖紅。不敢薰衣燃麝腦，恐妨花氣入簾籠。

范默庵曰："丰穠蒨麗，獨饒幽致，遂兼秦七黃九之勝。"

望江南　白門漫興

停橈處，桐樹石橋灣。淡淡鴉藏烟柳外，田田魚戲露荷間。一抹蔣陵山。

曹顧庵曰："十首寫白門諸景，較香山'瞿塘竹枝'，夢得'清江柳枝'更自聲咽。"

> 毛稚黃曰:"用齊梁樂府入江南小調,景色幽豔,應爾渾合。"

又

閒遊冶,最是豔陽時。烏巷諸郎蘭槳筏,青溪小妹竹燈祠。隊隊使人疑。

> 尤悔庵曰:"每詠烏巷諸郎等句,六朝風景宛然在目。"

又

秦淮夜,到處畫船燈。鸚鵡十千浮碧葉,蟾蜍三五掛紅箏。人影在銀屏。

> 吳梅村曰:"此秦淮真境,今成往事矣。祠部多情,能無杜牧冰嬉之感耶。"

又

白楊渡,枝上有提壺。宋苑梧桐梁苑雨,冶城秋月石城烏。往事且模糊。

> 宋荔裳曰:"'冶城秋月石城烏',是秦柳極佳處。"

又

尋舊院,幽草玉階生。燕子多情窺屈戌,梨花無夢逐長庚。空憶落釵聲。

> 宗梅岑曰:"僕曾題金陵長板橋絕句,云:'湘蘭妓館何須問,結綺臨春草木凋'對此復悽然憶舊。'屈戌'、'長庚'天然巧對。"

又

奈何許,生小在長干。竹籙巷邊同妾住,蚵蚾磯上送郎船。無計可留歡。

  沈繹堂曰："落花入領，微風動裾，一片離情，所謂湘纍徒酹意塞不能自持者。"

又

横塘去，紅杏驛邊亭。估客長鬚牽馬渡，吳儂細語隔船聽。那不動鄉情。

又

南朝樹，小雨望中疏。長笛如聞桓子野，青山不見謝夷吾。隨意酒家胡。

  何蘐音曰："未免有情，誰能堪此？"

又

狹斜路，薄倖莫留名。官妓數來今寇白，伊州唱出小秦青。老去尚多情。

  嚴顥亭曰："如遇李龜年晚寓江南，又如與開元白髮宮人對語，较工部'黃四娘家花滿溪'，更深一致。"

又

歸去也，風送下江潮。月掛青林開士苑，烏啼皂莢內人橋。何處更吹簫。

  余澹心曰："鳳皇臺上明月涼，燕子磯頭秋水長。得此頓生冷豔。"

憶王孫　送春

送春歸去杏花殘。妝鏡慵開半彈鬟。斜月朦朧骨玉欄。被兒單。只耐東風一夜寒。

尤悔庵曰："天然妙語句,可比'小樓昨夜又東風'。"

遐方怨　本意

紅酥減,粉雲殘。試揣裙襴,鏡聽無憑相見難。朝朝空抱紫珍看。夢魂何處住,在蕭關。

陳其年曰："試揣裙襴,正藥園所謂却是何事瘦也。"
唐朗思曰："纖情忍思,薄落容儀,真有人不見心自知之妙。"

甘州子　溪邊

金沙灘上落楓初。蘆葉岸,一牀書。輕帆林外夕陽疏。烟水半含糊。垂釣久、端只為鱸魚。

關六鈐曰："明爽多姿,意境俱新逸。"

春　睡

晝長人夢小紅樓。橫毦枕,壓春愁。綠窗花影裊烟柔。乳燕墜香簹。貪睡穩、忘却下簾鈎。

計子山曰："一幅美人春睡圖。"
鄔石友曰："讀此詞知綺窗人在東風裏,并稱絕調。"

如夢令　閨詞

悄過碧欄干外。風動花間裙帶。纖手被郎牽,不管燕窺鶯睬。無奈。無奈。儘着教他憐愛。

王西樵曰："'無奈'二句，真個生受却令不得不輕憐漫惜，與李後主'教人恣意憐'并妙。"

張天士曰："來脫薄妝，去留餘膩，讀此詞令人消魂。"

又

指冷玉猊香細。枕上半拋殘髻。密約已多時，人立小屏空翠。牢記。牢記。只待梧桐月墜。

顧見山曰："嬌冶絶群，始知明璣爲誓，琅玕相要，多此一番托意。"

天仙子　爲許師六題像

子房狀貌如好女。玉骨玲玲欲仙去。他年應傍赤松遊，香一炷。丹一黍。長興白雲同處住。

白仲調曰："是長康寫生手，令高陽生炯炯欲出。"

歸自謡　詠枕

橫角枕。鴛繡并頭交濯錦。髲脂和淚香雲浸。　　分開蓮葉成孤寢。今宵怎。合歡好夢須憑您。

王大愚曰："神似清照。"

鄒程村曰："'怎'、'您'二字，押得穩妙。"

望江怨　清明

羲輪促。山鬼秋墳泣修竹。新烟移古木。鴟夷長伴劉伶宿。反乎復。昨歲冶遊人，北邙春夜獨。

李湘北曰："絕似張籍、王建樂府中語，'鷗夷'句未經人道，至北邙春夜聞者，幾爲骨悚。"

西溪子 本意

茅屋溪頭霜早。占得清光多少。小橋邊，楓一樹，鷗一渚。與汝平分秋雨。黃葉可前村。問漁人。

周櫟園曰："意態高縱，可字疏秀，唐人'明月可中庭'，不妨并妙。"

長相思 本意

花陰陰。月陰陰。花月無情似有心。此心何處尋。　朝雲深。暮雲深。暮暮朝朝直到今。於今卻怎禁。

俞夢符曰："雋語耐思，情之所至，語語苦淚，雖承夜膏蘭，焉能自解。"

採　花

郎採花。妾採花。郎指階前姊妹花。道儂強是他。　紅薇花。白薇花。一樹開來兩樣花。勸郎莫似他。

王阮亭曰："只道花枝好，此郎何太輕薄，道儂強似花，此郎何其溫厚，擇郎當擇溫厚者。裏許原來別有人，出語何太尖穎。'一樹開來兩樣花'，出語何等柔婉，合歡須合柔婉者。"

烏夜啼 懷舊

畫欄曾繫蘭橈。正春宵。公子朱門何處、芰荷橋。　瑤瑟斷，銀燭冷，暗魂消。記得屏前紅袖、一相招。

黃雲孫曰："真是亭亭似月,嬝娩如春之想。"

醉太平　爲嚴補闕題古秋堂

芙蓉作樓。鸂鶒作洲。主人有酒宜秋。插黃花滿頭。　蕁湖一舟。桐江一裘。山中猿鶴相留。道先生且休。

曹顧庵曰："短章妙有頓挫,其情深招隱乃見,西泠諸公交情真摯處。"

減字鷓鴣天　妝閣梅

新譜自度曲,一名"妝閣梅"。

妝閣梅。隨風吹送入君懷。玉肌香膩,傍人莫暗猜。　卜重諧。輕梢小朵厭橫釵。數來顛倒,成雙笑幾迴。

顧修遠曰："嫡派南唐,花間却步,顧夐、牛嶠,遜此纖穠。"

長命女　春閨

春如海。衰桃斜映西窗外。弄影人無奈。髻裛金蟲暗墜,衫鎖珠蕤未解。綠遍宜男愁不採。蝶繞湘裙帶。

梁蒼巖曰："雅調似少游,然巫媚姱麗,更饒神韻。"

生查子　秋夕

山客殊未眠,靜倚秋亭暮。蟋蟀入牀頭,池照移庭樹。　捲幔註逍遙,石鼎烟初炷。玉露剪桐華,化作空階雨。

張祖望曰："白露沿松,明月生漢,自有遐想。"

顧梁汾曰："寫得疏澹，正是善於設色處。"

江　　上

繫艇白楊橋，門對春江淥。江雁解人憐，隊隊沙頭浴。　　妾住在蕭灘，郎渡潯江曲。願作江上雲。來去同歡宿。

秦留仙曰："江雲來去，最難爲情，幽思至此，可謂楚水吊烟，杜蘅墊涕者矣。"

寫　　情

幾日別君時，一夜添消瘦。無日不思君，試問君曾否。　　昨日得君書，今日開緘又。明日幾回尋，何日能抛手。

查伊璜曰："連用數'日'字，抒寫癡情如見，其意不著一字，通首作一句讀，方見其妙。"

昭君怨　本意

玉輦春雲夢斷。翠幕紅酥香暖。莫更弄琵琶。有胡笳。　　薄鬢紫貂斜軃。眉染冰綃愁鎖。何物似宮中。一聲鴻。

梁蒼巖曰："詠明妃詞翻新欲奇，幾無措筆，僕最愛祠部二絶句云：'琵琶聲斷月光寒，舊著宮衣淚未乾。正妾此時容貌換，君王須展畫圖看。　憶昔長門望玉鑾，秋風淅淅動齊紈。穹廬滿地皆霜雪，不及西宮一夜寒。'可與此詞并峙。"

酒泉子　風情

暮閣簾垂。生憎郎如明月，透羅幃。穿花徑，少人知。　　妾身還似綠楊枝。不禁梁上燕，賺王孫，因風轉，怕歸遲。

彭退庵曰："渾雅婉雋,歐陽、皇甫不得擅美花間。"

吳藺次曰："韋莊'除卻天邊月,沒人知',此云'生憎郎如明月',更奇。"

醉公子　寄情

香囊盤繡鳳。是妾兒時弄。此物何足珍。憐他繫妾身。　紅綿裝在裏。扣上同心縷。一縷一相思。數來千萬絲。

趙雍客曰："天孫雲錦,遜其精巧。"

點絳唇　冬詞

未是春來,枕屏不耐梅花瘦。早妝纔就。日影移鴛甃。　眉際螺芬,臉際檀霞透。開雙袖。問郎寒否。試納郎纖手。

尤悔庵曰："僕作《子夜冬詞》云:'博山薄不陳,以妾爲暖手。沉水薄不熏,香在儂懷取。'欲與藥園此詞對證。"

宗梅岑曰："'問郎寒否。試納郎纖手。'讀藥園詞閨中不可無此情眤;'踏青回露濕,怕春寒,倩郎温熱。'讀升庵詞閨中不可無此嬌憨。"

浣溪沙　春詞

十五纖腰學柳輕。東風無那惹流鶯。渡江蘭檝自相迎。　紅豆不將投薄倖,青鸞原只寄多情。碧桃花下坐調笙。

紀子湘曰："芳踰散麝,色茂開蓮,筆墨之間,都是瑤草。"

又

買斷春風榆莢錢。抛殘紅日柳絲鞭。王孫歸去劇堪憐。　鸚鵲窺翻雙陸局。珊瑚擘亂十三弦。晝長無事不教眠。

> 杜茶村曰："只言無聊光景所思，意在言外，不異詩人溫厚之旨。"

又

疊疊巫山不是高。茫茫鄂渚未云遙。難捱惟有可憐宵。　兩意半含如豆蔻，寸心千轉是芭蕉。東風不管倩魂消。

> 郭影霞曰："從太白巫山高得來。"
> 方棲岡曰："一字一珠。"

又

紫陌珠鞦挽碧絲。鶗鴂啼上海棠枝。香勻爭踏豔陽時。　樓上紅箏翻鷓子，鬢邊金勝鬧鵝兒。惱人忙處擲相思。

> 王阮亭曰："藻思巧妙，如晴霞結綺。祠部嘗有如意曲三十首，予摘其尤豔者，如'蓮栽鄂渚皆成偶，玉種藍田合自雙'，'芳心慣惹東君恨，春思須防阿母疑'，'檻外芳叢開蟋蟀，梧梢清露洗蟾蜍'，'對列鴛央秦氏女，孤飛孔雀仲卿妻'，'腸結千絲同雪藕，酸含一味似青梅'，'憑將精衛填愁海，肯向巫山作斷雲'，'晴裏虹垂知假雨，蜜中蜂斷是空房'，'菡萏獨開迎妾渡，靡蕪不採望夫山'，'離恨三分添頰暈，春情一段上眉頭'，'芙蓉并蒂時臨鏡，蝴蝶雙飛不捲簾'，'自君出矣交河北，有所思兮大海南'，'豆蔻含情應結子，菖蒲難見是開花'等句，鷙才絕豔，異調同工，西崑、玉溪何足儗其芳澤耶。"

中興樂　山中簡陸景宣

昏鴉小雨落楓時。山中岑寂如斯。惟遲君來，晤言消之。茅檐月出橫溪。雅相宜。牀頭斗酒，兼之鹿乳，蕨菜初肥。

> 馬觀揚曰："雋永幽澹，絕似晉人短牘中佳致。"

眉萼　憶舊

新譜翻曲，"中興樂"用仄韻。

綠窗人靜榴花瘦。眉萼翠香依舊。記得堂前，簸錢羞走。不合當時迤逗。愁時候。心頭念着，小字千迴，忍將伊咒。

吳長庚曰："柳耆卿'算伊心裏，却冤人薄倖'，不若藥園'忍將伊咒'，倍是情深。"

訴衷情　春游，和仲殊韻

誰家綺閣傍芳洲。淥水繞門流。羅衣暗香微度，歸到小紅樓。　金鈿落，翠鬟浮。折花游。一回含笑。半晌沉吟，幾步回頭。

嵇淑子曰："天然風韻，紅草交生，碧樹四合，乃有此致。"

採桑子　本意

提籠陌上逢游冶，郎佩香藍。妾帶宜男。兩種芳心各自諳。　佯羞却步嬌無語，心似春蠶。淚在青衫。欲說相思一半含。

袁籜庵曰："描寫情態如蘭深蕙弱，不可索解。"
徐武令曰："'各自諳'三字，妙有貞性。"

卜算子　春恨，和淮海韻

曉起乍開簾，滿眼梨花瘦。惱却流鶯不住啼，明日還來否。

啼罷莫頻來，樓上雙垂手。頰襯桃花不耐紅，暈薄非關酒。

葉訒庵曰："'暈薄非關酒'，豈早被東風吹醉耶？'不耐紅'，更自含情無限。"

減字木蘭花　旅興

百花洲裏。盈盈小閣春如許。何必烟霞。風弄庭前枳殼花。　夢來無緒。料應多是清明雨。莫道天涯。門對當壚第二家。

馮訥生曰："雅淡却似瑤瑟初開，露彩泛灎。"

鏡　　裏

蟬鬆未折。輕彈紅絮飄香雪。妬殺真真。畫上添他雙玉人。　眼波斜送。顛倒眉心粘翠鳳。笑喚卿卿。一筆描來兩處情。

徐敬庵曰："庾子山詠鏡詩影照兩邊人，全從此句蛻化而出。"

宗梅岑曰："將'真真'用在鏡裏，可稱神巧。僕嘗有《詠垂絲海棠》詩：'枝間小小同心結，雨後真真軟障圖。'對此不覺遜色。"

菩薩蠻　迴文

錦鴛文印檀霞枕。枕霞檀印文鴛錦。蛾黛蹙愁多。多愁蹙黛蛾。　院深喧語燕。燕語喧深院。長若杜蘭香。香蘭杜若長。

范默庵曰："中州迴文'菩薩蠻'，極推黃華玉、孟宗獻，要皆趨步蘇庭，不如藥園自闢戶牖。"

宋荔裳曰："迴文難在自然無牽強湊合之跡，而創句翻奇，別出一意，乃稱妙手,此真絕倫之作。"

又

緑鬟烟挽斜勾玉。玉勾斜挽烟鬟緑。郎贈口脂香。香脂口贈郎。影鶯交彩映。映彩交鶯影。傍鏡笑成雙。雙成笑鏡傍。

> 尤悔庵曰:"《柏梁詩》'嚙妃女唇甘如飴',俚褻少致,不若藥園'香脂口贈郎',令人消魂欲盡。"

又

渌波春罨横塘曲。曲塘横罨春波渌。眉似柳家兒。兒家柳似眉。小星花榭繞。繞榭花星小。彈指玉燈殘。殘燈玉指彈。

> 宋既庭曰:"嚦嚦如小燕呢喃。"

又

草芳閒院春啼鳥。鳥啼春院閒芳草。情薄怨來生。生來怨薄情。蝶間花笑妾。妾笑花間蝶。遮莫妾如花。花如妾莫遮。

> 紀伯紫曰:"落花點草,處處含媚。"
> 張禹供曰:"無限癡情。"

又

數重花幔穿金縷。縷金穿幔花重數。愁處是高樓。樓高是處愁。鳳釵横壓夢。夢壓横釵鳳。通夢兩心同。同心兩夢通。

> 顧茂倫曰:"樓高是處愁,不減月明人倚樓之句。"

又

舊如相識當壚酒。酒壚當識相如舊。卿是可人情。情人可是卿。　　扇低翻見面。面見翻低扇。人覷却迴身。身迴却覷人。

顧且庵曰："迴句須兩意，又俱自然乃妙，惟藥園能得三昧。"
王丹麓曰："妖冶之極，令人魂蕩。"

<h2 style="text-align:center">又</h2>

下簾低喚郎知也。也知郎喚低簾下。來到莫疑猜。猜疑莫到
來。　　道儂隨處好。好處隨儂道。書寄待何如。如何待寄書。

彭羨門曰："宛轉閣生，淺處自佳。"

<h2 style="text-align:center">又</h2>

女牆東映紅蘭渚。渚蘭紅映東牆女。迷路小窗西。西窗小路
迷。　　錯來行又却。却又行來錯。真箇恁情親。親情恁箇真。

嚴顥亭曰："眉黛口朱，寫來都是牆東好女窺臣三年，飛濤其宋玉後身耶。"
王西樵曰："'菩薩蠻'迴文有二體，有首尾迴環者，如丘瓊《山秋思》、湯臨川《織錦》是也；有逐句轉換者，如蘇子瞻《閨思》、王元美《別思》是也。然逐句難於通首。讀藥園八作，自然中風致入情，當駕東坡、弇州而上。"

更漏促紅窗

新譜犯曲，上三句"更漏子"，下二句"紅窗睡"，後段同。

<h2 style="text-align:center">本　意</h2>

雁聲頻，霜華墜。悄過畫屏愁倚。梧桐滴盡虬壺水。添枕函清
淚。　　初鬆髻，方成寐。誰把夢兒驚起。芭蕉送雨，到暗燈窗裏。

彭襄五曰："如夜來秋氣入銀屏，堪寫此中蕭瑟。"

諸虎男曰："海水長門，暗風吹雨，同一淒感，祠部合鍊成詞，能不令宮閨掩泣耶。"

怨桃花　春閨

新譜犯曲，上二句"怨三三"，下句"桃花水"，後段同。

雕梁彩燕晼窗紗。人似盧家。眉拭翠臉勻，霞時樣、不爭差。　起看簾日初斜。睡未足、痕生鬢鴉。劉郎歸夢殢天涯，怨桃花。

毛稚黃曰："不淺不深，有夜夜傷心之處。"

清平樂　放艇

青山似沐。深柳含茅屋。帆影樽前隨處綠。愛傍鷗群同宿。　蒲菰遠映平沙。烟青何處人家。天外幾行歸鳥，村前一帶桃花。

施愚山曰："天然一幅江景，林石巑岏，烟霞繚繞，會心處正不在遠。"

憶秦娥　中秋，和太白韻

冰弦咽。翠蛾人倚瑤臺月。瑤臺月。姮娥應妒，個儂無別。　疏簾永夜中秋節。碧雲如海青鸞絕。青鸞絕。人間自有，玉樓瓊闕。

張螺浮曰："人間天上團成一片，真不減謫仙豪放處，結句更覺姿情高亮。"

秋　　夜

人如昨。黃昏望斷西樓約。西樓約。如何把夢，也教閒却。　梧桐月浸羅幃薄。飛蟲又撲燈花落。燈花落。恁般清冷。怎生挨着。

張用霖曰："少遊有'驚破一番新夢'之句，飛濤雲把夢也教閒，却更爲雅潔。"

喜遷鶯　春遊

楊花落，換春衣。挾彈洛陽堤。王孫錦韉墜香泥。倡樓不憶歸。　月鈎斜，芳茵軟。醉枕紅笭風暖。滿天花雨送鴟夷。愁殺鷓鴣啼。

楊靖調曰："語極新脆，使人有月泛江花之想。"

畫堂春　答程端伯侍郎

藏名何地可棲遲。鹿門耆舊人稀。空山古木禿鶖啼。天外樵歸。　臥雪先生方起。停雲老子相期。黃花滿地酒千杯。無限鴻飛。

龔芝麓曰："開襟濯水，解帶臨風，直是此詞情致。"

金門歸去　懷張補闕螺浮病假歸禾中

新譜犯曲，上二句"謁金門"，下二句"歸去來"，後段同。

辭金闕。何似茂陵歸切。東山絲竹西山笏。海天還弄明月。　　曾記柳條初折。又是馬蹄霜結。延秋門外花如雪。今年別恁時節。

> 范默庵曰："犯曲非深於宮調者不能協，蘆川四犯'剪梅花'用'解連環'、'醉蓬萊'、'雪獅兒'成一調，當時膾炙，讀藥園新譜，未爲多奇也。"

秋蕊香　當壚，和晏叔原韻

小閣綠陰遮就。每到踏青時候。遊人共約燒香偶。蕭九娘家沽酒。　　當壚未老人依舊。雙纖手。銀瓶淺汲紅珠久。低說儂家只有。

> 曹顧庵曰："'天竺山前蕭九娘'，此僕舊《竹枝詞》也，今爲藥園拈出，詩雲傳芳托嘉對弦歌寄好詞，讀此覺膩粉殘脂尚有生韻。"

> 王西樵曰："末語趣甚，紅槽碧瓮之外，了無一物，堪供客者，豈其然乎。"

武陵春　冬景

老樹壓雲檐溜折，爛葉滿山溪。鳥斷空林晝掩扉。風雪一樵歸。　　沽酒前村梅正落，香霧撲人衣。日暮緣溪獨杖藜。一任野鷗隨。

> 程端伯曰："隱秀。"
> 孫晶如曰："疏爽之氣如秣驥平莎，戲鷗淺瀨。"

閨思和李清照韻

郎去蕭灘十八折，折折在心頭。淚捲西風無了休。吹送楚江流。　　竹格渡前風日好，早晚問歸舟。認得艄娘郎去舟。人不是、幾回愁。

周質庵曰："望遠處正有無限愁思，覺荆雲冠水、隴木嘯烟，尚未情至。"

桃源憶故人　春閨

紅薇紫燕團成隊。正是困人天氣。拋却繡牀閒戲。須趁鸚哥睡。　臉霞雙襯輕紅膩。早被東風吹醉。池上鴛鴦作對。忙過鞦韆背。

吳梅村曰："緣物寄情，正見笑時無比嗔時可憐之態。"
宋荔裳曰："鸚武前頭不敢言，加一'睡'字，寫女郎心事妙絕。"

眼兒媚　開緘

銀鈎和淚折瓊枝。又寄斷腸詞。開緘何物，幾顆紅豆，一裊烏絲。　鴛鴦倒押宜春字。此意費尋思。分明説與，海棠開後，燕子來時。

毛介祉曰："説得蘊藉分明，子夜讀曲來。"

灘破浣溪沙　嬌小

一剪鴉翎半嚲肩。生憎嬌小向人前。曾解東風多少恨，自今年。　愛唱新翻歌尚怯，學梳時樣髻長偏。捉得蜻蜓雙疊翅，背人看。

程眉量曰："荷翻納影，月動吹衣，有此情景。"
張千秋曰："豔筆幽思，寫嬌小盡態。曹子建是詩家妙境，此是詞家妙境。"

渤海道中

獨向狙狹採石芝。霸陵妻子訝歸遲。滄海一裘風雪裏,少人知。　懶到虱嫌嵇叔拙,貧來鬼笑伯龍癡。短鬢怕將愁思織,已成絲。

劉公勔曰:"柔情中別具一副蒼骨,正見雅人品格,後段令人絕倒。"

野祠

鴛瓦霜雕野蔓疏。澹烟黃葉女郎祠。玉貌花鈿秋雨洗,半糢糊。　古案神燈翻墮鼠,短牆瘦樹慣棲烏。客去鐘殘山月白,一僧孤。

陳際叔曰:"唐詩'山水女郎祠',直是此詞注解。"

三字令　閨怨

風雨裏,送殘春。暗消魂。瓊牋杳,寶釵分。燕來時,花落處,怕思君。　愁如絮,夢如雲。正黃昏。金猊炙,玉蟾新。恁良宵,誰更惜,可憐人。

萬東山曰:"作閨怨詞妙在閒雅,不減'澹畫春山不喜添'之句。"

錦堂春　題秦氏書屋

疏雨半窗花影,秋風一枕松聲。焚香獨會參同契,手自訓黃庭。　鷁眼冷依湘竹,烏皮靜罨蓉屏。阮公酒甕陶公菊,偏此最關情。

杜莘庵曰:"寒英始獻涼醴初醇,正堪朗吟此詞。"

雨相思

新譜犯曲，上二句"相思兒令"，下二句"長相思"，後段同。

歌席調劉晉度

翠袖練裙香菀，花底送愁蛾。錦瑟櫻桃相和歌。爭看無奈何。　素手嬌映紅螺。畫屏深、細炙銀鵝。愛盼周郎曲誤多。教儂却怎麼。

嚴杜峰曰："昔人云'素雲留管，玄鶴停絲'，讀此詞自有留停之趣。"

番女八拍

新譜犯曲，上二句"番女怨"，下二句"八拍蠻"，後段同。

本意

黃榆風急海鶩啼。馬頻嘶。蓬婆城外千山雪，錦繖蠻靴夜打圍。　梧桐樹下軋鳴機。念征衣。孤鴻一去無消息，使盡西風喚不歸。

毛稚黃曰："結語風韻悠揚，若入唐人'從軍行'、'塞上曲'，允稱高調，然却是詞家本色，作絕句不得。"

柳梢青　寄怨

紅杏依然。小樓空倚，月斷晴川。不採蘼蕪，打開鸚武，有恨休傳。　惱人偏是雲箋。更說恁、燈前枕邊。不信他家，穢香豔粉，若個堪憐。

曹秋嶽曰："言短情長，所謂'零淚向誰道，雞鳴徒歎息'，同此邑邑。"

尤悔庵曰："穠香豔粉，調笑輕薄，幾欲抹倒一世佳人。若淡掃蛾眉，不教妒殺也。"

河瀆神

峕山旅舍逢何蕤音侍御，兼訊曹顧庵學士。

風雪峕橋遲。山家共倒鸝瓷。袁安高臥已多時。爲子折簡招之。　何如舊日岷陽宅。馬蹄早趁霜熱。滿地昏鴉樹白。煩君敬謝通客。

張公選曰："寥戾野風，芸黃秋草，想見故人握手時。"

滴滴金　春暮

子規不厭啼朝雨。帳綃寒、人如醉。遊絲偏惹墻頭絮。惱得東風住。　憑闌立盡殘紅暮。問春歸、向何處。蝴蝶花叢斑燕乳。可是相思做。

洪畏軒曰："姿情如許，鶯燕同心，不須金薄花釵始見豐美。"

孫無言曰："兩結句造想入微，語極璁俊。"

偷聲木蘭花　怨情

五花麝角青奴冷。星透銅烏蓮羽淨。此際難支。紅淚拋殘十二時。　秦王宮裏青銅鏡。能照妾胸方寸影。安得神針，繡出思君一片心。

沈繹堂曰："一片貞心不得作卓女《白頭吟》妬態。"

陳其年曰："鏡照不如針繡，類義山豔體中刻畫語。"

扶醉待郎歸　本意

新譜犯曲，上三句"醉紅妝"，下二句"阮郎歸"，後段同。

　　斂眉檀暈薄寒侵。紅酥透，力難禁。迷離春思幾沉吟。含羞錯弄琴。　　流螢點點過花陰。吹不度，是郎心。玉人真箇到溫衾。巫山夢未深。

　　胡又弓曰："温飛卿'清夜背燈嬌又醉'形容妙矣，尚不若此詞玉人二語，澹雋可思，何必説至釵橫枕膩時也。"

　　王倩修曰："風姿雅澹，李供奉'笑倚東窗'，差堪并擬。"

少年遊　豆娘子

　　綠綃香捲粉痕輕。花底未分明。薄翠三分，纖腰一縷，占得許多情。　　怯向東風尋舊恨，梨雨夢難成。巧上花鬢，玉人頭上，添取鈿雲青。

　　柯岸初曰："比空同樂府更加新逸。"

燕歸梁　仙姝，和柳耆卿韻

　　石葉烟鬟惹翠深。釵燕凝金。吹簫偷作彩鸞吟。碧桃下，整羅襟。　　瓊樓碧海千年恨，空行雨、到如今。人間多少會知音。偏解得、是琴心。

　　陳學山曰："悲感自深，正得詩人怨而不怒意。"

王印周曰:"是耶非耶,仿佛夷光立宮樹下時也。"

一痕眉碧　湖上行春

新譜犯曲,上二句"一痕沙",下二句"眉峰碧",後段同。

風送畫橋春渌。戲水紫鴛爭逐。柳花落盡短長亭,偏亂惹低鬟綠。　人倚翠樓如玉。忍使嫵眉長蹙。鷓鴣飛上竹枝啼,停樽且盡吳娘曲。

季孚公曰:"寓哀情於促節,正勝歌毛熙震'玉樹後庭花'一闋。"

憶醉鄉　送孫無言歸黃山

新譜犯曲,上三句"憶少年",下三句"醉鄉春",後段同。

鹿門未老,蹉跎雙鬢,歸尋舊里。探囊中,酒瓢存,足了一生惟醉。　蝸角浮名如戲耳。笑裘馬、無如芒履。君行矣,莫停杯,醉鄉即在桃源裏。

史雲次曰:"頹唐放浪,直似稼軒'吳頭楚尾'一詞。"

燕銜花　閨情

新譜自度曲。

吹落燕銜花絮。着意留他住。簾櫳斜入復飛來,凝眸乍,已隨春暗去。　欹枕小眠驚起,沒箇安排處。剔勻殘穗又燈花,郎歸也,正蕭蕭暮雨。

張祖望曰:"周美成'馬滑霜濃,不如休去',飛濤'郎歸也,正蕭蕭暮雨',擅口溫存一般香味。"

尋芳草　本意

嫩碧微烟籠。踏青時、芳菲誰共。繡鞋兒、却被香塵擁。挽不住、王孫夢。　　拾翠幾尋思,笑撚着、合歡閒弄。茜裙飄、撩得薔薇動。零亂了、釵頭鳳。

稽綺園曰:"新看裊裊,如芳草搖曳。"

醉花陰　春暮,和清照韻

簾影沉沉移午晝。迷迭消紅獸。彈淚上花梢,一霎風吹,片片臙脂透。　　困人天氣黃梅候。粉汗沾羅袖。鸞鏡掩重開,試揣紅綿,却是何時瘦。

張蘊生曰:"字字本色,綠錢滿階,紫苔生閣,未是爲賺。"
李大根曰:"如此言情,方勝'寸寸愁腸,盈盈粉淚'之句。"

寒　食

墻角鞦韆紅影度。踏遍新苔露。眉恨寄夭桃,賺燕迷鶯,都做相思樹。　　柳絲烟挽湘簾暮。春悶晴如雨。樓外更飛花,屈戌重重,難鎖東風住。

嚴顥亭曰:"燕裙日閒,趙帶風靡,正是寒食時節,讀此恍在洛陽佳麗、南陌翠柳中。"
陸吳州曰:"韓知制誥以'寒食飛花'一聯見賞於上,倘見此詞,有不道恨不與此人同時耶。賺燕迷鶯,校'寵柳嬌花'倍覺新豔。"

雙調荷葉杯　春閨

繚繞空庭如雨。柳絮。妝閣小簾垂。東風不遣透羅幃。飛摩飛。飛摩飛。　咿軋枝頭不去。杜宇。悶倒小窗西。巫山拚作曉雲歸。啼摩啼。啼摩啼。

> 黃雲孫曰："細細言情，正如'和露曉凝，時嚶初起'。"
> 魯紫漪曰："輕薄楊花，無端杜宇，最是關情。祠部以芳豔之筆寫之，有聲有色，足令金荃失采、玉茗無香矣。"

雨中花　江亭晚集

望裏江城如霧。柳外檐星初吐。婪尾爭傳，紅牙乍拍，飄眇烟深處。　樽前翠袖雙眉嫵。香入鵾弦半度。看野鶩多情，芰荷應笑，客且休歸去。

> 胡天仿曰："瀟灑自適，得蘇陸上乘。"

春　去

此去明年還見。何似離情難遣。紅淚如珠，偷彈多少肯把東風換。　未到三更猶是伴。且待闌干弄晚。奈鳥亂花喧，鞦韆立盡，目送殘陽遠。

> 蔣虎臣曰："一段深情，徙倚如見東皇太一，未免溪刻。"
> 兄文博曰："況年來心懶意怯，羞與鬧蛾兒爭耍，同一悽感。"

浪淘沙　春宮怨

永夜促虯遲。春透罘罳。衍波題就曉寒詞。正值鴛鴦殘月白，偏冷銅墀。　　娥影洗臙脂。此意誰知。隱聞簫鼓乍驚疑。多是平陽初進幸，好夢醒時。

　　梁蒼巖曰："寫得靜穆，王龍標'玉顏不及寒鴉色'，失之太露。"

秋宮怨

　　蟾吐玉階寒。翠袖低翻。每從花裏候龍顏。愛聽君王吹玉笛，倚遍闌干。　　新賜碧瑀環。不道巫山。莫曾私幸尚衣班，生怕守宮痕漸落，幾度偷看。

　　計子山曰："正在羅幃，欲進明燈未前時，使人生怨。是夢是真，寫得恍惚入妙。"

河傳　詠燕

　　雙燕。如剪。乍逢寒食，飛來深院。呢喃小語訴東風，留戀。主人情莫遣。　　雕梁依舊頻頻見。香夢遠。春逐梨花軟。復依檐。又穿簾。慨慨。汝來今更添。

　　鄒程村曰："'河傳'調變句促有警語，則通體可觀，'春逐梨花軟'一語，擅場矣。"

　　許力臣曰："依戀舊家庭館'物似多情''汝來今更添'，又嫌推之不去，寫無可奈何之況，何婉致乃爾，校軟語商量不定，異態同工。"

蕊珠　和愁

　　新譜犯曲，上二句"秋蕊香"，下三句"一斛珠"，後段同。

　　東風慣鎖雙眉結。難掃愁峰千疊。小樓同夢桃花月。私語分明，牢記與伊説。　　花欄景顆藏迷蝶。也羞妾。偷將寫恨紅箋摺。

迸淚和愁，錦字半明滅。

<blockquote>徐野君曰："易安'忍把歸期負'，亦遜此情致。"</blockquote>

月魄　春曉

<blockquote>新譜犯曲，上三句"憶漢月"，下二句"醉落魄"，後段同。</blockquote>

露掩枕屏香翠。寒透合歡雙被。小窗初日晃簾鉤，夢逐東風，慣惹梨花醉。　沉沉春睡足，幾度抬頭慵起。起來閒坐撥爐灰。好鳥枝頭，頻喚梳頭未。

<blockquote>徐荆山曰："温岐卿'寶帳鴛鴦春睡美'，陸放翁'幽夢不成還起'，堪作此調題詞。"</blockquote>

<blockquote>范默庵曰："一聲平一聲仄一聲圓，此樂府中所稱一巾驪珠也。"</blockquote>

南鄉子　閨情

柳色半紅樓。漫捲湘簾不上鉤。故說日長針線懶，羞羞。偷把鴛鴦繡枕頭。　約伴踏青遊。飛絮流鶯倍惹愁。歸去小姑春未諳，啾啾。冷語幽窗笑不休。

<blockquote>王阮亭曰："于韜仲詞之'鴛譜怪來針線減，工夫強半爲梳頭'，此冬詞也；今藥園云云日短日長，俱爲閨中藉口。如此抑詞人故作口業耶。"</blockquote>

春　　晚

睡起倦欹鬟。揑到黃昏淚盡斑。影怯空房燈又落，單單。檐掛春星燕子寒。　心事正闌珊。倚遍東風步轉難。眉暈三分腰一抹，看看。瘦盡梨花春也殘。

<blockquote>宋荔裳曰："花落春殘，燕寒星冷，僕猶不耐，人何以堪？"</blockquote>

查春谷曰:"都是閨中暮春情景,看看二字,比'人似黃花瘦'句更深。"

山鷓鴣　春夜

新譜犯曲,上三句"小重山",下三句"鷓鴣天",後段同。

霧浸梨花冷畫屏。流蘇捲、月透正三更。被郎偷把銀缸滅,將了鴛鴦繡未成。　小語乍惺惺。低垂銀蒜落、悄無聲。貪歡枕上情如醉,多少啼鵑喚不醒。

盧景韓曰:"'驚斷碧窗殘夢,畫屏空',已為豔絕,至銀缸偷滅、枕上啼鵑,尤令人低徊不置。"

虞美人　春恨

斜拋鴛枕春難穩。到處成愁恨。正防燕子下簾鈎。風送一天飛絮、過西樓。　空房心怯衾如水。炙着燈兒睡。炧殘猶未淚痕收。不信東風多少、在眉頭。

郭寅客曰:"於心賞處偏多心,恨'狹邪才女,銅街麗人',古今一轍。"

又

夕香人去金猊冷。翠掩屏山影。合歡一夜滿庭開。蝴蝶不知人恨、却飛來。　片時枕上春勾引。已是消魂盡。夢回留得幾多魂。又被姊歸催去,二三分。

陳其年曰:"'枝上流鶯和淚聞',不如'蝴蝶不知人恨、却飛來',更覺新穎。"

怨　情

池中萍漾池邊柳。相映春光逗。與郎一處誓同生。除是郎為柳絮、妾爲萍。　　萍根本是楊花結。不比閒枝葉。儂拚水面作萍花。只恐郎爲飛絮，又天涯。

　　宗鶴問曰："伊是行雲儂是夢，妙矣。此于郎爲柳絮下更轉一語，只恐飛絮又天涯，覺後來者愈轉愈妙。"

前調第二體　風情

櫻桃夢逐鴛鴦影。密約今宵定。分明待月在花叢。臨時又説病來慵。好朦朧。　　麝脂香沁雲屏透。正值黃昏候。低眉不語暈潮紅。搔頭忘整鬢蟬橫。太匆匆。

　　張祖望曰："朦朧匆匆，寫出一片小膽閨態，若解羅不待勸，就枕更須牽，則流於浮矣。"

醉落魄　新夏

洗妝初曉。綃紅褪、待眉勻掃。銅虬半吐春雲裊。雨壓枇杷，莫恨鵑啼少。　　香泥窄鳳金鈴悄。兔絲偏是裙襴草。越羅倚竹湘娥笑。鬢惹飛香，吹落桐花小。

　　許酉山曰："閨詞落筆生香如握蘭盈把，溫、韋何得專美於前？"

去邸

予歸可矣。十年不索長安米。掉頭滄海成何事。屠狗從遊，閱盡人間世。　　學成一劍胡爲爾。酒酣不倚田蚡勢。裂眦莫救荆卿死。揮手而來，浪跡於今始。

　　范默庵曰："呻吟節拍，聲出金石，昔人謂趙禮部是蘇子美後身，余謂丁祠部是坡老再來，無疑也。"

許彝千曰："有懸崖撒手之勢，如此胸懷，自難羈紲，一肚皮不合時宜。"

踏莎行　村女

淺碧藏鳩，亂紅吹絮。疏疏幾陣催花雨。小橋一帶種桃花，花邊便是兒家住。　　近水湘簾，幾重春霧。鷓鴣聲裏人何處。月明偷出浣溪沙，笑將花影同歸去。

張蓬林曰："坡老最愛少遊'踏莎行'詞，天隱謂其發源于邶風之忐，藥園諸詞，皆風人之香澤也。"

嚴廣成曰："'笑指柔桑'是稼軒致語，讀此尤覺媚妩。"

小重山　舟中九日

昨歲重陽江上時。傾別酒、花發正東籬。今年九日恨花遲。花無恙、携酒欲同誰。　　風雨綠帆欹。滿汀楓葉落、照行杯。醉來或恐夢先歸。茱萸女、留取故園枝。

傅彤臣曰："遣調流麗，全取法蘇玉局《少年遊》一首。"

宋既庭曰："'恐夢先歸'妙甚，不必再'向天公借。別殘紅炧，但夢裏隱隱，有銅車羅帕'。"

惜分釵　春恨

腰如楚。心如絮。懨懨恨不隨風去。最撩人。是殘春。簾外飛花，枕上啼痕。紛。紛。　　眠無緒。醒無據。隔窗小夢和花語。怕黃昏。怯羅裙。聞說相思，入髓迷魂。真。真。

吳菌次曰："'隔窗小夢和花語'，與'春逐梨花軟'、'小樓同夢桃花月'

353

等句，俱可入麗句圖，少遊'雨打梨花'頓爲減價。"

悵　　別

人輕別。愁如結。長亭遥掛青樓月。漫凝眸。付東流。水逐桃花，風送郎舟。悠。悠。　　眉長闘。腰初瘦。黄昏正是愁時候。意難留。恨無休。雨打風箏，淚滴香篝。收。收。

董蒼水曰："長亭月掛，遥映青樓，安得不恨人去臨卬耶？風箏和淚并喻難收，妙甚。"

待　　約

霓裳綽。蟬鬢掠。妝成坐待秦樓約。繡屏前。藥欄邊。纔遣青鸞，又報花牋。連。連。　　蘭缸灼。榴珠錯。露苔香浸蓮勾弱。幾迴旋。漫俄延。月更朦朧，雨復聯綿。扁。扁。

王阮亭曰："此調傳神處全在末二疊字，如祠部春恨之蟬綿，待約之謰俏，驚魂動魄，允爲絶唱。"

扶荔詞卷二

中調

臨江仙　周櫟園僉憲青州署閣小飲

小閣疏簾如畫舫，客來身在滄洲。反騷醉續伴牢愁。先生託烏有，從事却青州。　　膾鯉冰盤桑落酒，爭看顧曲風流。十三車子引箜篌。漫將公莫舞，翻入調歌頭。

龔芝麓曰："選材而出，雲柏繡楣，都非恒覯。"

宗鶴問曰："烏有青州使事雅雋，換頭以下，風韻生動，以一二成語，點染更得化板爲活之妙。"

寄　題施湖西愚樓

昔日愚公曾有谷，竹樓更起洪州。宦遊人盡戀風流。携琴千日酒，種秫百花洲。　　樓外蕭灘樓上月，開簾幾對閒鷗。登斯樓也亂雲浮。有山官舍裏，巢許亦淹留。

宋荔裳曰："六十字可當仲宣登樓一賦。"

李湘北曰："陶弘景'朱門紫閣，不異山中白雲'，登樓數句，愚山真不愧斯語。"

再爲愚山題就亭

亭子臨江江在望,江花江鳥江城春。江花月、幾多情。醉吟真吏隱,不籍浣花名。　雨過千峰如黛洗,凭闌迸出葱青。空濛一片畫難成。就中渾不解,因以命吾亭。

> 嚴顥亭曰:"疊'江'字凡六,愈饒風致,可稱詞中崔顥。"
> 魏子存曰:"意在筆先,彷彿'山径人稀,麋廊山繞'之句。"

前調又一體　春睡

麝歇薰篝金鴨冷,玉牀悶倒和衣。懵騰春夢小窗西。柳慵花醉,喚不起、鷓鴣啼。　亂挽蟬雲眉不掃,畫梁殘日依依。怪他燕子故雙棲。湘鈎暗下,賺得筒、撲簾飛。

> 王西樵曰:"'柳慵花醉'二語,校紫竹'醉柳迷鶯'更自嬌膩。劉巨濟《清平樂》詞莫'把珠簾垂下,妨他雙燕歸來',久已膾炙詞場,不若此詞'湘鈎暗下,賺得筒、撲簾飛',翻新一層尤妙。"
> 陳其年曰:"'懵騰春夢小窗西',正所謂性情兒慢騰騰地。"

一剪梅　春怨

落盡桃花晝掩門。説到傷春。直到殘春。姊歸枝上喚黃昏。只管催人。不管愁人。　杏子輕衫褧露新。多是香痕。半是啼痕。春愁和淚幾消魂。減得三分。纔得平分。

> 王阮亭曰:"香痕啼痕,是一是二,三分平分,誰爲作算博士耶?筒中人定會心不遠。"

爲朱人遠題漢皋解珮圖小影

芙蓉江岸楚天長。雁在衡陽。月在瀟湘。仙源別洞路微茫。誤却漁郎。賺得劉郎。　凌波小襪扣鴛鴦。翠袖生涼。珠佩生香。行雲何計挽霓裳。去也難將。夢也難償。

毛大可曰："桃源豔姿，天台麗質，俱幻作江皋二女後身，措思宛折，詞致繽紛，未更入情語，於遊戲中倍見警策。"

弟素涵曰："抄本'償'作'忘'，意似太露，不若仍從舊本作'償'字雋永可思。不然陽臺冶豔，至今悄恍，如在目前，但未知能償夢者幾何人耶。"

蝶戀花　別意

明日送郎湘水曲。聞到巫山，欲倩香魂逐。薄翠不描青似玉。恐將花豔驚郎目。　郎道巫山如黛簇。十二峰連，爭比雙蛾蹙。一路春山無斷續，朝朝仍戀眉心綠。

王大愚曰："疏落自喜，神似老聱。"

送春

愁裏送春春莫誤。愁共春來，春去愁須去。難道春歸無著處。愁邊便是春歸路。　愁到而今春亦苦。交付愁魔，不管春無主。料得拋愁春不許。明年依舊和他住。

沈繹堂曰："張仲宗'將愁不去將人去'，歐陽永叔'離愁漸遠漸無窮'，俱不若藥園'愁邊便是春歸路'，説得銷魂。"

趙千門曰："離騷之心，南華之趣。"

初夏

嫩綠枝頭鶯睡穩。羞帶宜男，閒却雙蟬鬢。夢逐春歸和淚抆。

薔薇消得東風恨。　　眉鎖斜陽添薄暈。初試冰綃，漸覺香肌褪。胡蝶也知春意盡。花鬚亂落輕黃粉。

> 吳瑤如曰："情思新轉，却字字是初夏，不是送春，幽豔處定非南唐以後人所能望見。"

> 蔣大鴻曰："聲采香澤，無一字不肖花間，不知溫、韋，何論秦、柳。"

望遠行　別王儀、曹阮亭

馬度青門楊柳垂。此去倍堪思。旗亭炙酒喚紅兒。教唱衍波詞。　　鸚武客，舊裁詩。竹西歌吹休遲。東方割肉細君知，芙蓉遠黛照春瓷。回首紅橋渡，灑酒對君時。

> 嚴顥亭曰："玉笛春寒，秋空草碧，讀此益增伊人之想。"

> 彭羨門曰："東方二語，寫得風致裊裊，王郎當此，應無赧色。"

鳳棲仙　紅橋夜玩

新譜犯曲，上四句"鳳樓春"，下二句"臨江仙"，後段同。

芳樹繞紅橋。羅綺香飄。倩誰招。溯金斜颭綠花翹。簾開雲母豔，歌授雪兒嬌。　　趁春宵。倚遍瓊簫。窺人明月，惱人烏鵲，銅壺又滴花梢。揚州曾有夢，可奈是今朝。

> 吳梅村曰："纏綿旖旎，蘇、黃得意之筆。'雪兒'、'雲母'，屬對新巧。"

漁家傲　畫眉鳥

消盡輕黃蛾暈小。一彎石葉啼妝巧。曾被阿環偷見了。傳書早。遠山猶帶霜痕姣。　　莫向昭陽爭窈窕。十眉圖樣分多少。可惜謝娘秋漸老。慵臨照。錯將珠粉和愁掃。

顧見山曰："詠物詞不妨佻巧，却語語是畫眉鳥，絕是黃荃寫生妙筆。"

蘇幕遮　杜鵑

杜鵑花，杜鵑鳥。鳥在花間，血淚和花叫。只説不如歸去好。賺得春歸，花鳥都知道。　枕邊頻，枝上悄。一樣名兒何似雙雙鬧。恨不將花團做鳥。鳥歇花殘，春去多時了。

梁葵石曰："太白句云'蜀國曾聞子規鳥，宣城還見杜鵑花'，已爲此詞造端。至筆情遊戲巧若弄丸，殆東方生、郭舍人之流歟？"

曹顧庵曰："花有并頭，鳥名比翼，此皆天地情緣，得此串合，工巧可謂韓馮合抱，蜀魄重生矣。"

鳳銜杯　舊恨，和柳七韻

屏前私結今生願。憶不了、當初歡怨。正生小俱癡，尋花逐蝶、爭閒玩。只避得、人前眼。　到如今，全不管。恁心情、風兒吹斷。將抆淚冰綃，斷腸一紙交伊看。怎推得，無人見。

嚴顥亭曰："詞樸情至，逼真柳七郎寄語，藥園能無歐陽永叔之疑耶？祠部少時有白燕樓詩百首，流傳吳下，士女爭相採綴，以書衫袖。婺州吳賜如之器有句云'恨無十五雙鬟女，教唱君家白燕樓'，其爲一時傾倒如此。"

醉春風　春情

春到愁如此。伊寄消愁字。道儂無賴惹春思，是。是。是。便不思量，思量則恁，那關卿事。　愁思因春至。春病由伊致。如何只說但傷春，試。試。試。索性都拋却，難分別、兩般情思。

范默庵曰："淮海豔章醉句散落青簾紅袖間，盡入祠部奚囊矣。"

王阮亭曰："真無聊賴將奈之何，予戲爲解之曰，半是傷春半憶郎，未識閣中人肯心折否？"

幽　　期

鈎月光初吐。半籠昏黃霧。只愁芳徑路多迷，赴。赴。赴。記得檐前，鞦韆影裏，倚墻低樹。　　微近香深處。悄悄無人語。鸚哥只管暗呼人，誤。誤。誤。莫便窺窗，恐他姊妹、花陰閒步。

沈方鄴曰："描寫諧戲，似鐘隱倒提金縷鞋之類，但覺其妙處可思耳。"

月上紗窗烏夜啼　冬至

新譜犯曲，上二句"月中行"，中一句"紗窗恨"，下二句"烏夜啼"，後段同。

狨毪香細熨紅潮。初雪上梅梢。斜拋雙剪裁金勝，拭花翹。看取釵頭占出、內家嬌。　　唇珠淺約紅蕤冷，爲誰怯、瘦盡宮腰。繡工一線新添却，恁無聊。從此春愁千縷、倍難消。

王涓來曰："儼然北宋梅溪、白石諸君，謂足儗此。"

孟詞宗曰："用添線事至春愁千縷，愈翻愈奇。"

品令　幽懷

手撚相思子。覷瑣閣、深難寄。知他倦倚，藥欄香裛，蹙殘眉翠。九十春光，添做百分憔悴。　　此情知未。向伊說、從何起。不如除却，今番慢把，相思再理。何處安排，醉裏愁裏夢裏。

汪鮫門曰:"寵柳嬌花,種種惱人天氣,安得不添作十分憔悴耶?六字疊得好。"

錦纏道　訊南郡丘曙戒別駕

浩淼烟波,橘柚南天霜晚。鶴磯邊、輕帆乍捲。一樽風雨秋江岸。楓落猿吟,底是傷遊宦。　暮與客相期,散花洲畔。共目送、幾行歸雁。待庾樓月上胡床。正宜城酒熟,搔首人同玩。

周櫟園曰:"一聲落盡短亭花,無數遊人歸未得,同此深情遠致。"

行香子　離情

纔住香車。忽過平沙。片時間、人遠天涯。今宵好夢。何處尋他。但一更鐘,三更雨,五更鴉。　愁對飛花。怕見殘霞。別離情、付與琵琶。斷魂江上,吹落誰家。正夢兒來,燈兒暈,枕兒斜。

尤悔庵曰:"'一更鐘、三更雨、五更鴉',此屯田所謂'聒得人心欲碎時,跳却二更四更',正見其妙。"

解佩令　江州訊吳松巖令君

城臨小別,無多聽事,近瀟湘、弄雨疏簾靜。束帶公庭,苦相對、督郵清冷。漫爭誇、故人爲令。　行雲賦手善描神女,早吹來、陽臺豔影。瓮發醪清。可釣有、槎頭縮頸。趁烟波、晚樓同凭。

曹澹餘曰:"飄揚輕舉,如高柳鳴蟬,茂林修竹之下,宜聞此聲。"

聲聲令　乍見

誰窺孤館,倩影香融。悄行來,羅帶怯東風。微聞笑語,伴羞整,鳳鈿橫。手撚花枝斷臉紅。　　翠水難逢。愁蛾斂,暗情通。繡簾只合在墻東。香微珮杳,莫匆匆、月初濃。拚今宵、立盡梧桐。

　　李東琪曰："微聞笑語,伴整釵鈿,嬌憨宛然如畫語,寫乍見情景,癡絕韻絕。"

謝池春　懷賈雲谷令英州

仙令滇陽,何似賈生英妙。枕落霞、振衣滄島。一琴一鶴,行橐寧嫌少。任猿啼、隴頭雲眇。　　一行作吏,此事真堪絕倒。漫題詩,桃花爭笑。數聲山鷓,喚起洞天秋曉。望沱江、欲迷歸棹。

　　吳梅村曰："何減蘇、陸。"
　　馮寧生曰："風流可把,令人想見潘河陽。"

連理一枝花　送黃大宗歸淮陰

　　新譜犯曲,上五句"連理枝",下二句"一枝花",後段同。

楓冷西陵棹。帆落烟波小。楚天西望,淮陰舊里,當年垂釣。悵歸去王孫,已歷遍、天涯芳草。　　霜雁迎寒早。畫閣眉重掃。詞客飄零,懷中剩有,哀蟬幽摻。好續冰弦,休辜負、鳳幃人老。

　　汪茗文曰："豐標逸韻,卓爾大雅,填詞至此,尚嫌其作柳七郎語否?"

兩同心　　懷舊，和柳屯田韻

舊苑誰家，有人傾國。垂楚袖、蝶過東墻，挽湘裙、絮飄南陌。最多情、淺蹙雙蛾，暗調行客。　　一捻輕紅花裏，影兒堪惜。拾雲鈿、草露仍香，轉星眸、柳烟空碧。到如今、枕膩脂痕，盡成追憶。

陳其年曰："'影兒堪惜'，令人可憐，香豔乃爾，又何減花影郎中耶。"

梅花三弄　　掬箏

新譜犯曲，上三句"梅花引"，中二句"一剪梅"，下二句"望梅花"，後段同。

背銀燈。促瑤箏。指亂湘弦心暗驚。此意分明。寄與多情。問恨滿、天涯何處，只在離鴻第二聲。　　隴頭流水長城雪。寒猿叫破巫山月。恨也無憑。夢也難成。落盡梅花枕上冰。直恁少松惺。

范默庵曰："哀彈幽美，頗有吳彥高鼓瑟湘靈之歎。宇文叔通云吳學士近以樂府名天下，可往求之。余於藥園亦云。"

江神子　　偶見

誰家孃孃畫屏人。小腰身。怯羅裙。梳得牡丹、新樣一堆雲。畫裏曾逢樓上見，非盼盼，即真真。　　一鉤紅玉踏香塵。月兒痕。瓣兒新。將去裁量、柳葉只三分。翠袖低翻蘭麝遠，迴眸處，好溫存。

宋蓼天曰："'一鉤紅玉'，數語佳絕，從'遊人量印泥'五字脫出。迴眸便說溫存，可稱盼殺。"

隔浦蓮　田居

菰蘆風動萩萩。雲裏藏茆屋。晌夕農事少,羔初炙,酒方漉。乘興尋樵牧。疏林暮。罷釣歸山,鼠弄修竹。　蓬門如許,灌園老叟何物。秋畦半畝,滿眼昏鴉古木。一枕松風,牀下菊知足。山家清景偏獨。

  計甫草曰:"田居風景,疏澹盡致,遠比坡髯近方麋叟。"
  諸俊男曰:"可入劉峻《山棲志》一則。"

解蹀躞　張使君郡齋聽吳山人彈琴

倚石調絲,趁小雨、竹窗清越。蕭蕭葉下,湘波夜瀿沴。為我鼓一再行,分明隻雁,宵吟灞亭愁別。　更情切。低回玉軫,挑燈半明滅。江邊楓落,哀猿抱秋月。莫使調入清商,梅花幾點,吹來鬢爭如雪。

  龔芝麓曰:"筆如秋雨乍飛,冬雪欲灑,淒入肝脾,不堪竟讀。"

傳言玉女　偶贈,和胡浩然韻

豔舞驚鴻,初試霓裳如雪。謝娘眉嫵,愛遠山愁結。旗亭非舊,何意重逢京闕。燈宵待約,踏殘明月。　同是他鄉,對離筵、莫歌歇。青衫暗透,被東風又揭。瑤箏醉倚,舊恨樽前偷說。分明記得,賞花春節。

  劉鍾宛曰:"周、柳以後,無此詞。"

千年調　遣興

問汝欲胡爲，先生且休矣。坐上美人名酒，嗟咄何事。五湖非窄，隨處扁舟是。吾師乎，古之人，鴟夷子。　弊廬之側，非隱兼非市。若道田園可戀，庸妄人耳。有辭歸去，且傍南山醉。吾友乎，古之人，陶徵士。

何蘂音曰："極似溪南詩老，有'他年聯袂蓬瀛'之感。"

風入松　建業遇宋荔裳觀察

新亭啼鴂不堪聞。明月亦愁君。烏巷衣冠江令宅，多換取、嶺樹江雲。疏拙寧如僕輩，眼看裘馬何人。　河橋殘角擁行塵。極目楚天分。悲哉秋氣青楓下，招山鬼、石竹羅裙。東郭肯容安枕。北山何用移文？

嚴顥亭曰："明月愁君，江雲換宅，何限激昂；至以羅裙招山鬼，其不合時宜可知，真可括寫全部《離騷》矣。"

宋既庭曰："'大槐宮裏著貂蟬'，真覺浮生一夢，吾家荔裳與藥園固同在黃粱熟後時也。"

婆羅門引　送河間令夏公乘歸安州，用稼軒別杜叔高韻

三升可戀，怪君何事拂衣歸。長安冠蓋纍纍。獨尋汝南舊宅，好共白雲期。念折腰作苦，岐路堪悲。　偏其反而，風波隊裏誰知。須記高陽城北，夜雪裁詩。楚天鴻遠，桃花岸、風雨送君時。應回首、片石留思。

沈韓倬曰："與幼安離處見合，不似子荊之撰南華。"

洪昉思曰："押而字趣甚，挍稼軒本詞何止邢尹。"

玉女度千秋　情思

新譜犯曲，上五句"傳言玉女"，下四句"千秋歲"，後段同。

的的紅珠，滴向鞹尖么鳳。雙纏倩冷，長被香塵擁。肌消羅帶緩，愁壓檀痕重。東風怯，幾回驚起巫山夢。　我亦憐卿，追憶嫵眉常捧。暗雨昏燈，底事慷慷重。鴛衾香尚膩，玉臂寒誰共。歡須早，他年莫弔相思塚。

范默庵曰："入犯處宮和調決，如坡老撰腔命名，不妨自我作古，藥園新譜諸詞，永堪作詞家楷則。"

一叢花　望遠

長干灘下木蘭橈。郎去路迢遙。長年只趁東風急，偏石尤不打春潮。烏帽鄉人，白頭艇子，多少是歸舠。　橋邊青柳路傍桃，全不管魂消。金釵卜盡歸將未，料無過、後日明朝。已是初更，燈花難信，未必便今宵。

尤悔庵曰："通體溫麗，與周美成'馬滑霜穠'一詞同工。"

孫無言曰："本'子夜'、'懊儂'而緯以精采，後段如聞小窗絮絮，曲盡閨人口角。"

過澗歇　鸚鵡洲弔禰處士

雲漲秋墳鄂城白。昔之視今，亦猶今之視昔。晚江拍。笛吹樓船何在,蘆荻依然碧。狗爲操,龍氣千年化松柏。　賦成秋色裏、振袖悲涼,當年狂客。灑血寧無益。檛起漁陽,斷岸烏飛,暮天虹吐,肯容何處奸雄魄。

李湘北曰:"慷慨奔放,似王敬則華林宴上奮臂拍張時。"

蘆花雪　旅感

新譜翻曲,"金人捧露盤"用仄韻。

君不見,阪上車,江頭楫。恁消磨、古今豪傑。斷岸橫流,銅駝不鎖瑤臺月。秋風夜吼,更吹來、楚宮秦闕。　歎人生,能幾何,多半是,傷離別。灞橋柳、年年空折。露白圍荒,武陵人去誰家笛。江天又早,塞鴻飛、蘆花如雪。

宋荔裳曰:"韓冬郎詩云'四時最好是三月,一去不回惟少年',每讀一過,令人骨驚。祠部得意名場,以文章被謫,致鬱十餘年,故歎惜韶華輒多仲宣流離之感。"

側犯　貞娘墓

青山埋玉,土花洗碧榴裙襵。幽咽。看松木吹烟、惹飛蝶。雨凋金盌净,花撲魚燈滅。香骨。伴楓下狐狸、弄秋月。　星前帶露邊眉,早被東風揭。恐魂去傍衰桃,不敢留啼鴂。何處追尋,粉肌如雪。斷腸人,共清明時節。

高念東曰:"詞家李賀。"
宋既庭曰:"翠禽兮弄晚,雲笛兮淒涼。"
卓火傳曰:"如聞其聲,如見其人,不止尋常憑弔。"

山亭柳　　贈李湘北赴史館

鶴禁清芬。薇雨玉除新。仙掌露，硯池分。紫袖看移蓮燭，黃金不換，長門衣染沉香，花氣石葉時薰。　　垂帷著史春鶯老，銅虬子夜促芳樽。却半臂，耐寒人。窈窕湘東斑管，淋漓白練羅裙。常近玉皇香案，袖捧紅雲。

柯岸初曰："似黃山谷《憶帝京》一詞，豔麗而有情。"

千秋歲引　　怨情

翠閣留情，紅牋寫怨。何物遺君表幽願。玉環雙鳳連枝扣，香羅繡帶同心綰。懷袖間，朝與暮，常依戀。　　帶欲君情長不斷。環欲君心千遍轉。誰意風流一朝散，玉環摧折香羅裂，人心那得無移換。淚痕非，香痕滅，何時見。

許師六曰："可補閑情一賦。"

爪茉藜　　閨怨，和屯田韻

密緘輕裁，恁星星一味。驀忽是、暗拋人地。烏絲欲剪，和鳳紙、揉將碎。含糊過、翻恨成悲。細看去，都是淚。　　空階如洗，梧桐下、愁難寐。私語處、霧濃香細。倩將明月，好夢兒、憑伊遞。被風吹、直向海天雲底。也知到，他那裏。

毛稚黃曰："祠部集中如《眉萼》之'心頭念著，小字千迴，忍將伊咒'，《玉女度千秋》之'歡須早，他年莫弔相思塚'，并此詞之'含糊過、翻恨成悲'，'被風吹，直到海天雲底'等句，白描生寫，幾於刻髓鏤神，善作情語，當推獨步。"

柳初新　本意

雪殘小苑東風住。已放嫩黃初吐。蝶香未染，鶯梭猶澀，夢穩池塘輕霧。最惜纖腰如楚，恐難禁、灞橋人去。　翠閣凝眸低語。看春衫、半分金縷。因風嬌裊，柔條無力，挽不盡隴烟湘雨。及早和他同倚，怕消魂、夕陽飛絮。

尤悔庵曰："屯田'曉風殘月'，典客'夕陽飛絮'，一樣消魂，千秋絕唱。"
陳其年曰："詠結二語，令人欷歔為歡不早奈何。"

驀山溪　春閨，和陳大樽韻

暖日烘簾，睡起拋殘繡。衫薄不勝寒，乍朦朧、楚腰如柳。重開鸞鏡，扶起半欹鬟，香痕透。眉痕瘦。都付紅酥手。　閒愁慣惹，脈脈頻回首。新種合歡花，愛看他、倚殘羅袖。思尋舊夢，勾引是東風，燈昏候。啼鵑又。吹落巫山後。

曹顧庵曰："大樽以才勝，祠部以韻勝，瑜亮并爽，未可軒輊也。"
周敕文曰："風姿宛綽，蒨雲香草，收拾個中。"

拂霓裳　歸興，寄馳黃

盍歸乎。故園松菊未全蕪。風雨裏，幾人相見在蒲茿。繫船霜一樹，種秫酒千壺。醉相扶。更歌將、水調答樵夫。　他鄉信美，青山近、即吾廬。平生事，但留雙鬢付江湖。任呼吾作馬，誰道子非魚。笑當初。又何煩、叔夜絕交書。

范默庵曰："极似稼轩、放翁，要是不经人道。"

銀燈映玉人　定情

新谱犯曲，上五句"剔銀燈"，下三句"玉人歌"，後段同。

石叶眉峰澹锁。更衬入、脸霞双朵。将近翻疑。欲前还怯，怜煞鬓娇钗嚲。对面情无奈。怪伴羞半晌，侧身剔残银炧。　憶得曾窥青琐。或恐三生未果。梦里凭肩，几回生受。难道今宵真箇。试问伊知麽。但低垂无语，泪绡红涴。

陈胤庵曰："'难道今宵真箇'，是极欣幸语，喜极反疑，情态宛肖。"

安公子　怨情

容易成佳偶。三生休负。为着些子，蓦腾腾地，恁般的僝僽。倚顽儿调诱。埋冤着人薄倖，忒煞女儿心性，教我如何剖。　他便愁去秋傍，止随月後。翻云覆雨，今番只怕情非旧。料愁眉泪眼，一饷幽欢，梦也不能得勾。

田髯渊曰："换头作折白，隐语妙甚，惜不令柳七、黄九见之。合前後二首并玩，本色语如话，愈近愈佳。"

皂罗特髻　寄恨，效東坡體

为伊瘦损，怕红消翠减，被人猜着。为伊瘦损，渐腰围如削。春来了、为伊瘦损，春去也、只恨东风恶。为伊瘦损，怎怨伊情薄。真箇为伊瘦损，悔当初轻诺。偏道是、为伊瘦损，千行泪、禁得涓涓落。为伊瘦损，待怎生抛却。

題越州吳伯憩新詞,即用東坡起句

採菱拾翠,傍越殿尋春,清歌徐度。何似吳均,善作多愁賦。浣紗畔、雕欄倚遍,携紅袖、潦倒旗亭暮。莫憐眉嫵,恐瑣窗人妬。如聽哀箏夜話,向誰行幽訴。鴛管寫、烏絲百尺,待歸去、都付雙鬟女。紅牙輕按,唱徹愁春句。

洞仙歌　秋意

梧桐月上,正玉階初靜。露滴寒漿牽素綆。倍淒涼、幾陣嘹嚦征鴻,聲未斷、那管鳳幃秋冷。　隔簾銀漢轉,河鼓無情,惟有姮娥伴孤另。低語問伊行、可記當年,雙星下、幾番折證。但看取、羅襦半香銷,辜負了、燈前綠窗人影。

季滄葦曰:"草堂秋詞,如坐西風敗葉中,領取十分蕭瑟,合祠部此作讀之,真若乍聽驚鴻呃呃天際。"

江城梅花引　秋恨

佳期春過又秋殘。説今年。更明年。何似西風,偏欲惹愁牽。海雁一聲燈半落,向巫山,便爲雲、也枉然。　枉然。枉然。復何言。被又單。枕又寒。蟋蟀蟋蟀,汝何苦、惱却人眠。難將心事,吹墮到君邊。容似黃花身似露,誰信道、到如今、直恁般。

余澹心曰:"似梨園雜部一折清歌,然詞曲之辨甚微,要亦本之山谷。"

陽關引　秋居,簡河陽李子縈、王夙夜諸子

歸到柴桑境。負郭虛三頃。東枝鸛鵒,西枝落,愁何定。念侯芭

載酒,難問岷陽逕。聽竹扉、小雨颯颯驚槐影。蒔藥歸、惟見松鼯抱塵甑。　　坐久夕陽外,山未暝。野烟叢處,昏鴉送,半窗冷。有鳥皮兒在,長對蒿萃凭。正俛思舊友,落月覆苔井。

　　施愚山曰:"雨香寒翠,滴入肌骨。"
　　顧九恒曰:"疏曠幽冷,坐臥竹窗,想見落月屋梁時。"

西施愁春　一盼

　　新譜犯曲,前段上四句"西施",下六句"愁春未醒",後段上五句"西施",下五句"愁春"。

殘英小苑露春嬌。長袖倚衰桃。三生無分,一盼也難消。湘裙微展處,芳徑滑,顫弓腰。多應有恨,雙蛾頻促,怯上蘭橈。　　不因偶爾傳眉語,爭無奈、上心苗。多情見慣,直恁是難拋。弄珠人遠,瓊樓何處更吹簫。東風立盡,夢隨伊去,好度今宵。

　　唐朗思曰:"予極心醉史邦卿'人若梅嬌'一闋,溫柔綺靡,真如本詞所云,無魂可銷矣。讀此詞至'三生無分'及換頭以下,幾於目炫神搖,又豈芙蓉春曉句所能過耶。"

扶荔詞卷三

長調

滿江紅　寄吳錦雯，時司李端州

桄榔亭畔，西風起、幾行雁字。正江樓、凭欄孤眺，玉山初紫。雙鬢且消梧水月，一樽不換涼州史。笑從來、手板對人低，而今始。　　論宦跡，原非志。稱吏隱，誰言是。念世態浮沉，但須如此。美醖三升差足戀，不然腰折緣何事。再不然、向舊酒鑪傍，尋吾子。

　　曹顧庵曰："寫出吏非吏、隱非隱，與世相隨，却用移贈他人不得，樸齋、藥園雅不愧知己。"

　　孫宇台曰："酒鑪雖在，邈若山河，讀此不啻吹笛山陽，令我益增西州之慟。不然，再不然，古文跌宕法以此行詞，自爭奇勝。"

題尤悔庵畫像，即用原韻

玉映風標，看濯濯、有如春柳。愛吾廬、投竿磯渚，漫同漁叟。勾漏山中丹九轉，滄浪亭畔詩千首。問年來、松菊可曾荒，君曰否。　　有司馬，凌雲手。更鄒衍，譚天口。總不如歸向，灞陵偕媍。客到任看墻外竹，獨吟且盡牀頭酒。憶從前、裘馬少年場，同芻狗。

龔芝麓曰："風致忼爽，情詞淹雅，何減淵明《歸去來辭》。"

尉遲杯　幽期

待約燈前，酴醿庭畔，衣動恐驚棲鳥。蟾影如鈎，柳烟初卸，莫是此行還早。尋遍海榴花下，香泥印痕小。　須知道。想腰支不勝苔滑，情緒懶，未必芳心難料。星色上花梢。似凝眸、一樣波俏。只待伊、來訴幽情，幾許煩惱。但冰肌月下，寒透忍禁僾抱。

王西樵曰："潛潛等等，寫驚疑惱怳之狀，可謂活脫周清真矣。末數語似恨如憐，非却半臂忍寒人，何能道此。"

合歡　情思

新譜犯曲，上五句"萬年歡"，下五句"歸朝歡"，下段同。

蹙損春山，憶畫眉人去，何日重見。似雨非雲，團就夢兒一片。想從前未慣，分明說與鶯和燕。問天涯，那人消息，何似隨春遠。　只是今宵，有幾多離恨，沒箇方便。料得伊行，也索平分一半。又愁他瘦減。將儂小字千迴喚。這衷情，海枯石爛，怎把伊心換。

秦留仙曰："深情語不難，婉戀而難篤摯，讀此真有霜衣葭冷、風輪景昃之泣。"

玉漏遲　五日寄沈繹堂憲副

琅玕吹苑雨，又逢佳節，新蒲初剪。彈指韶華，目斷潞亭春雁。料是休文帶損，洗榴枝、琥珀光浮鸚醆。凭闌倦。有誰相共，桃笙葵扇。　　此日楚客歌騷、奈僕本愁人,采絲空撚。凝睇湘君,蓉珮香微人遠。頻向使君索詠,休舣誤、玉池鴛管。簾乍卷。穠陰正移庭院。

　　顧且庵曰:"抒寫幽澹,深得騷人之趣,如玉環出浴華池,綠珠探蓮洛浦,飄乎仙矣。"

夢揚州　　邗上逢王考功西樵

公言愁。愁未了,我始言愁。總是愁城,何日破除方休。吳市裏酒徒落魄,王生召我爲儔。桓野笛,楊惲缶,并呼鼓史岑牟。　　同作南冠楚囚。各相對唏噓,亦復何求。散盡千金,一劍剽緱空留。歌相樂、也因而泣,怎銷磨、短髮盈頭。只落得,兩人白眼,共醉揚州。

　　曹顧庵曰:"僕與祠部俱從冰天雪窖中磨鍊而出,有甚於退之潮州、東坡儋耳者,辨此勝懷,庶不使韓、蘇笑人寂寂。"
　　陸蓋思曰:"一往情深,如組如舞,衛洗馬渡江有此意緒。"

水調歌頭　　少年

紫陌香塵起,狹路少年遊。連錢寶馬珠勒,柳外擲吳鉤。望見倉琅青漆,不問君家誠是,隨意脫驪裘。浪說張公子,調笑擘篘篌。　　翠猊爐,鈿蟬落暗凝眸。櫻桃花底沉醉,低語問歸休。郎在金明池上,妾住善和坊裏,相去十三樓。鳳燭嫌宵短,不信有春愁。

　　黃雲孫曰:"韓香薰袖拂拂紙上,不待曲終輒欷,奈何矣。"
　　宗鶴問曰:"韋郎樓下,謝女城南,正是銷魂無盡,若東坡詞必說向再來何處,便爾索然。"

與吳瑤如郡守金昌亭對酌

吳市酒爐在，誰道邈山河。馬曹不問何事，安用惜顏酡。呼我髯奴擊缶，更命紅兒行酒，相和以爲歌。一石亦不醉，十日詎云多。　醉鄉裏，無人到，少風波。一杯身後何有，劇飲尚蹉跎。除是酒泉太守，再調宜城錄事，卧治亦南柯。富貴浮雲耳，酩酊奈君何。

<small>姚龍懷曰："昔阮步兵終日沉醉，似不能一刻忘此味，雖云好飲，實有不得已之懷，不然醉鄉侯豈足羨哉。"</small>

<small>宋荔裳曰："淋漓痛快，如讀孔北海《難魏武禁酒書》，予有句云'新築槽丘號酒民'，亦與此同意。"</small>

別鄒訏士

相見十年後，狂客盡蘆中。屈指使君與僕，時數論英雄。我道窮如元叔，君道愁如洗馬。忼慨兩心同。莫唱公無渡，挂席正西風。　裁金縷，翻象拍，酒初濃。紅衫窄袖起舞，低唱傚伶工。昨日吳頭楚尾，明日伯勞飛燕，今日莫匆匆。我去君猶在，獨步任江東。

<small>吳梅村曰："思君出漢北，鞍馬登楚臺，率爾離別，正見豪氣，此詞足以繼之。"</small>

高陽憶舊遊　冬夜同沈大匡、嚴顥亭、顧且庵、邵戒三、嚴柱峰諸君，飲關六鈴草堂即席

<small>新譜犯曲，上五句"高陽臺"，下五句"憶舊遊"，後段同。</small>

滾滾諸公，浮沉京洛，酒鑪何意重開。浪跡人間，休論野馬塵埃。玉瓷低映銀燭，檀板更相催。任謝朓長吟，陸雲長笑，庾信長哀。　蕭蕭木葉重階。念物猶如此，何以爲懷。蹴踘吹簫，不妨偕

與俱來。今宵莫問明日,且覆掌中杯。看漫天飛雪,銅駝金谷安在哉?

張祖望曰:"從來良晤最難,古人每值歡會,即繼以哀思。'肅肅廣殿陰,雀聲愁北林。'是飛濤'銅駝金谷'結語意,然則何以慰此憂心耶。"

漢宮春　除夕

此夕何時,未三更,還是舊年華髮。韶光暗度,怕聽明朝烏鵲。東風未透,故園梅、肯舒新萼。莫怪屠蘇傳遍,飲來遲、他鄉杯酌。　幾處笙歌芳閣,憶燈前兒女,椒盤如昨。鴨爐烟燼,漸逗春衫香薄。強扶守歲,耐燈寒、翠鈿斜落。到不如、早去尋眠,休教夢兒閒却。

鄒程村曰:"起三句亦尋常,用意耳却令人尋味,不置下語之妙若此。句句是異鄉,除夕天涯兒女淚痕,多可增浩歎。"

毛稚黃曰:"結句極是無聊賴,語翻高常侍詩,更添新警。祠部嘗有《長安除夕》句云'白髮新年事,黃昏隔歲人',允堪并絶。"

聲聲慢　送別

別離情味,從前輕擲,今日且待如何。好教垂楊,一枝挽住鳴珂。可憐幔亭別酒,價真珠、不換顏酡。凝眸處、便幾年秋草,兩地烟波。　好把相思打叠,這柔腸似縷,何計消磨。馬首霜濃路滑,偏我愁他。如今魚沉雁杳,驀地常自在心窩。凄涼也、便怎生忘了人呵。

尤悔庵曰:"此種詞惟屯田待制能之,藥園得其風神,去其俚俗,遂高昔人一籌。"

徐電發曰："句句是情深語，抵唐人多少送別詩。柔腸宛轉。"

秋夜，和李清照韻

梧梢掛月。繡戶生寒，西風又添愁戚。病與秋深，一縷懨懨氣息。檐前琮琤碎玉，更空階、蟲聲暗急。撇得我，恁憔悴、自己鏡中難識。　　夢裏分明歡笑，香肩憑、顛倒鬢釵偷摘。忽被風驚，倩影和燈吹黑。又是打窗微雨，向芭蕉葉上頻滴。欹著枕，把淚兒、搵住怎得。

王阮亭曰："逼真清照，'和燈吹黑'，匪夷所思。'把淚兒、搵住怎得'，婉曲盡態。若史梅溪'將淚揩磨不盡'，轉覺太露矣。"

宗梅岑曰："'自己鏡中難識'，湯臨川安得不歎'淹淹惜惜杜陵花'。"

夏初臨　招隱

若有人兮。南山之下，叢篁以築居兮。芳草悠悠，王孫胡不歸兮。臨流可鼓枻兮。搴蘭旌以浩歌兮。白雲在天，滄波何極，欲往從兮。　　北渚辛夷，西堂蟋蟀，蛾眉獨處，私自憐兮。猿驚鶴怨，山中難久留兮。我所思兮。望涔陽暮與朝兮。悲哉兮。露白楓青，歷九秋兮。

魏子存曰："括盡《離騷》、江、鮑輩，未堪頡頏。"

王鳳夜曰："結語淒雋，悲秋一賦，俱從此出。"

新雁度瑤臺　歸里，過訪張祖望從野堂率贈

新譜犯曲，上五句"新雁過妝樓"，下六句"瑤臺第一層"，後段上六"新雁過妝樓"，下同。

胡不歸哉。喜仲蔚、蓬門客到長開。茅檐月出，數灣渌水縈洄。此君誰伴，籬邊還種，老菊疏梅。惟此事，便一生足了，濁酒三杯。　　自稱烟波釣叟，泛溪南小艇，獨與予偕。紅鱗網得，白墮方沽，紫芋初煨。望皋亭如帶，平橋外、人醉蒿萊。漁蓑侶，向五湖爭長，終讓于鬐。

姜定庵曰："滄波浩淼，竹烟花氣中若目張髯，呼之欲出。"

雙燕入珠簾　題王丹麓聽松軒圖像

新譜犯曲，上五句"雙雙燕"，下五句"真珠簾"，後段同。

層軒半落，偏近沼依雲，倚闌孤眺。披襟謖謖，隔水笙簧幽窈。孫綽庭前陶令宅，秋枕上、數聲清曉。堪效。似黃庭慣寫，君家逸少。　　把鏡王濛自照。羨斯人，宜置海山蓬島。輕陰滿地，洗耳科頭都好。一曲樵歌三弄笛，儘消受、斷鴻殘蓼。應笑。念幾度悲秋，著書人老。

胡勵齋曰："沖夷雅澹，在戴石屏、葉夢得之間。"

瑣窗寒　東風

誰遣伊來，薄幃輕透。惱人情緒。偷送春光，巧逗眉心一縷。怪東君、著意相尋，黃昏滿院催紅雨。更入柳非烟，弄花無影，斷腸何處。　　憔悴。防人恨，偏瘦惹梨花，香翻燕羽。墻頭馬上，剪剪輕寒乍起。暈紅酥、漸逼羅襟，畫樓垂手人如醉。倍愁他、慣引消魂，賺盡傷春淚。

嚴顥亭曰："蘊思溫厚，出之古澹，銷魂之語，正不在深。"

彭羨門曰："'入柳非烟'數語，與《柳初新》'怕銷魂、夕陽飛絮'，每一吟玩,教人怎生?"

繞佛天香　祝姚江維極女禪師初度

新譜犯曲,上六句"繞佛閣",下四句"天香",後段同。

茅庵小築。疏梅幾樹,能伴幽獨。無生晤速。長齋繡佛、前身是金粟。經翻貝葉。清磬裏、蓮根似浴。微笑拈花,儼然是先生天竺。　染翰恣緗竹。慧業文人更清福。坐老蒲團、空階秋草綠。映不染禪心,一枝芬郁。誰道仙子塵凡,料兜率、蓬山任歸宿。花雨吹烟,團成香玉。

弟弋雲曰:"師出越江望族,稚歲棲真,頓悟玄旨,妙言清雋,尤工詩詞。予摘其《山居》云:數椽茅屋,松竹引啼鴉。爐暖自烹殘雪,扶筇終日對梅花。《詠梅》云:春來了,鶯來了。凍解霜枝,小萼新姿巧。《聽雁》云:擣衣聲起,家家聽不盡,西澗芭蕉送雨。家兄嘗稱其涉筆蕭疏,已入詞家三昧,自是蓮臺上品,清照漱玉輩,曾何足云。"

念奴嬌　送梁光禄葵石赴補之京,和蒼巖宗伯原韻

征鞍乍整,暫徘徊分手,驛橋楓葉。十載霸陵高臥穩,戀闕此心常北。玉勒朝天,金門據地,雙眼今還白。笑看賭墅,莫教屐齒輕折。　漫說五嶽堪遊,二疏同去,拂袖匆匆別。大隱君門誰得似,煮就芝田丹石。揚子休嘲,稚圭莫誚,早定千秋業。叮嚀猿鶴,疏林依舊霜月。

吴梅村曰:"《北山移文》可以不作,此上東門一幅彈冠圖也。"

尤展成招飲草堂，同陳其年、彭雲客、宋既庭御之席上分賦

木蘭庭榭，值主人招客，月弦春仲。寒食東風，開小苑、共傍曲池觴詠。柱史仙才，元龍豪氣，更有悲秋宋。佳辰雖再，勸君痛飲須縱。　　人生聚散亡何，少年走馬，向銅街争控。而今齊澠酒徒中，忼慨樽前如夢。市上吹簫，城頭擊筑，再鼓漁陽弄。揮杯未落，飛花亂撲春瓮。

　　曹顧庵曰："北馬悲笳，不堪回首耳。熱歌呼止，許吾輩領略太尉低唱淺斟，直是傖父。"

和漱玉詞原韻

沉沉小院，任梨花冷落，一春長閉，病入眉尖，紅一抹、不斷如絲微氣。口裏含酸，心頭帶苦，可似青梅味。那知薄倖，惱人故把書寄。　　最是雙雙燕子。巧語雕欄，少箇人同倚。枕畔樽前都是夢，往事總休提起。爲恁香消，因誰帶減，難道無情意。待伊試問，只愁明日還未。

　　孫嘉客曰："宛折極情，押韻處復字字奇雋，和漱玉此詞者名作如林，不得不讓藥園獨步。"

石州慢　春暮

幾許春光，殘紅數片，遊絲牽漾。可憐似我，冷香墜粉，今生虛枉。爲誰瘦損，枕邊檢點鮫綃，裙襴不似前春樣。著意問東君，肯把儂輕放。　　惆悵。鶯聲漸老，午夢初驚，落釵空響。倦起不勝梳鬢，鏡臺斜傍。暫時消遣，枝頭數遍青梅，香痕暗逗眉尖上。蝴蝶却

飛來，又低頭半晌。

梁蒼巖曰："情意深婉，如泣如訴，少遊有'倚窗人在東風裏，無語對春閒'，正是此詞體態。"

宋荔裳曰："絕妙好詞，當令二八女郎歌之。"

氐州第一　　旅興，和清真韻

驛路斜陽，秋空似洗，一點楚天鴻小。短劍星塵，弊裘霜裏，掩映落楓飄緲。馬怯危橋，疏鬢影，暗驚孤照。織錦空成，恐教辜負，玉關人老。　　旅店鴉啼行跡少。昏樹裏、疏星猶繞。葦簟雞聲，繩牀蝶夢，都是閒愁抱。奈僕夫、強解事，也索向、當壚調笑。酒薄難醒，月初斜、梧桐已曉。

曹顧庵曰："吾兩人老於道途，白眼人多，黑貂自欺，曉風殘月時，讀之哽咽，不禁情生於文矣。"

嚴顥亭曰："藥園才情風調不減長卿，而所至倦遊雅非其好，嘗見梁蒼巖宗伯贈句云'彈鋏荒城事可憐'，蓋亦有所感耶。僕夫數語，曲盡客途瑣事，可謂解頤。"

晝錦堂　　初夏，洪畏軒廷尉草堂初成即事

花撲雕檐，鳥窺青瑣，畫堂小築初新。槐影沉沉向午，何限佳辰。宅似岷陽多貯酒，閣因仙史半栽芸。更堪戀，清簟疏簾，坐來迥隔紅塵。　　幽芬。玉瓷滿，春韭細，誰嫌揚子官貧。況有絳紗名俊，斑管才人。鸚鵡頗能嘲熱客，櫻桃常摘佐芳樽。休沐罷，笑解簪裾高詠，竟夕娛賓。

楊自西曰："賀詞難其簡質，乃爾是集中興會陶然之作。"

瑞鶴仙　賀魯紫漪舉子,兼遊茅山

謝庭花似雪。正湯餅春餳,蘭芽初茁。珠生甫彌月。漸能指之無,覘爲英物。誌公笑曰。恁寧馨、此兒佳絕。更何須,靧面桃花,洗出天然紅白。　　奇突。前身金粟,天上麟雛,珊珊仙骨。彩幢遥列。向茅山道士説。問之子何來,君家玉斧,原是此中瓜瓞。羡他年、彪固蘭臺,無箇優劣。

徐敬庵曰:"丹葩夜曜,碧草秋陰,方是此詞佳境。"

水龍吟　和宗鶴問送歸原韻

與君分手匆匆,且聽忼慨樽前語。寧如閨閣,上流作別,女兒絮絮。花鳥關情,英雄無淚,偏於此處。但故園鶯老,疏籬竹嫩,春釀熟,須歸去。風雨隋宫蕭瑟。垂楊裏、暮鴉終古。依依歲月,傷心多少,猶如此樹。故人携酒,離迷欲斷,竹西歸路。奈星星、短髮不堪牢落,作衝冠怒。

俞夢符曰:"'故園鶯老','疏籬竹嫩',足以極遠歸之思,真不異陶潛三徑松菊也。"

綺羅香　燈夕立春

春到何遲,辛盤未試,人日數來今七。此刻纔過,已是十三燈夕。梅梢上、初透三分,漏聲裏、頻催千滴。問良宵、斜把銀缸,眉痕淺處尋消息。　　彩勝壓金麼鳳,共菂燈連理,雙雙堪惜。象管鵝笙,檀口玉葱齊炙。蟾光度、正照蓉屏。人影亂、鬢横釵隻。紅豆子、戲結羅巾，將同心暗擲。

> 蔣大鴻曰："讀起手數語，疑此亦藥園居東時所作。歲月荏苒，屈指傷懷，無聊追憶，羅綺叢中舊事，杳不可得，真黃粱槐陰乍醒時語，不然豈向司天臺作弄博士矣。"

> 宋既庭曰："僕每當此際，輒歎奈何眉際尋春非深於婉孌者，何能道此。"

花心動　歸遲

薄倖歸遲，故匆匆、佯羞醉倚庭角。力怯難扶，已盡黃昏，誰與西樓密約。鸞箏翠袖爭留戀，宜消受、眼前離索。更無奈，爐冷薰篝，燈兒半落。　　底事朦朧負却。任假語、惺惺心頭拖沓。料可意人、千種溫存，多少風情片霎。香羅暗結訶梨子，玉腕上、脂痕一搯。分明是、此情被儂道著。

> 周宿來曰："極其嬌豔，何異'紺蕙初嫩，頰蘭始滋'。"

> 邵呂璜曰："極寫嬌妬情態，宛然一慧心女子向小窗中喁喁，何必讀'安得一心人，白首不相離'也。"

永遇樂　賀梁玉立尚書新婚

錦幄花明，蘭缸風細，佳期今夕。何處吹簫，采鸞天上，雲擁芙蓉碧。春鄉繡袞，司馬蟬貂，交映玉釵妍色。畫屏人、夕香晨照，都付鳳池仙客。　　良辰正及，重陽時候，豔奪雙星瑤席。鏡壓紅萸，鈿翻紫菊，疊作鴛鴦翼。東山絲竹，栗里琴樽，添取畫眉芳筆。年年是、霸陵秋雁，雙飛湘瑟。

> 龔芝麓曰："溫柔細潤，周柳之遺。"

> 徐立齋曰："前段華腴，後段雋逸，攬其異色，在錦地文席、繡柱鴻筆

之間。"

遇秦樓　吳菌次郡守碧湖元夕泛燈分賦

序曰：地接雉川，秀鍾浮玉。月中鵝火，星始勾芒。臨水泛舟，風物依然。荊楚散花奏樂，燒燈宛若化城。故豔吐九微，先搖太液；池開百子，迥出蓮華。弱水全低，自有沙棠之樹；瓊鉤半上，疑在葡萄之宮。泂刻燭佳辰，難逢柳惲；此水嬉勝賞，孰繼樊川。我吳興郡守，吳公菌次，玉局名家，金門仙客。東方千騎，行春陌上之桑；北海雙樽，照夜前溪之渌。烏程名酒，詎止十千；蟾魄清宵，正當三五。百枝交鎖，似從漢苑移來；二尺連盤，仍是東宮舊事。正上元之淑景，快懸燈之夕遊。絲竹競鳴，羽觴無算；士女輧集，畫舫環來。銀花乍合，如分芳苡之香；青翰中流，爭漾芙蕖之色。使君愛客，何妨坐上調箏；仙侶同舟，更見佳人拾翠。琉璃鏡裏，樹可長生；鳽鵲屏開，城如不夜。既鼓橫塘之櫂，采菂歌來，欲搴湘浦之裙，弄潮歸去。何水部之名花，齊開波底，庾元規之明月，何必樓中。先脩禊以臨流，罨溪不殊曲水；倒接羅而騎馬，峴山原是襄陽。則朱憺冰輪，自有裁詩崔液；將銅華金榮，可無獻賦江淹。爰成郢客之吟，共和秦樓之唱云爾。

太守風流，裁紅摘翠，點就玉湖妍景。畫船載酒，繡幕調笙，香送素波千頃。樹杪幾隊燈紅，鳽鵲飛來，驚棲難定。看銀蟾一色，蕊珠宮裏，競搖波影。　　暢好是皓魄初圓，青樽浮滿，畫裏江城如鏡。六街簫鼓，蘭槳齊開，釵色珮聲交迸。良夜試問如何，起視參橫，虬壺未冷。休更把紫雲低喚，紅粉兩行嬌并。

曹顧庵曰："小序掩映玉臺，新詞頡頏蘭畹，風流太守，翰墨才人，同開鳽鵲之屏，長作珊瑚之駕。為樂未有艾也，必傳其斯乎！"

陸吳州曰："山水光中銷魂無限，恍無咎千古苕溪圖畫如在，又何必腸斷他年耶。"

御帶垂金縷　飲嚴顥亭皋園,聽白下莊蝶庵彈琴

新譜犯曲,上六句"御帶花",下五句"金縷曲",後段同。

小山攢翠清波繞,負郭都栽桑柘。漁簑載酒,見竹籬燈火,居然村舍。更何論尚書綠野。捉鼻東山猶未免,笑吾儕、早結耆英社。但觴詠、共清夜。　客抱琴來深樹裏,暮雀争喧,烟景如畫。冰弦乍拂,似楚峽猿吟,秋風葉下。正小雨竹窗清話。傳語諸君須少住,聽擣衣一曲多瀟灑。鼓琴者、莊生也。

施愚山曰:"章法逸俊,得古文序事體,而層次幽折,極似《桃源》、《輞川》諸記,不意於填詞中見之。"

風流子　送窮

歲庚如月朔,酹君酒、好去莫蹉跎。念處世、無令阮公所笑,爲文不免,季緒之訶。惟君故、便領顔佗儌,壯志盡消磨。形影相依,無如我篤,交遊割席,孰與卿多。　匆匆君行矣,任浮沉相共、腐鼠涎蝸。須向魃無人地,鬼島蓬科。更欲送君天上,訴帝如何。除爲禰衡撾,爲包胥哭,爲漸離筑,爲魯陽戈。君其擇焉,予且倚瑟而歌。

錢武子曰:"送窮不爲憤激語,却自蕴藉,若揚雄韓愈未免習氣未除。"

霜葉飛　冬懷

玉階霜槭。瑣窗外,一枝斜弄寒月。錦江春信託修鱗,奈采牋空折。牢記得、羅衫穩貼。舊時衣帶雙鴛結。他囑付頻頻,不道是、嶺

梅重放,異鄉猶客。　　料得香狄芬鞲,團雲貼領,此際薰篝斜疊。多情知否,在蕭關、對玉缸低説。正旅館、擁衾如鐵。夢回猶殢交河雪。憶當年、同繡被,爐冷香猊,何如今夕。

  陸梯霞曰:"黯然消魂,抵多少江淹《別賦》,多情如飛濤,應有銀閣迷苔玉梯骨綱之痛。"

賀新涼　塞上

苦塞霜威冽。正窮秋、金風萬里,寶刀吹折。古戍黃沙迷斷磧,醉卧海天空闊。況毳幕、又添明月。榆歷歷兮雲槭槭,只今宵、便老沙場客。搔首處,鬢如結。　　羊裘坐冷千山雪。射雕兒紅翎,欲墮馬蹄初熱。斜揮紫貂雙纖手,掬罷銀箏悽絶。彈不盡、英雄淚血。莽莽晴天方過雁,漫掀髯、又見冰花裂。渾河水,助悲咽。

  尤悔庵曰:"激昂悽壯,似曹景宗挽霹靂弓,生飲黃獐血時。"
  陳其年曰:"裂帛一聲,紅珠迸碎,我讀之便覺耳後生風,鼻端出火。"

沁園春　采石磯題太白祠

采石磯頭,宿莽之間,有謫仙亭。呼酒人或出,半江月白,宮袍如在,數點峰青。玉殿傳來,夜郎遷去,長使人間怨不平。更勿論、向沉香倚恨,夜色華清。　　古來飲者留名。但搔首、青天笑獨醒。料卿來長醉,未應有我,我今獨酌,何可無卿。花撲鸕瓷,星稀鷗岸,多是騷人移我情。然歟否,正寥寥千載,問箇分明。

  曹顧庵曰:"沉香捧硯以來乃有夜郎之謫,作者直是清蓮後身,不妨引爲知己。"

爲卓火傳甥題傳經堂，同曹顧庵學士作

代易時移，巋哉斯堂，肯搆依然。羨書攤百卷，爭如畫錦，庚稱萬石，寧取三鱣。帳裏香芸，階前帶草，臨水依塘只數椽。君家學，使田何轅固。比室摩肩。　園林梓澤荒烟。惟緑字、丹文信可傳。看充宗有角，終慚嶽嶽，孝先之腹，任爾便便。户映緗青，閣銷藜火，甥也寧云似舅賢。休如僕，但輿書不讀，白晝長眠。

方邵村曰："語語典型，詞中之箴銘也。"

摸魚兒　歷亭寄程周量舍人

暫棲遲、鵲花橋畔，幽亭斜抱衰柳。青衫如結冰鬚折，惟有一瓢依舊。君信否。滄海外、仲連少伯皆吾友。眼前何有。任濯足滄浪，披襟明月，誰識灌園叟。　寧傲誕，懷刺羞稱下走。共笑丈人疴瘦。蛾眉犢鼻雙瓷引，聊可當壚消受。拂長袖。烟霧裏、鳳池仙客應搔首。具柈在手。向趙尉城邊，陸裝垂橐，歸去貯春酒。

史立庵曰："浮沉起伏，若遊龍戲春泉，直上九萬里，殆古流雲之嘯耶。"

法曲琵琶教念奴　長安元夜

新譜犯曲，上三句"法曲獻清音"，中四句"琵琶仙"，下五句"念奴嬌"，後段上四句"法曲"，中二句"琵琶仙"，下同。

帝里繁華，勾欄酒市，銀燭清光如晝。雕鞍并掛流蘇，香車出紅袖。砑光帽、鵝翎斜軃，五明障、鸞頭鋪繡。夜静天街，御橋月映，笑語同携手。洞簫何處，霓裳第一先奏。　休辜負。看星毬、蘭膏明滅，宫漏永、一派笙歌時候。鬧隊子、永豐坊裏。多少是、梨園行首。

拾翠歸來,釵橫鬢亂,暖玉鮫綃透。重挑紅炮,太平只醉春酒。

梁蒼巖曰:"如見開元天寶盛時事,可補大晟樂府所遺。"

玉女搖仙珮　望春樓故邸

青州城裏,帝子珠樓,縹緲五雲深際。繞柱鮫鮪,穿簾玳瑁,舊是繁華朱邸。誰意同流水。見移花月檻,落榆鋪地。玉階外、鳥聲咿軋,雨洗遺鈿,數點空翠。何處鳳簫聲,暗想當年,玉容同倚。　樓上望春如醉。風斷窗紗,燕子銜將花蘂。鬭草踏青,昭陽人去,冷落鞦韆佳會。飛絮連天起。笙歌杳、不道岐王故第。祇見得、空梁蛛網,粉墻蝶鬧,但餘幾點看花淚。不如把鳳樓長閉。

張素存曰:"當與老杜華清宮詩并傳,六朝金粉未足儗似。"

陳其年曰:"津陽門外,奉誠園裏,何必身到。此間令人增蔓草零烟之感,藥圃移我情矣。"

寶鼎現　遣懷

壯夫長恥落魄,何事歸來弊褐。乘下澤、飯牛大野。豪氣樽前曾似昨。酒酣後、但摩挲一劍,直欲老兵景畧。何況小兒趙括,此意不堪牢落。手中斜挽雙繁弱。擁頭上、如箕幢帨,見狡兔、草間突起,怒馬山頭方一躍。長空外、皂雕齊發,耳後西風颯颯。還揮手、金樽引滿,尋取狗屠舊約。　有客吹簫予和,以漁陽三拍,向秋風彈筑。羞整衝冠素髮,念富貴、於我浮雲耳,及早須行樂。縱行樂、牽犬東門,何若歸耕負郭。

宋既庭曰:"余最愛辛稼軒《永遇樂》一詞,豪邁不群,有金戈鐵馬之氣,祠部此作可謂一時瑜亮。"

顧梁汾曰："'橫槊賦詩'時早辨取，分香賣履只是不甘冷落，又歇手不得，畢竟傍好住爲佳耳。"

卓火傳曰："可以醉擊唾壺，其豪宕處古氣錯落，全從史遷傳記中得來。"

哨遍　簡施愚山

長嘯歸來，自愛吾廬，無恙蒲菰裹。歷崎嶇，霜雪滿頭歸，青山笑人還是。君不見，管寧但存皂帽，棄家浮海能逃世。又不見虞翻，青蠅作客，願得一人知己。與予西去躡崦嵫。更南陟匡廬與九嶷。彈琴命詩，鸞吟猿躍，差爲快意。　嗟予尚何依。江湖森森出天際。夙慕洪厓子，有是夫吾與爾。石上據胡床，高歌散髮，仰天目送飛鴻起。是故態狂奴，唾壺欲缺，一觴一詠同醉。念人生聚散能幾時。復相對唏噓欲何爲。但煩冤、徒作憂耳。芒鞋布韤瓢笠。更拄青藤杖，遍遊五嶽。縱觀滄海，畢我生平之志。側身天地竟何之。況眼中、吾且老矣。

王西樵曰："失意之言却寫得最得意，一悲一笑，真堪破涕，柳子厚及唐子畏、王穉欽諸書不過强作解免語耳，詎可與藥園挍尋尺哉。"

曹顧庵曰："章法句法，抑揚頓挫，竟可作一篇古文讀，或云其音亢眇，殆枲摻也。"

扶荔詞別錄

小令

　　詞變　自註云：詞變者，藥園之別譜也。按一調迴環讀之，以成他調，或因本調而顛倒錯綜焉。不書題，無可題也。非詞之正也，故謂之變云爾。

赤棗子　變漁父

　　霜初搗，淚雙垂。暗傷鸞鏡換妝時。長秋閉月花樓小，黃葉楓庭空雁歸。

　　　　宋荔裳曰："芳蘭竟體，自然蛾眉。"
　　　　沈繹堂曰："與樂天《望江南》、少遊《搗練子》同一悽宛。"

漁父　迴前調

　　歸雁空庭楓葉黃。小樓花月閉秋長，時妝換，鏡鸞傷。暗垂雙淚搗初霜。

生查子 變太平時

人歸未春殘，送燕雙江淥。魂銷正捲簾，湘雨吹窗竹。　裙襴試痕多，幾處垂紅玉。君愁欲聞箏，夜盡消銀燭。

太平時 迴前調

燭銀消盡夜箏聞。欲愁君。玉紅垂處幾多痕。試襴裙。　竹窗吹雨湘簾捲，正銷魂。淥江雙燕送殘春。未歸人。

> 俞夢得曰："碎玉成珠，不費追琢。前調是人歸後情境，後調是人未歸情境，一詞寫出兩意，如此渾雅，尤難。"

巴渝辭 變本調

舞衫紅映_{竹枝}醉顏酡。_{女兒}鼓櫂_{女兒}_{竹枝}教渝歌。_{女兒}　輕紗浣雨_{竹枝}春潮弄。_{女兒}花桐刺落_{枝竹}釵頭鳳。_{女兒}

又 迴前調

鳳頭釵落_{竹枝}刺桐花。_{女兒}弄潮春雨_{竹枝}浣輕紗。_{女兒}　歌渝教兒_{竹枝}女櫂鼓。_{女兒}酡顏醉映_{竹枝}紅衫舞。_{女兒}

三臺 變本調

春愁去也誰教，粉袖沾紅淚綃。魂斷懨懨醒未，雨寒禁怕花朝。

> 吳藺次曰："'誰教'二字娓娓，即朱淑真有愁'天不管'也。"

又　迴前調

朝花怕禁寒雨,未醒厭厭斷魂。綃淚紅沾袖粉,教誰也去愁春。

楊柳枝　變阿那曲

地窄裙拖綠草芳。行人賺得印泥香。縷金歌罷紅顏笑,倚倦屏山春恨長。

周青士曰:"恍見遊春冶女,芳氣襲人。"

阿那曲　迴前調

長恨春山屏倦倚。笑顏紅罷歌金縷。香泥印得賺人行,芳草綠拖裙窄地。

南鄉子第一體　變竹枝

梧碧吹樓。妝凝移恨上眉頭。心事何如相憶切。愁離別。疏影花簾遮淡月。

姜定庵曰:"'梧碧吹樓'四字,正抵曾鷗江'一夜東風,枕邊吹散愁多少'。"

竹枝　迴前調

月淡遮簾花影疏。別離愁切憶相如。何事心頭眉上恨,移凝去聲妝樓吹碧梧。

嚴柱峰曰："調協'竹枝'，已極神巧。中間剪裁聯綴之妙，幾於腕奪化工。"

風流子　變天仙子

曉鏡妝開紅蓼。小鳥弄枝巧笑。含桃露，裛芳叢，夜夜燒香心悄。月柔，風杳。環佩雲歸碧島。

朱錫鬯曰："當作'燒香曲'一種，悄立閒庭，低徊待曉，情景宛然在目。"

天仙子　迴前調

島碧歸雲佩環杳。風柔月悄心香燒。夜夜叢芳，裛露桃，含笑巧。枝弄鳥。小蓼紅開妝鏡曉。

顧且庵曰："結句欲驚，真從錦囊中拾取得來。"
邵樾森曰："香翠欲滴。"

望梅花　變調笑令

懶病簾垂罷捲。半過春宵愁短。慣喚交鶯啼送晚。斷夢幽花落滿。徑遠吹香嬌露面。見燕樓西婉戀。

張砥中曰："'斷夢幽花落滿'，并曾靚'花底夢回春漠漠'，皆是夢醒佳境。"

調笑令　迴前調

戀婉。西樓燕。見面露嬌香吹去聲遠。徑滿落花幽夢斷。晚送啼鶯交唤。慣短愁宵春過半。捲罷垂簾病懶。

> 汪朝采曰："'慣短愁宵'，奇語也。寒月滿窗，竟夜無寐人，如何道得。"

胡蝶兒 　變醉公子

樓上愁。雙燕柔。草萋庭滿下簾勾。倚倦罷梳頭。　早起弓鞵窄，怯行，紅露稠。來朝送夢隨天遠，空閨寒怕秋。

> 顏修來曰："韋莊'空有夢相隨'奇矣，祠部云'來朝送夢隨天遠'更出一頭地。"

醉公子 　迴前調

秋怕寒閨空。叶仄遠天隨夢送。朝來稠露紅。行怯窄鞵弓。　起早頭梳罷。倦倚勾簾下。滿庭萋草柔。燕雙愁上樓。

> 汪念弘曰："怨而思長，有《國風》'畏行多露'之旨。"
> 曹掌公曰："換頭以下自然古雋，結二語渾雅工絶。"

長相思 　變迴本調

秋復秋。愁倍愁。爲却多情説盡愁。莫愁休未休。　休未休。愁莫愁。盡説情多却爲愁。倍愁秋復秋。

> 沈適聲曰："百轉連環，仍歸一串，辛稼軒所云'一身都是愁'也。"

卜算子 　變減字木蘭花

低幕捲綃紅，暗月迷香步。偷摘雙釵角枕橫，腕碧纏金縷。　　啼鳥喚開簾，寂寂飛香雨。小立墙東去折花，柳色凝烟暮。

韓儷公曰："字字香豔，真蘭畹、花間本色。"
關槎度曰："'偷摘'二語，正温岐卿所謂'釵橫枕膩'也。"

減字木蘭花　迴前調

　　暮烟凝色。柳花折去東墙立。小雨香飛。寂寂簾開喚鳥啼。　　縷金纏碧。腕橫枕角釵雙摘。偷步香迷。月暗紅綃捲幕低。

謁金門　變好事近

　　雁無奈。書寄遠天愁倍。望極晚烟空翠黛。雙鴛吹繡帶。　　看取燕頭釵在。却恨離愁莫解。偷戀留情深似海。飛花和淚灑。

好事近　迴前調

　　灑淚和花飛，海似深情留戀。偷解莫愁離恨。却在釵頭燕。　　取看帶繡吹鴛雙，黛翠空烟晚。極望倍愁天遠，寄書奈無雁。

張洮侯曰："換頭暗接，愈奇。其音抑揚窈渺，詞中用吹看二字轉換，叶調可仄可平，具見藥園協律之妙。"

眉峰碧　變玉聯環

　　雨夜殘春送。斷橋波影弄。時鶯新隊逐飛花，起喚蘭香入夢。　　露多嫌曉動。夜明華月籠。低鬟綠試小釵輕，嫵眉愁處閒簫鳳。

尤悔庵曰："蘭香、莫愁，以人名入句，轉換無痕。至斷弦接筍處，天然巧合，殆神女織無縫衣手也。"

玉聯環　迴前調

鳳簫閒處愁眉嫵。輕釵小試，綠鬟低籠月華明，夜動曉嫌多露。　　夢入香蘭喚起。花飛逐隊，新鶯時弄影波橋，斷送春殘夜雨。

山花子　變三字令

橫釵玉隊綺羅叢。蘭麝薰殘試粉融。初聞歌豔人何奈，墮珠紅。　　魂消欲斷燕樓空。屏翠分香髢影穠。留春誰倩昏黃月，透簾重。

三字令　迴前調

重簾透，月黃昏。倩誰春。留穠影，髢香分。翠屏空，樓燕斷，欲消魂。　　紅珠墮，奈何人。豔歌聞。初融粉，試殘薰。麝蘭叢，羅綺隊，玉釵橫。

李湘北曰："流曼之聲節爲促拍，爭妍競豔，何減《璇璣圖》、《盤中詩》。"

步蟾宮　變夜行船

曉風簾竹吹烟細。揉酥玉、新妝粉膩。鳥愁花怨怯還扶，早鳩啼、好天晴未。　　小鳳留釵看欲醉。凭欄曲、袖羅輕倚。掃淡蛾尖,暗消香霎,花飛閣、茵鋪翠。

> 嚴顥亭曰:"'曉風'數語,變後調作結,韻致倍爲新豔。"
> 王伊人曰:"'鳥啼花怨','小鳳留釵',足令少遊心醉。"

夜行船　迴前調

翠鋪茵閣飛花霎。香消暗、尖蛾淡掃。倚輕羅袖曲欄凭,醉欲看釵留鳳小。　　未晴天、好啼鳩早。扶還怯、怨花愁鳥。膩粉妝新玉酥揉,細烟吹、竹簾風曉。

南鄉子　變本調

屏鏡罨棲鴉。緑柳亭閒在館娃。芳草苑深明月舊,知他燕語庭空弄影斜。　　箏玉扣窗紗。倚恨憑誰未破瓜。鬟鬋膩嬌輕靥小,如花。露吸猩脣染絳霞。

又　迴前調

霞絳染脣猩。吸露花如小靥輕。嬌膩鬋鬟瓜破未,誰憑。恨倚紗窗扣玉箏。　　斜影弄空庭。語燕他知舊月明。深苑草芳娃館在,閒亭。柳緑鴉棲罨鏡屏。

> 毛稚黄曰:"此爲懷舊之詞。'知他',憶之也;'誰憑',疑之也。只在二字句中,含情無限,可悟傳神之妙。"
> 佟梅岑曰:"詞中如'芳草苑深麋鹿舊'、'吸露花如小靥輕'等句,色苞味雋,頓令李賀、庭筠斂手失色。"

歸國遙　變霜天曉角

碧雲暮。遠天楓赤吹寒雨。帽落白衣人醉，笑客嘲能賦。　　逸趣抒來誰與。挹香迷霧。取問隔溪芳樹。野色秋盈路。

卓丹厓曰："渾淨孤蒼，詞家健手。"

霜天曉角　迴前調

路盈秋色。野樹芳溪隔。問取霧迷香挹。與誰來抒趣。　　逸賦能嘲客。笑醉人衣白。落帽雨寒吹赤。楓山遠、暮雲碧。

弟素涵曰："雨吹帽赤，用古事入新裁，倍覺雅韻。"

四犯令　變滴滴金

客醉調箏哀白髮。催歌新按拍。折花將勸雙樽月。江楓映、花溪隔。　　碧水秋聲霜瀝淅。空庭閒落葉。密烟寒繞青山寂。船歸處、啼鴉夕。

滴滴金　迴前調

夕鴉啼處歸船寂。山青繞、寒烟密。葉落閒庭空漸瀝。霜聲秋水碧。　　隔溪花映楓江月。樽雙勸、將花折。拍按新歌催髮白。哀箏調醉客。

彭愛琴曰："抒寫幽折，似一幅秋林晚眺圖。"
吳慶伯曰："意高法老，逼真辛、陸手筆。"

西江月　變本調

枕角春留有信,生香暗動浮霞。晚晴初見影窗紗。裊裊低枝雪控。　　冷月啼烏半夜,明燈怯對寒花。梅亭閒鎖凍雲斜。似玉妝成淡雅。

又　迴前調

雅淡成妝玉似,斜雲凍鎖閒亭。梅花寒對怯燈明。夜半烏啼月冷。　　控雪枝低裊裊,紗窗影見初晴。晚霞浮動暗香生。信有留春角枕。

沈其杓曰:"賀方回'玉人和月折梅花',正似此詞幽致。"
邵二峰曰:"字字穩貼,和靖'暗香'、'疏影'不得擅美。"

瑞鷓鴣　變木蘭花令

老却人間花夢殘。枝高惜鳥倦知還。巧竹湘屏雲弄影,小桃春帳玉生寒。　　少年遊泛芳樽綠,酣興詩吟苦鬢斑。繞水溪青山裏屋,道安長住不開關。

木蘭花令　迴前調

關開不住長安道。屋裏山青溪水繞。斑鬢苦吟詩興酣,綠樽芳泛遊年少。　　寒生月帳春桃小。影弄雲屏湘竹巧。還知倦鳥惜高枝,殘夢花間人却老。

許酉山曰:"先生閒情逸致,不減樂天後身,此詞固自作一醉吟傳也。前調用釋道安事作結,何其巧妙。"

附集外詞一首

千秋歲　和丹麓五十自壽韻⁽一⁾

　　青山不換。百歲平分半。鵬鳥息，魚龍變。年來知寡過，身退原非賤。逍遥也，草堂長晝探詩卷。　　花底春光晏。柳外鶯聲亂。杯在手，何須歎。未逢宣室召，且遂墻東願。從此後，覆蕉夢鹿憑他幻。

（一）此詞係《全清詞・順康卷》輯自《千秋雅調》，今據以補錄，姑附於此。

附丁瀠《秉翟詞》

山花子　賦南唐事，和李後主韻

　　草緑江南蝶粉殘，玉簫聲斷彩雲閒。寂寞梨花金殿鎖，共誰看？　　故國啼鵑催夢醒，他鄉乳燕説春寒。誰自汴河橋下水？到長安。

梅東草堂詩集

（清）顧永年　撰

序

古今庸碌者流，或自幼而履豐亨，或終身而享逸豫，或徒手而列仕宦，或拾芥而取科名，纍纍若若，不知凡幾矣。而讀書自好之士，往往厚其德者，即阨其遇；豐其才者，即窮其身。自少至壯，必使之潦倒流離、盤錯困乏，以老死庸下也。其故何哉？蓋方正之名，既爲造物所妒，而精華之氣又其所深秘，未許輕洩耳。故金之蒙也以砂，玉之韞也以璞，蛟龍之漦藏於壑，夜光之珠沉於淵，其不幸而爲人所得者，必鑄之琢之薰之篩之，雖獲見重於世，而其天已漓矣，其性已詭矣。嗟乎！天下之以不見用爲貴者，豈獨物類已哉，天之於人也亦然。唐以詩賦取士，少陵、太白詩之聖者也，以彼其才未嘗博一第，後雖列名於朝，亦不克竟其用，而少陵斥嚴武，太白罵禄山，皆具有剛正不阿之氣，忠君愛國之心，卒致流寓巫峽，遠竄夜郎，淪落以没。豈非厚其德者阨其遇，豐其才者窮其身之一驗哉。雖然，李杜去今千載矣，無論賈豎樵牧，聞二公之名，莫不張目咋舌，贊歎不置，是二公自有所以不朽者，初不在乎富貴利達間也。

顧子桐村，少負雋才，名噪壇坫，執牛耳者有年矣。四十餘始成進士，即以端介遭忌，不得與館選，迨已赴南曹選授陝華亭令，又誼敦師友，敝屣一官，患難播遷，不少尤悔。入關後，登泰岱，泛彭蠡，踰嶺嶠，今又將度仙霞，遊閩海。凡所得名山大川之助，悉寓於筆歌墨舞之中，而巖巖嶽嶽之概，至老不渝，宜乎詩古文辭，膾炙人口。而車轍所至，亦靡不降心以相從矣。戊子夏月，息影山中，桐村遣長鬚來，以詩索序，風格渾厚，旨遠詞新，當於高、岑、王、孟之間別置一座。噫，懷才抱德之士若桐村者，豈非以不見用爲貴，而亦自有所以不朽者，又豈僅以詩人目之哉！桐村與兒瓚同舉於鄉，又皆爲及門蒼巖所得士，兒婦即其女姪，故知之最悉，遂書以弁其端云。

康熙四十七年清和月，桐山張英拜草

序

天地靈奇瑰秀之氣，獨鍾於人。人乘天地之氣以生，萬族芸芸，而唯才德之士爲不朽。我特怪天既生之，而偏困厄錯抑之，使不得一日少伸其所負，而徒鬱鬱以老焉。則天地生之也謂何？然每見懷才抱德之士，卓然有以自樹，能不爲天之所囿，不屑屑與世之榮顯者，爭一日之短長，而自足以相勝。則天亦無如之何也。蓋天地生才有數，大較不越出處二途。致主澤民，以至銘鼎鐘，垂竹帛，固君子得志之所爲。不然者，則修身明道，以聖賢自期許，發於事業，著爲文章，如古人所稱三不朽者。而吾取之以自善，鳴之當世而共賞，傳之將來而無窮，海內之凡有眼識者，無不知其人其文。如景星青雲之爲瑞，如精金良璧經磨折而愈見其光，即坎壈經身，與得位行道者初無軒輊也。我讀桐村先生之詩而愈信。

先生少負聖童之譽，爲名進士，推一代起衰巨手，中遭多故，如蘇子美同。時飲酒故事，意不在子美，而子美竟以被斥。居遼海數年，詩益沉鬱，有老氣。凡山川憑吊，今古興懷，以及思親懷友，可喜可愕之事，無不發於詩。戊子之春，輯其生平所著，不下數萬言。惜選稿一編，於粵遊時爲人所竊去，不復記憶，然已洋洋有觀止之歎矣。以視人間之富貴何如哉！然天能厄先生於一時，而不能厄先生於千古，能厄先生以爵位之通塞，而不能厄先生以榮名厚實。爲一代斯文之目，所謂懷才抱德之士，能卓然自樹，天亦無如之何也。《易》曰困而亨，視處亨而得言者，更進矣。先生勉之。

瓣香庵弟盛遠，時年八十

序

歲癸未，予奉命視學嶺南，表兄顧進士桐村挾其生平詩稿偕行。事甫竣，取吾師稽留山人所授古詩及阮亭王尚書《居易錄》刻以行世，因謂桐村曰："子著作等身矣，曷梓諸？"桐村曰："吾自悔少所作《長慶堂詩》多濃艷浮露之詞，久棄去不復存。存者戊午至庚午數年來詩十之三，辛未以後出關入關十六七年中詩十之七，皆悔吝憂虞、淋漓感慨、窮愁困苦之句居多。邇年無暇校定，尚欲删去繁蕪，就正於予老友盛宜山，然後舉以問世。"此一言也，又幾易居諸矣。

桐村爲先姑母獨子，一齡背父，先姑母長於吟詠，自爲未亡人即焚棄筆硯，惟桐村從外塾歸，督令夜讀，輒口授三百篇，以故桐村年十三稱聖童，補博士弟子即工詩，弱冠喜與海内聞人登壇角藝，小試必冠一軍，名噪甚。然往往困躓於棘闈。丁巳發憤，徙而北，中戊午賢書，乙丑捷南宫，以不與清華之選，需次里門。己巳，平原公秉漕政，當途指爲即墨黨，羅織文致之，波及桐村。毅然曰："此疏陰有主者，吾師，大臣也，不可誣。餓虎得人而止，吾請以身任之。"卒以此編管奉天，而平原事廼得白。譴之日，止次妻某氏、彌月兒某相隨，入圜扉，涉塞外。丙子，天子自將征噶爾旦，命戍留都者并運糧軍前，獲生還。還之日，而先姑母已不及見矣，悲痛欲絕，迄今《紀哀》詩傳頌人口。自此，或南或北，奔走於衣食，家無負郭一畝、容膝一椽也。

大畧桐村之爲人，天機流露，無城府圭角，時以真率少許對人多多許。有謗之者，亦不與校。遇抑塞不平及有關家國之事，非不怒目切齒,少選客來,共笑談,輒忘矣。其坦夷若此。居鄉,杜門不交軒冕,遊跡所至,漫澨之刺亦不妄投,曰"吾失意人,自甘落莫耳,肯彈鋏朱門乎?"其狷介又若彼。以故其所爲詩,亦未嘗規模唐宋,率性而行,自與古合,有沉鬱頓挫之致,亦有盡態極妍之姿,是以少陵爲宗,而或出于元、白、錢、劉、溫、李者也,讀其詩可以知其人矣。戊子春,將遊入閩,來別予,袖所爲瓣香主人論定若干卷索序焉。予序其詩而并及其人,即謂爲桐村小傳也亦可。

康熙戊子歲清和,愚表弟翁嵩年拜撰

序

天下倚伏循環之理，或始困而終亨，或先通而後塞，有定數焉，不可得而逃也。儒者守其在己，不隨境爲轉移，處貧賤而不去，遇造次顛沛而必於是，斯其于道也，思過半矣。

予與桐村年兄出處大概相同，予自爲諸生日，即荷皇上特達之知，勅令搜書海外，事竣，將予之官，余辭焉。戊午偕桐村受知於山陰、雲間兩夫子之門，文章意氣相同也。春官連被放，乙丑三場，遇桐村於席舍，月初上，檢點闈中事粗畢，因抵掌論文，次及表題，皆上所裁定，意在厚風俗，禁奢華，而作者徒摭拾南巡等語，非命題之旨，遂各誦所作，私喜曰：吾兩人所見多同，必收入縠中矣。已而桐村卷果在進呈之列，而予仍廁名孫山外，桐村爲我扼腕者累日，曾有《賀桐村》十截句，以見遇合之有幸不幸焉，然先後爲一人所賞鑒則同也。戊辰予邀一第，授館職，桐村則需次里門。未申之間，予以敝邑浮糧懇當事疏豁遭誣妄，桐村亦爲其鄉漕運事誤爲言者所中，是我兩人之受禍又適相同。余得邀聖眷，仍命供奉内廷，而桐村則絶意仕進。入關後，奔走於東西南北，凡得意失意之處一於詩焉發之。雖流離困頓，未嘗有怨懟之言，亦可謂温厚和平矣。雲間師曰："往余索桐村和詩，遇險韻不肯雷同沿襲，必標新領異，嘔出心肝而後已。及其成也，卒工且穩，無艱澀之態。"其《紀哀》詩，姜西溟謂得漢魏間風味。近日題胡茨村竹數竿書數卷小照，有曰："恨不十年讀，何可一日無。"極爲當代鉅公所擊節，桐村謝曰："願存此知己之感而已。"今《梅東草堂集》中尚有未盡壽梓者，約畧其生平之作，原本忠孝，愷惻纏綿，言有盡而意無窮。有識者自能辨之，非予一人所得阿私也。

鷺城年眷同學弟孫致彌拜草

凡　　例

一、丁巳以前，家居之日多，入則奉母，出則與親串友朋相往還，如翁哲初舅父、丁藥園、弋雲叔、岳且庵。詩城不踰，受嘉玉鉉星耀。諸伯叔父執則關六鈴、姚其兩、成而卓、嚴子問、顥亭、沈甸華、宣子、孫宇台、嘉客、徐世臣、張東皋、殷嗣寅、章淇上、許天儀、鄧左名諸先生。同學展盟則嚴柱峰、群從、俞夢符、潘新彈、右仍、楊千波、查春谷、張孝翼、鄒端木、章閎脩、徐蘭皋、麗天、俞潔存等。壯學則汪幼安、余鄧方、周敷文、鄧廷玠、沈廷益、孚尹、朱雪巢、介眉、王眉超、雍輸、陳禹拜等，雖不盡以詩文酬酢，而亦有投贈之章，載在《長慶集》中，今其板失去矣。

一、長慶堂者，唐白香山詩稿名也。先祖闢居梅東橋之西，求董宗伯手書此三字，其額尚存。昔元白聯句甚多，每一詩成，輒令老嫗來聽，蓋取其易解耳。予亦倣此意而行之，故命名偶同。今則更名曰《梅東草堂》。亡弟向中詩則曰《橋西草堂》。殆遭顛沛以來，《梅東詩》甫成，而《長慶》、《橋西》已不可問矣。即一身所歷三二十年，已有滄桑之變，可歎哉。

一、自爲諸生時，受歷科文宗知遇之感，間有歌行入《長慶》稿，戊午、乙丑兩科總裁、主考、房考，若冢宰張號繡紫、大司農王號儻齋、總憲董號默庵、掌院孫號屺瞻、少詹朱號即山、閣學楊號玉符、侍御盛號誠齋、儀部張號滄巖、大行曹號石閭，皆有詩文呈覽。出關後，盡失其稿。所存者，十餘年來吟詠耳，殘闕失次，有數存焉，非敢異同也。

一、故鄉名勝登臨之地，先賢憑弔之篇，《長慶集》中最詳，惜無存矣，不知尚能記憶續補一二否。

一、風雅樂府二種，集中未備。

一、美人以比君子，香草以比善流，故無題等作，非盡屬狎邪也，姑留此一體。

一、流離患難，適興寫懷，祇以自娛，不求傳世，閱者幸勿笑其疏陋。

一、賤性迂拙，近復山野，習成不合時宜，有犯忌諱失檢點者，適彰狂奴之故態，以資捧腹而已。

桐村氏題

梅東草堂詩集卷之一

玉符楊夫子召飲，即席拈尾字作古體見示，恭和　戊午

中谷有芳蘭，清芬異凡卉。幽香襲人裾，繁條何韡韡。夫子生華胄，天姿具英偉。道高心益謙，下采及荇菲。贈以明月珠，雜然陳筐篚。教之勤誦讀，諄諄戒比匪。良玉貴琢磨，君子學博依。詩書道所存，夙夜常亹亹。文豹善藏身，神龍偶見尾。古來賢達人，盛名能有幾。佩服弗敢忘，詎得云非韙。願言賦歸與，狂狷亦成斐。

月夜納涼

斜月照孤城，三更暑氣清。樹高雲不動，風定鵲還驚。河影先秋見，星光入夜明。誰家樓上笛，吹出鳳凰聲。

嚴廣文南歸　己未

執手過燕市，離尊對夕暉。浪遊吾亦倦，薄宦爾先歸。細雨消殘暑，涼風動客衣。到家秋已老，梧葉滿園飛。

壽沈洪生尊堂年伯母范太夫人六十　戊午

六十麗眉秀,相看舉案齊。夜深初罷織,閣上早燃棃。錦字多迴讀,文琴好共携。香閨有雛鳳,名已列金閨。

送湯西涯遊粵西　辛酉

桂林象郡事如何,仗劍曾經荔子波。浪跡一生原是寄,豪遊萬里未爲多。少時意氣休頹放,絕世文章易詆訶。容我西湖歸卧穩,短墻茅屋挂藤蘿。

燈夕花爆行贈程潔聞年友　辛酉

涇川風暖波粼粼,始和天氣林塘春。程子河干設燈讌,火樹千株鬬月新。隔岸珠懸光照水,明星倒入銀河裏。河中更築一層臺,臺上烟光燭天紫。乍疑神女弄珠回,還驚海鶴連雲起。須臾幻出屋中樓,雕窗曲檻上簾鈎。亦有美人揚羅袂,巫峽雲殘不可留。大船小船如列屋,爭看河干紅蠟燭。張卿小史擫漁陽,舍人自唱涼州曲。昔日繁華盛南渡,而今此事不可覿。欲取河干駕彩鰲,捲起吳淞半江霧。

讀孫孝貞先生遺事暨賢母撫孤二首　戊午

濁世誰躭裘馬肥,輟耕隴上願俱違。滿園芳草思公子,一室星光隱少微。有道碑銘真鑑在,文中謚法古人稀。疁城仿佛西州路,憑吊先生淚欲揮。

王家風範謝家詩,大雅何慚閨閣師。聞道入山偕處士,果然此母產佳兒。欣看柳郢遺灰在,恨識茅容進黍遲。千載留微傳墓表,涕零忍讀色絲詞。

無題和義山韻五首　辛酉

桃花一片逐行舟,路隔仙凡迥不猶。月約簾鉤蟾影曲,香生綃帳彩雲留。陽臺暮暮真成夢,楚岫年年莫記秋。最是無情雞唱曉,枕邊聞墮玉搔頭。

枝頭少女送微風,指點疏星三五束。細語燈前山海誓,幽期花下夢魂通。雙彎雪藕如脂嫩,一朵夭桃射粉紅。珍重章臺楊柳色,莫教飛絮恨飄蓬。

歡憶來踪怨去踪,門前流水寺前鐘。傷心更比茶還苦,別意翻憐酒未濃。花蕊半含尋豆蔻,黛眉雙鎖對芙蓉。一重山隔千重恨,知在巫山第幾重。

曾上紅樓度曲來,琵琶逗雨鬭輕雷。山如蹙黛愁千疊,路比柔腸日九迴。沉醉何妨非爲酒,多情誰不解憐才。相思拚得心頭熱,幾向寒爐撥死灰。

容易栽花解語難,護花長自惜春殘。鶯憐粉頰香初染,燕拂紅綃雨未乾。畫檝渡江桃葉去,鳳樓吹月玉簫寒。石家歌舞何曾歇,十斛明珠一笑看。

題稽留先生繼配儲太母傳後　辛酉

萱樹沉輝傍石巖,塵封寶鑑玉爲函。伯鸞有婦能偕隱,鍾琰生兒自不凡。但聽哀蛩吟唧唧,那堪歸燕語喃喃。機絲檢點思遺迹,留得啼痕染舊衫。

寧都魏夫人殉亡詞　辛酉

男兒志勿逾,要當立大綱。女子秉貞性,植節不可量。所以天地間,賴此持倫常。芳徽垂青史,皎若日月光。寧都魏夫人,所志在殉亡。夫子本人杰,崒嵂起西江。山川鬱靈氣,爛然成文章。一門稱孝義,著書號易堂。易堂俯龍湫,兄弟同翱翔。伯兄遘奇禍,抆血摧肝腸。有子殉父死,雖死名亦彰。同仇不返戈,三年情內傷。垂老竟客死,天乎胡不良。夫人聞訃至,擗踴呼彼蒼。絕粒誓同穴,矢節勵冰霜。夫死妾亦死,含笑歸泉壤。昔與先生友,恨阻天一方。章江波浩浩,貢水流湯湯。殉夫與殉父,節孝兩克臧。自茲傳不朽,千秋共頡頏。鹿車驅冥路,伉儷還相將。可以風薄世,留此待旌揚。

過拜魯駿翁年伯值病起　辛酉

徑造先生獨樂園,清譚終日少寒暄。花欄雨過因行藥,鄰居兒來看種萱。茶品細嘗分雀舌,竹邊忽見長龍孫。黃庭一卷閒來讀,即此蓬萊可避喧。

藍輿日日踏青郊,野摘新醅佐晚肴。因病却宜貪午睡,掩關不厭有僧敲。已無婚嫁羈遊屐,早以官情等繫匏。千里結言雞黍慣,忘年端賴古人交。

過泖河和丁天庵　辛酉

汪洋千里漾晴湖,贏得春風似畫圖。日照波心開曉鏡,舟移水面亂飛鳧。九峰環列浮烟直,一塔橫空倒影孤。茅屋幾椽沙渚外,停橈試問酒家酤。

周鷹垂招飲　辛酉

畫欄柳色正毿毿,公子乘春賦合簪。月檻飛光移鶴浦,雲樓倒影入龍潭。紅牙識曲從無誤,白眼狂歌興始酣。漫訝驚人詩句捷,浣花今已在江南。

井院雙桐引　辛酉

雙梧金井高十尋,綠花翠滴常陰陰,湘簾低控落花深。雕闌小鳥窺雲隙,疏櫺漏影星光白。客到花洲愁夜闌,清露流暉弄輕碧。良材產自嶧山陽,吳絲蜀桐幽韻長。我欲携琴待明月,彈盡歸鴻非故鄉。

福山張參遊　辛酉

三世通門縞紵情,逢君却在五茸城。青油帳裏春將晚,芳草堤邊雨乍晴。玉勒嘶風歸馬疾,寶刀出匣蟄龍驚。素嫻韜畧何須問,儒將輕裘舊有名。

上偏沅巡撫丁黍巖先生　　癸亥

　　本是文章侍從臣，校書藜閣近楓宸。科名人豈尋常輩，開府年才五十春。喉舌司宜兼出入，股肱郡且寄宣旬。湖南險要江南賦，天語傳來付託頻。

　　逢人愁説是南征，此地由來可用兵。擊柝嚴城聞虎氣，挂帆三峽聽猿聲。計安反側須文治，喜慰劬勞見太平。萬里長江沉鐵鎖，安瀾豈有逆龍驚。

莊叩威述其令祖衛慈遼海扶櫬遺事　　壬戌

　　負骨南還一虦孤，關山辛苦歷崎嶇。五千里外羈魂返，十六年來血淚枯。沙磧黃昏鄰鬼火，冰天白草伴城孤。寫生縱有長康手，難繪當年孝子圖。

題舍甥英粲負劍圖　　丙子

　　我讀項羽傳，隱然有餘恨。喑噁叱咤婦人仁，學書不成去學劍。劍一人敵學未終，淚灑烏騅識何闇。古來名將本儒風，下馬草檄上馬戰。雅歌矢躍赤銅壺，梁父吟麈白羽扇。豐城之獄與延津，未逢知己甘污賤。《漢書》斜挂牛角尖，底用班生投筆歎。吾家宅相氣食牛，雙眸炯炯如巖電。西園入粟恥狂泉，亦舞青萍亦染翰。丙夜高燒畫蠟紅，萬軸紅堆青玉案。酒酣耳熱引興長，三尺太阿增顧盼。薛燭張華相術精，水截陸剸須百鍊。藏鋒斂鍔好男兒，琴材終不同樵爨。昔年殷浩徙東陽，外甥韓伯隨吟畔。肯因顛沛暫相離，氣義千秋金石貫。

可憐杜甫貧交行，覆雨翻雲態百變。龍文寧爲取功名，贈爾佩之防憂患。曹沫荆軻命不同，道旁觀者嗤瘋漢。俠客還從賢聖求，願分圖籍與君半。或歌或泣畫中看，此舅此甥非冰炭。

蓮社次韻　辛酉

電光石火最堪傷，有願持齋學太常。眼底經過花雨散，鼻中聞覺木樨香。只看内典維摩詰，不是詞壇顧野土。立地幾人能辦佛，何妨遊戲一逢場。

吳門喜遇翁康飴歸自句容，以新詩見示，即次原韻　辛酉

夢想家園梅里東，江天又見蓼花紅。浪遊但覺襟期闊，愁苦偏宜詩句工。夜静梧桐聞落葉，月明鴻雁怯西風。飄零孤劍渾無定，未必年年此會同。

我遊閶闔爾金陵，到處鐘聲客舍燈。詩格曹劉才一變，家風王謝久相仍。且提碧瓮看花去，但遇青山着屐登。明日扁舟楊子渡，布帆秋雨暗潮增。

《畫舫麗人行》贈沈南季年友　辛酉

桃葉桃根弄春霧，青雀飛飛花滿樹。公子張筵列綺羅，簇擁紅妝柳邊住。中有驚飛分外嬌，鬱金衫子翠雲翹。一曲清歌歌未已，可憐瘦盡沈郎腰。江東虎痴更痴絶，携得娉婷肌似雪。金谷眼珠夜失輝，紫宮飛燕羞同列。却喜歡年二八餘，畹蘭家近莫愁居。燈前二美俱

無價,一樣看來玉不如。畫舫雕窗光照水,春山倒影金樽裏。杜牧曾留薄倖名,有情不爲無情死。今夕何夕春風癲,與君拚酒共花眠。欲覓烟波尋少伯,五湖偏少麗人船。

留別程潔聞 辛酉

一番風雨到江春,畫閣珠簾柳色新。樓上紅燈今夕醉,河邊芳草未歸人。孤帆帶月移高樹,隘口征鴻度遠津。最是不堪攜手處,黯然離別又傷神。

姑蘇寓施天若小樓 辛酉

乘槎忽到百花洲,訪得名園且暫留。蘿薜晝陰常覆榻,梧桐新雨一登樓。多君藻思憐同調,助我清談豁旅愁。剪燭西窗盡餘興,還教碧月照溪流。

同嚴十定隅遊虎丘和張彥暉韻 辛酉

放鶴生公何處尋,峰從海湧劍池深。停舟戲水攀荷蓋,與客攜樽就竹陰。怪石晝眠疑伏虎,蒼松夜吼作龍吟。歌臺幾度遊麋鹿,獨有青山自古今。

寄行人汪東川 辛酉

與子讀書吳山麓,雙峰對峙如人伏。風雨聯床聞曙雞,夜月穿林洞茅屋。但看冰硯有時溫,不問霜毫幾回禿。先我上長安,今爲供奉班。我時刷羽返故里,君正揚眉侍禁鑾。長安街頭沙亂走,一曲離亭一杯酒。于今不見已三年,相思望斷東川柳。而我風塵尚落魄,笑殺烟臺空逼窄。解爾金龜換美酒,且教爛醉長安陌。

家筆堆招飲嘉樹堂　　辛酉

時疆名勝阿兄家,滿徑秋香送落霞。竹裏流泉堪滌硯,亭邊疏柳好藏鴉。紅兒按板歌喉細,碧玉留人舞袖斜。醉後不知銀漏永,月明深院譜琵琶。

王阮亭民部召入翰林賜宴賦詩,因詔求博學宏詞,步李容齋學士韻　　辛酉

黃扉一席左猶虛,玉署班聯孰得如。獻頌王褒新視草,拜官供奉夕除書。衣沾香案調羹近,月上鶯坡撤燭初。見說招賢東閣盛,不聞夏屋賦渠渠。

臺閣文章制誥初,柏梁七字奏新辭。能如繡虎談何易,漫說雕蟲壯不為。十載馮唐愁未調,多才司馬宦非貲。分明稽古堪榮召,一日聲名到鳳池。

漢庭原是重儒冠,馬上承平治最難。三策天人來董子,五經同異問兒寬。誰容傲吏名中隱,只恐深山卧未安。近日徵車聞四出,紫泥常繞白雲端。

履板清談紀盛遊,每逢明詔切旁求。得逢知己能無恨,久繫蒼生豈自由。神駿不隨凡馬相,焦桐終被賞音收。諸公盡入英雄彀,莫怨遲封李廣侯。

別雲間周俊上　　辛酉

兩渡茸城溯水濆,霜天鴻雁惜離群。神遊蒼聖蟲書跡,手定宣王石鼓文。帆去葦花吹暮雪,嶺回楓葉伴斜曛。孤山羽客梅亭鶴,期爾湖邊看白雲。

送洪昉思遊大梁　　癸亥

津亭握手共離觴,匹馬長征犯曉霜。哀草連天風颯颯,凍雲垂野日荒荒。頻年作客凋雙鬢,到處題詩挂一囊。歲晚兔園霏雪滿,多才司馬正游梁。

贈陸冰修隱君

時有交薦之疏,先生固却之。　　癸亥

文章何似陸生奇,懷裏新書紙自怡。誰得卿狂唯解飲,不因人熱獨爲炊。烟霞久有終焉志,姓氏還愁識者知。野外生徒聞習禮,至今能說漢威儀。

五十藏名意氣真,早知富貴不如貧。誰爲悅己堪施沐,何愛餘光更乞鄰。入座衣冠聊免俗,放懷歌泣若無人。山間明月依然好,把釣從君上富春。

送陶士拔之茸城郡守幕　　癸亥

珍重詞人好筆踪,短檐籐帽白輕裕。此行不爲蓮花幕,欲寫吟情到九峰。

一水會無百里遥，往來書畫有輕船。思君只在南湖北，早借風帆晚趁潮。

楊太師母夏太夫人五十壽 癸亥

榴花菖葉逐年新，又見芙蓉綻小春。封奏九重真諫議，母儀四國太夫人。赤文受册探瑶笈，黃雀銜環繫玉麟。和就熊丸資珥筆，織成龍衮補絲綸。校書天禄藜初照，著史襜帷漏未匀。戲彩新荷翻碧沼，扳輿春日夾朱輪。風迴珈珮分釵綬，翠壓眉峰帶笑顰。毛女雲芝千片錦，麻姑鳥爪一雙銀。子爲當代金貂客，壻是前朝青瑣臣。賜出天厨斟御酒，頒來仙饌膾遊鱗。種將玉樹方遊洛，購得桃園不避秦。三泖晴光迴雪浪，九峰華月照松筠。層樓直接仙莖露，丹闕遥通繡陌塵。共指長生搜篆籀，可知難老是星辰。幾從載酒情何切，一自登龍道可親。孔李通門慚下士，荀陳入座羨嘉賓。慈鴉反哺花邊住，老鶴將雛池上馴。壺則中宮同給札，女師彤管并書紳。百年三壽頻頻祝，還看兒孫覲紫宸。

送周鷹垂北上

時予客居雲間。　辛酉

那堪客裏送行人，花撲征鞍柳拂塵。我向茸城獨留滯，何時同醉曲江春。

馬上看花定有期，江南花早上林遲。故人元九曾相識，好寄紅蓮一首詩。

八月紅欒三月桃,燕山春雨度花朝。周郎得意休嫌晚,走馬揚鞭過御橋。

贈畹蘭校書　　癸亥

醉後書殘白練裙,楚蘭宜雨亦宜雲。憨生何似司花女,還比司花韻幾分。

項霜佃、嚴定隅枉過

薊門逢二妙,疏畧少將迎。相對醇如酒,何妨爾獨醒。汲泉烹蟹眼,炊玉作香秔。日夕同佳趣,消魂又遠行。

送湯西崖歸里兼懷陳一玉　　癸亥

去年湖上識陳生,一言結交山可傾。今年邂逅遇湯子,酒酣耳熱歌燕市。二子文章伯仲間,神骨彷彿馬與班。意氣開豁亦相似,嘗令古道照人顏。賤子饑軀久行役,儒冠誤我仍落魄。局促還如轅下駒,曳裾侯門恥懷璧。客舍湯生不暫離,相依晨夕比塤篪。出門更僕入共被,歌泣不管旁人知。朔風凜凜寒威冽,凍雲一片千山雪。湯子匹馬立路傍,揖我辭歸心惻惻。知君早晚卧烟霞,東鄰即是陳生家。春風并泛西湖棹,孤山一路飛梅花。

偕同年馬嚴沖、沈洪生諸太史侍飲山陰朱夫子　癸亥

絕學崔嵬不可攀，一時函丈共承顏。升堂半是金閨彥，側足深慚玉笋班。列障笙歌聞北里，擁門晴雪對西山。點頭賴有生公法，莫笑真痴似石頑。疏狂小子未知裁，載酒雲亭問字來。經笥腹便藏五酉，鱣堂服色象三台。清談不覺挑燈盡，得句還教急板催。昨夜東風微漏洩，曉窗已放數枝梅。

奉別少司農李容齋夫子　癸亥

牢騷壯志近如何，客底年華撚指過。十載師門聞道晚，一身涕淚感恩多。東風著柳舒青眼，南浦歸雲送綠波。穩挂《漢書》牛角去，兩峰高處任狂歌。頻開東閣吐哺勞，折節何當諦久要。去矣不因無醴酒，歸歟猶自戀綈袍。山生桂樹思招隱，草沒雲亭著反騷。蓬蓽若邀明主問，好將瓊珮解江皋。

汪子寓昭下第南還　癸亥

汪子玉立姿，不受塵網羈。浩然發歸志，還山理釣絲。披裘垂釣行大澤，拂取嚴陵一片石。嚴陵月出萬山輝，寂寞魚龍秋水碧。某也亦有丘壑情，願隨吾子同歸耕。自顧昂藏軀七尺，不甘雌伏當雄鳴。江河日下滔滔是，等閒鷗鳥隨波靡。賈生痛哭弔湘潭，賤貧寧免遺俗累。嗚呼，君誠大宛之龍媒，不逢伯樂終塵埃，伏櫪長嘶竟何益。安得力士袖中鎚，與爾鎚碎黃金臺。

呈巡鹽成愚崑先生　癸亥

東林壁壘近如何，士氣於今尚不磨。豈是浮名同畫餅，還憑清議挽頹波。敦盤聞說先賢盛，厨顧寧誇後進多。吾道干城公等事，千秋大業莫蹉跎。

漫言柱史但能文，管樂功名更不群。夜半占星知王氣，眼前聚米識妖氛。山河無恙還憂國，奏疏多違亦愛君。池上鳴珂俱滴滴，天官河洛幾人聞。

雜感　癸亥

堪歎流年似擲梭，負薪市上日行歌。饑來驅我真愁絕，壯不如人奈老何。門對數竿翻碧影，繩穿一榻挂烟蘿。有田自覺爲農樂，早晚扶犁卧淺簑。

萍梗無情逐水流，京華淹滯獨悲秋。連城璧豈無因至，不夜珠何以暗投。黄鳥聽來針俗耳，閒居賦罷白人頭。懷沙自古真成恨，我欲浮沉學海鷗。

病後相如渴未消，經過萬里欲題橋。漢官爭畫長螺黛，楚殿偏憐細柳腰。四塞霜天迷去路，一江春雨暗生潮。如何萬丈東風力，不借鵬搏到九霄。

思歸豈是爲逃名，纔說家鄉便越聲。織錦文無描恨賦，如淮酒不決愁城。喜開圖史青雙眼，撚斷髭鬚日數莖。買得一山茆結屋，閉門終日種蕪菁。

奉酬汪東川太史　壬戌

不能雌伏便雄鳴,武庫胸藏百萬兵。椽筆待君乘銳試,糟丘許我及時營。鳥棲曉樹啼來急,月帶寒霜分外清。約法願如金谷罰,題詩未就酒先行。

冰盤羅列玉缸陳,塵尾明犀自辟塵。開瓮不嫌中聖薄,披圖時與古人親。肯甘諧俗朱門叩,莫謂相知白首新。耐久梅花香撲鼻,金鈴低護索檐巡。

風流吐納滿懷春,二月鶯花倍可親。賴有青雲騰健翮,何妨碧澗滯沉鱗。夜分蓮炬休嫌晚,客到門庭莫怪頻。陳對金華稱第一,堂中五色是絲綸。

美人倚梅圖　壬戌

倚玉纖纖近可扳,香甌一盞侍雙鬟。含情莫道人無識,料是江妃姊妹間。

分明結伴在三生,未啓朱櫻目已成。消受羅浮今夜夢,并肩頓有兩傾城。

美人採蓮圖　壬戌

巧樣蟠龍一色新,輕搖團扇入芳茵。紅衣試并紅裙看,妬殺章臺柳下人。

并蒂連枝舞態饒，嫣然一笑許相邀。燈前若解卿卿語，未必能分大小喬。

喜遇張平山時有江右之行　庚申

文字交遊兩不窮，芝蘭相接臭原同。襟期朗愛清秋月，談辨雄生滿坐風。一幅雨帆催客去，幾年烟柳帶愁籠。雙魚莫道西江遠，的的東風更向東。

戲柬汪東川翰林索飲　庚申

日日常拚是醉鄉，一生老此漸頹唐。不須俸米生飢朔，但置糟丘處渴羌。青眼客來春瓮綠，白衣人去菊花黃。先生五斗風流慣，信步能容到玉堂。

寓竹浪僧舍，喜宜山、士拔、汝諧、鶴書、辭立枉過留飲，得聲字　庚申

枉尋初地續詩盟，到此何容挂熱情。步久空林落松子，坐移小檻就蘭英。朋來最是客中密，別意翻於酒後生。却怪黃梅連夜雨，梧枝竹葉總愁聲。

和程汝諧韻　庚申

賣藥南湖無二價，埋名誰不識韓康。詩成眼欲空千古，興到君須

盡百觴。已辦摧隤銷舌劍，却容遊戲入詞塲。平生亦有冰蠶性，更乞先生解熱方。

答沈穆如同學　庚申

珍禽屬健翮，來自大海濱。胡爲羈樊籠，俯仰不得申。落落負奇士，自古遭邅迍。達識苦不早，豈必憂賤貧。冠蓋非我儔，所思在古人。歎息世俗交，轉眼若浮塵。卓哉吾沈子，風雅邁殊倫。相逢燕市中，酒酣意氣真。慷慨發浩歌，一曲擬陽春。安得瓊與玖，相贈開心神。

卓次厚見訪

勤勤勸駕辱濡翰，懶癖其如喜便安。黍谷那因吹律暖，夏蟲誰足語冰寒。方憂日短思將母，莫謂河清可備官。得便酣吟溪屋下，詩腸清沁酒腸寬。

過寫山樓贈李雲連　庚申

輸君三雅絕人踪，百尺樓頭孰比踪。仙掌色沉官字盞，畫屏風擺乳毛松。虛檐四敞迎涼雨，老樹孤撐作遠峰。壁上滄洲山不斷，臥遊何用更拖笻。

籐床瓦枕足佳眠，不喚茶仙即飲仙。摩詰詩篇兼有畫，米顛書屋總名船。低飛欲住花間蝶，高噪能清樹裏蟬。正值炎天偏晝永，許裁大暑賦當筵。

花灣西去即漁磯，白板臨流兩小扉。魚候石池吞墨浪，燕歸春巷認烏衣。尊彝清玩皆三代，松柏分除盡十圍。香熱一爐琴一曲，飛鴻目送手頻揮。

晝又日給有餘資，清課還分十二時。襪露濕緣行藥圃，帽檐低不礙花枝。偶來酒伴宵聯句，愛與山僧晝對棋。此是神仙真窟宅，小橋流水釣魚絲。

計希聲枉過小寓，留飲次韻　　庚申

愛接名流那諱窮，相邀無事遣龐通。風搖池竹喧山雀，香約盆荷引蜜蟲。茗熟盛來官盞綠，窗閒深見佛燈紅。可知清款留君處，較勝逍遙避暑宮。

飲屠尹和齋，時有卓亮庵、子敬、次厚、秦天格、計希聲、朱予新昆季即事　　庚申

高結松棚勝錦棚，藤床六尺展桃笙。炎威正熾燈無焰，風力如綿扇有聲。詩律最嚴誰將將，酒權在握任卿卿。狂來不受劉章約，那得人間寵辱驚。

指揮自負滑稽雄，饞死何曾得辨窮。階草迎涼分酒力，塵犀辟暑助談風。頻過不覺兩三日，入座還餘六七公。最是多情有仙客，許從花底覓紅紅。

寄井梧女子　　壬戌

珍重名花待曉風，芳心未吐護花叢。上林探得春消息，肯使高樓怨落紅。

橄欖　　壬戌

細嚼津津解舌乾，欲嘗姑置半銜殘。耐人思在回甘處，不比青梅一味酸。

菱角　　甲子

青角紅苞出水鮮，一腔冰雪謝丹鉛。相看自是溫如玉，風骨稜稜亦凜然。

長夏客醉里，計希聲招同陳容庵、屠尹和、卓子敬、次厚讌集　　甲子

同是飄蓬客裏身，沾衣招我設兼珍。方河朔飲剛初伏，似竹林賢少一人。算酒盈升還計石，貪杯犯卯又過申。輸誠好在青州畔，不比他鄉有問津。

吟軒虛敞解煩煎，此夕開樽不偶然。荷葉摘來香細細，竹根斟處飲連連。澆胸勝似清涼散，過夏難於法律禪。莫更留髡乘月返，醉鄉酣笑即神仙。

白石榴　乙丑

似火紅綃百寶光,石家阿醋怕雌黄。雪中月下甘分寂,洗盡臙脂受淡妝。

喜徐淮江連舉二子　甲子

左手相携右手提,名家百果屬楂黎。生纔一歲識之字,來又三朝試偉啼。族譜何妨名大小,里門從此住東西。丹山老鳳將雛鳳,不是梧桐不肯棲。

一非爲少兩非多,秀出藍田勝琢磨。琬琰并陳原異種,珊瑚始長便交柯。孤忠有後真宜爾,是父生兒又若何。却喜來逢湯餅會,敢題鳳字等閒過。

和項東井《醉蝶》　丙寅

香魂招惹慣風顛,更覓糟丘作飲仙。酣醉任教身入夢,貪花合與酒爲緣。撲來扇底鬚根濕,舞向裙邊翅力綿。兩字多情真浪子,滕王妙手也難傳。

和東井《剝豆》詩　丙寅

頃筐去莢碧參差,小喜如梅韻足誇。最惜香過織女手,也憐軟稱老人牙。煮同赤米曾爲飯,薦并朱櫻亦點茶。只此江南一佳味,飽嘗閒更較桑麻。

過廟後村訪介訧茆庵，時五月芒種　　丙寅

　　偶逢芒種到青村，水滿柴扉没舊痕。飛過鳥聲皆入耳，拖來雲脚正當門。山僧歸去挑棕笠，田父呼來共瓦樽。醉裏忽聞清磬發，孤燈一點破檐昏。

　　水鄉何處不栽菱，風俗家家似結繩。修竹繞離遮草屋，小橋跨水接田塍。老翁看數雞歸柵，稚子空收月滿罾。量雨較晴清課事，子孫耕讀力吾能。

工部宋聲求以閏三月望前二日招同人送春，予方束裝南歸未赴口占　　丁卯

　　羨殺春光滿帝畿，重逢修禊自來稀。天公有意教添閏，底事忙從月望歸。

　　玉兔初圓影漸飛，生憎紅樹隱斜暉。東皇豈是無情者，忍撇嫦娥獨自歸。

　　垂簾猶綰舊黃扉，每到春殘戀夕暉。明日樹頭知在否，十分爲爾故遲歸。

　　千金此刻餞殘暉，一去難留淚欲揮。獨有銜杯向南客，送春翻得伴春歸。

過梅溪訪睿石和尚　　丁卯

才過柳港又蒲汀,小結茆庵地故靈。未易談詩窺奧突,可能學佛到門庭。白雲舒卷嘗爲幔,碧樹參差遠作屏。和尚家風真淡薄,飯時持缽飲時瓶。

抱月讀書圖　　丁卯

春去秋來底事忙,清輝照處勝螢囊。嫦娥只傍書聲住,不與離人照斷腸。

喜得陳叔毅《客居》詩却寄　　丁卯

別便三年與五年,愁思渺渺恨綿綿。料無物可寬胸次,賴有詩嘗到耳邊。萬事看如棋局破,一身穩寄酒鄉眠。白萍紅葉歸來好,爾唱菱歌我刺船。

飲文娥妝閣　　丁卯

六街人靜啓深帷,鸚鵡休言客到遲。月下花分燈下影,可憐剛是卸妝時。

答錢越江編修見贈原韻　　戊庚

愁中歲月易銷沉,漸老風霜苦不禁。交未知心終割席,窮教到死且揮金。疏狂唯酒人無忌,嗜好於書性猖淫。檢點三年舊筆扎,歲寒珍重短長吟。

卸却征鞍便理舟，年來辛苦怪閒遊。局終悔不爭先着，名盛難居第一流。城北笙歌喧綺席，街西楊柳拂朱樓。無端又染東華土，只有香醪豁旅愁。

贈同岑和尚　丁卯

抛擲堪憐王謝名，一肩栁栗悟無生。因緣已了來今去，吟詠何分坐卧行。豈有山河爲眼障，直將冰雪比膚清。從師好得談空理，別後還愁鄙吝萌。

哭亡弟向中　癸亥

幾年同學自相師，手足從今永別離。屈指三傳無百歲，傷心兩世是孤兒。雁行散失無雙影，荆樹凋殘剩一枝。可歎生前魂夢隔，此情那得九泉知。

十年憔悴病相如，鍵戶朝朝自著書。上策未收猶舌在，一寒無計使眉舒。墻頭薜荔秋霜晚，池畔芙蓉夜月虛。寂寂復堂荒草遍，遺經留待後人鋤。

舍弟懷九招陪年友陸文端、朱予詵昆仲　癸亥

有弟休誇似潁濱，躬耕湖畔爛天真。閒携勝具三升榼，愛作清流一輩人。畫檻迎涼頻掉尾，碧筒傳飲迭爲賓。此遊最喜多佳賞，更借新詩滌旅塵。

明湖晚對敞雲屏，樹色多於雨後青。小港風來欹柳脚，荒園藤蔓沒柴扃。清泉得漱如無暑，冷石權眠不用醒。酩酊且完今日事，重尋誰許續山瓶。

可是　癸亥

可是朝雲舊楚臺，如花端的上心來。兩年空墮相思淚，一寸終燃未死灰。舞罷柘枝人已去，歌殘桃葉恨難裁。枕中尚有濤箋樣，腸斷香奩不忍開。

秦園　甲子

白雲盡處即柴門，一路松風入耳喧。穿石細泉過絕澗，緣坡老樹託孤根。交交山鳥傳聲遠，簇簇秋花着意繁。休問平泉更金谷，本來人世有桃源。

天然畫裏見名園，搜盡山林探水源。好是不傷真面目，看來別有一乾坤。綠楊樹底開深沼，紅板橋西架小軒。門外桑蔴數家住，正須點綴作仙村。

哭翁舅父和倩　甲子

春雨春風總帳寒，酒爐如舊夜漫漫。驅車莫向西州路，濕盡青衫淚未乾。

群從聯吟憶謝庭，那堪搖落似晨星。高堂無限傷心事，頭白年年痛脊令。

七夕飲張太守署中　丙寅

萍跡空傳乞巧瓜，相招彷彿遇仙槎。半生遊老長安道，七夕人逢太守衙。笑我酒狂因病減，怪他旅鬢逐年華。明朝更約南湖去，莫自蹉跎負好花。

垂垂屋角樹成陰，三面微風透晚襟。細數名花終抹丽，雜陳仙果得來禽。詩無餘卷人爭取，酒不停杯客自斟。杜牧多情賓最盛，壁中高唱有知音。

題宜山居士小照　丁卯

行藏何必借緇髡，佛假儒真異法門。面目宛呈顏孔樂，畫圖偏認釋迦尊。个中妙用誰參得，些子機關亦着痕。不是塞翁輕道破，恐因色相誤乾坤。

和韓蒼霖《春日村居》次韻　丁卯

八九人家住一村，蓬頭老婢應柴門。較量天氣農書准，諷詠先王儒術尊。屋角叢生延鼠尾，墙陰土圻長龍孫。夜來驟漲桃花水，三尺平橋掩舊痕。

周子瑾將軍出示濂溪先生像贊　丁卯

豈獨鷹揚意氣雄，濂溪一派本儒風。兵機闡自河圖數，武績名符理學功。犀麈高談方娓娓，布帆惜別又匆匆。何年更作西園集，醉臥芙蓉錦碧叢。

友人岸舟 　丁卯

　　牙檣彷彿駕長虹，陸處舟居少異同。錦纜頻年橫野渡，石帆何處挂秋風。疑藏絶壑人猶負，似泛浮槎路可通。願得篙師來指點，桃花洞口住仙翁。

　　碧梧紅杏映清漣，十丈飛盧艤岸邊。赤壁鼓人登處興，剡溪慳我去時緣。若教載石行能穩，即命爲杯飲亦顛。何幸遭逢如李郭，此行欸絶似神仙。

　　芙蓉艦不比艨艟，日對澄潭把釣筒。涉世無心空載月，濟川有具待乘風。流當急水爭居上，砥向狂瀾障欲東。莫道洞庭煩寄簡，置身恍在碧雲宮。

　　園林勝賞豈樓臺，觴詠流連亦快哉。李白莫嫌呼不上，張憑還許載同來。未須究委尋源去，那肯隨波逐浪來。泛宅浮家高士願，坳堂底用欵膠杯。

北上懷白龍潭 　戊辰

　　一年三到九峰遊，醉便貪眠桃葉舟。西望龍潭看漸遠，紅橋何處舊青樓。

題虞東弟洗馬圖　　戊辰

牽去長林浴釣灘,短衣脫帽厭儒酸。名駒只恨無人識,借爾如椽寫出看。

陳仁仲善書諸名帖,詩以贈之　　戊辰

臨池三世總名流,家學淵源爾更優。愛寫練裙垂客睡,慣書蒲扇應人求。疑思虛畫虞君腹,飽墨狂濡張旭頭。柳骨顏筋諸法備,一時珍重太清樓。

不習窗蕉即井闌,誰能叉手犯鋒端。精工草聖能師古,妙絕鵝群肯博宮。早是盛名勞夢想,翻於晚歲得交歡。傾城只在君懷袖,慚愧蠅頭寫白團。

同宗姪千峰　　戊辰

三尺茅檐四尺垣,風風雨雨對黃昏。傲居近接烏衣巷,隔舍高挑犢鼻褌。千里長江無別派,百年喬木結靈根。燃松揮羽我家事,好共冰甌細討論。

訪一初上人不值留題壁上　　戊辰

幾尺松蔭屋角遮,摩挲貪過一公家。主人亦爲看花去,直上禪床自吃茶。

題項東井畫　　戊辰

疊疊烟雲尺幅間，此中丘壑已情關。從今不用窮幽討，一日看君畫一山。

淡　　雲

每句以二字疊成。　　戊辰

黯淡雲容楚岫遥，淡羅衫子翠雲翹。春雲不及秋雲淡，還把秋雲淡淡描。

雲濃如墨淡如波，濃淡雲情試若何。一片巫雲原不淡，淡雲憐我意還多。

淡黃雲鬢半塗鴉，淺淡雲衣裁作花。楊柳拂雲雲淡淡，紅樓高處淡雲家。

淡影閒雲日已曛，淡雲臨別意殷勤。雲歸巫峽看看淡，未必儂心淡似雲。

和沈南季太史瓣香閣題次韻　　戊辰

竹檻茅檐傍水邊，故人招隱出新篇。西園有樹陰遮屋，一面臨東水障川。佛法悟從文字得，詩才清入畫圖傳。香山蓮社添佳話，但遇名流定結緣。

四大禪床不着邊，獨餘痴興在吟篇。窗涵月影橫孤塔，風捲松聲沸百川。董帖陶詩看酷似，周妻何肉豈虛傳。丹青較勝蘇公帶，來作先生世外緣。

六叔母節壽詩　戊辰

我家有壽母，百歲少三霜。苦節幾八旬，教子啓書香。不幸閱兩世，高躅恒相望。先君早見背，永以孤雛行。所恃丸熊訓，皇路獲騰驤。悲哉六叔父，殁時年正強。彌留存兩子，一蹶連折傷。嬬氏本繼配，少寡身自防。長齋飲冰蘗，妯娌兩共姜。煢煢泣無後，若敖餒可傷。辛苦作哀鳴，求足奉蒸嘗。立孫兼立子，名義兩無妨。只今皆林立，譬如琳與琅，大者躬力作，菽水資耕桑。小者事詩書，努力思翱翔。長幼毋舛錯，敦睦共一堂。何必屬毛裏，始稱似續昌。追溯高曾矩，先後互輝光。梅東橋故居，千載留芬芳。聖朝崇節孝，棹楔待旌揚。

姑蘇懷古　戊辰

響　屧　廊

環珮丁東降碧虛，姍姍月下識仙裾。潘妃也學凌波步，鑿遍蓮花總不如。

香　水　溪

誰信溫泉事亦同，香溪千古説吳宮。美人浴罷遺脂在，一點桃花映水紅。

支公放鶴亭

亭前放鶴碧雲秋，人去山空鶴不留。今夜月明聞鶴淚，洞庭山下一孤舟。

貞娘墓

墳前花落復花開，血淚年年化蝶灰。多少青驄楊柳下，不知春恨爲誰來。

梁鴻塚

灞陵一去無消息，廡下誰傳處士星。華表鶴歸滄海變，要離塚畔草青青。

銷夏灣

月殿風臺已化烟，灣頭荷葉尚田田。柳深日暮橫漁艇，不見吳娃唱採蓮。

短薄祠

蘿薜陰陰風雨吹，古祠老樹叫寒鴟。人傳海湧峰前寺，誰識司空晉代遺。

梅市

變姓吳門隱市傭，偶來吳市訪梅踪。我家亦在梅東住，回首高橋夢裏逢。

酒城

石甃苔封啼鳥來，館娃歌管竟塵埃。清溪不改東流水，尚有吳王釀酒臺。

白　公　堤

堤邊楊柳綠萋萋,堤上人行日又西。太守風流何處去,居人猶指白公堤。

賀湯庶常西厓　戊辰

仙杏初紅柳放綿,看花醉着紫珊鞭。群公推挽真名士,十載蹉跎尚少年。指屈素交能有幾,眼空千古更無前。軒軒自刷摩雲翅,不借東風也上天。

贈影娥校書　戊辰

誤落風塵肯濫交,為郎親唱續鸞膠。郵亭一宿緣非小,不比茫茫夢幻泡。

為雲為雨楚陽臺,料是三生笑口開。孤館自回音信杳,挑燈擬待玉人來。

漕幕即事　己巳

開府威名重,雄哉此建牙。吏歸封夜鑰,門啓放晨衙。旗滿風翻鵲,庭清樹集鴉。可憐孤客影,夢不到東華。

仕宦如薪積,空勞挂熱情。一行愁作吏,及早辦歸耕。辨色催傳點,聞雞報殺更。門開心洞見,真羨大官清。

倦羽飛還急，高柯借一枝。吾非能記室，意却在陳思。簞是龍鬚草，花多鴨脚葵。午窗初睡起，著意讀新詩。

四月清和候，長淮一水澄。雲濃看有脚，風軟聽無稜。圃後皆書屋，亭西是射埘。蓮花最深處，相隔又層層。

掃舍先通脚，移床更洗泥。雨鳩啼樹急，晴蝶掠花低。莊叟多旁喻，東方慣滑稽。喜無塵俗到，風月抹還批。

一卷淮行草，曹劉氣可吞。重教新壁壘，直欲破籬藩。可解愁眉結，能開病眼昏。如何持布鼓，輕易到雷門。

早爲看花起，明星向曉稀。䶄緣空壁走，鴉傍矮檐飛。削木交窗格，編蘆作地衣。賴他同舍友，檢點及纖微。

久陰防積潤，試一檢巾箱。雨霽烟升屋，櫺疏月漏光。研蟾催換水，銀鴨辦烘裳。最是黃梅裏，愁人新課忙。

物理閒中得，風來動閣鈴。蛛牽繩縷縷，螢墮地星星。愛檢文章錄，慚居典故廳。近時疏酒味，題座有觴銘。

夢得平安字，高堂飯幾何。鄉程千里遠，客況兩年多。屋角藤初蔓，墻陰竹未科。有時歸興發，一棹接吳波。

和董養齋舟中牡丹原韻　　己巳

想是花師別釀春，琉璃瓶不染纖塵。分明姚魏叢中種，錯認秦韓隊裏人。繡被橫陳逢一笑,凌波微步現全身。江皋幸遂三生約,願借方舟作累茵。

彷彿天台洞裏春,一枝濃豔謫芳塵。休疑環珮空留影,不倚闌干亦可人。神女有時尋客夢,仙舟何處着凡身。桃花流水尋常事,珍重殘紅當醉茵。

次家掌坊見贈元韻　己巳

堂懸一榻好相留,書畫成圍屋似舟。雨過看山聊醉馬,更殘待月上詩樓。研田欲廢真無計,酒債粗償豈易謀。睡起隔窗吟正朗,避君不敢住東頭。

汪宫贊扈駕還里覲省　己巳

湖上桃花二月春,春風不動馬蹄塵。遠陪御輦承新寵,兼過家門省老親。帳殿夜聞宣內旨,紈縑擎貯出中人。南遊居從知多少,若个尊於講幄臣。

珥筆承明地望高,行臺人直羨霜毫。君無過舉臣鄰力,美不勝書記注勞。豈獨江淮須作楫,并令桑梓遍流膏,負暄我亦田間叟,何限恩光到敝袍。

寫山主人立春日畫梅　戊辰

古幹疏枝筆意殊,老來借此自歡娛。梅花不謝春當在,即是先生家慶圖。

又元日畫松

爲畫喬松作壽杯，將杯酬畫笑顏開。一年一醉蒼髯叟，酒力還勝到百杯。

題墨桃

一枝橫出小庭隅，健筆輕描國色殊。料是佳人初睡醒，欲臨妝鏡未施朱。

梅東草堂詩集卷之二

庚午謁選得平涼府華亭縣,將之官, 留別呈鄉會受知諸先生

馬融絳帳李膺門,模楷人倫道并尊。敢逐浮華同俗態,庶將名節報師恩。身親講席瞻依切,情似家人笑語溫。從此青冥愁契闊,一回書寄一消魂。

憶　　母

早截青絲殉玉棺,教兒含淚幾回乾。百年總是冰霜日,五斗何增菽水歡。捧檄微榮承志淺,茹荼苦節報恩難。可能縮地扶輿至,長博花前一笑看。

觀空初不羨春榮,苦行焚修斷俗情。滿室光明餘佛火,登盤甘旨是藜羹。逃禪已悟生前果,有子虛擔祿養名。若許力田終奉母,長鑱一把且歸耕。

慰下第諸同學

悲歌燕市喜相逢,有酒能澆塊磊胸。買骨可知原是駿,暴腮終亦

化爲龍。未須得失存吾見，早決行藏定所從。安得此身隨爾去，棕鞋桐帽踏諸峰。

往來從不問陰晴，三里橫街六里城。按律聯詩誰得將，分曹飲酒恥言兵。客中翻喜友朋密，此際難爲離別情。荒僻那容名士駕，枉懸一榻訂前盟。

謝石閭曹老夫子

抱璞曾經哲匠磨，可憐歧路尚蹉跎。許爲道義文章友，得在言詞政事科。一室宴空非病也，十年未調奈愁何。縚符豈勝談經樂，願掃門庭日再過。

同鄉諸先達

典則由來屬老成，維桑與梓況關情。風流弘長看前輩，標格清奇律後生。辨路莫教離故步，出門從此按初程。有車爲指迷津處，不敢求前廬却行。

在朝諸同學

少年文酒并縱橫，戴笠乘車夙有盟。裘馬盡看同學貴，綈袍不改故人情。時名未起尤疏放，地望俱崇愛老成。作楫和羹公等事，獨容小吏傲昇平。

公車諸友

都是孤蓬野鶴踪，貧交夙昔誓青松。得時則駕如遊刃，有志須成貴及鋒。送我臨歧投芍藥，待君及第封芙蓉。桃花潭煖吹成浪，兩地春光一樣濃。

年　　友

諸公衮衮盡朝簪，把臂何堪入竹林。歧路那能歸一轍，異苔猶喜屬同岑。弦清翻苦音長促，綆短其如汲又深。紵薄綈輕投贈好，相期總在百年心。

寄　　內

箕帚相隨四十春，為吾家婦未全貧。早知稼穡誠難事，豈有裙釵不若人。我博浮名常去國，誰擔內顧代娛親。一官已食君王俸，莫使高堂受苦辛。

示　　兒

莫入輕肥遊冶塲，一編惟願世青箱。光陰似水流難返，滋味於書樂最長。家務田疇躬孝弟，士先器識後文章。持身若不污清白，便不翩翩也不妨。

寄　所　思

敢將絕豔比樊蠻,静理朱絲性格閒。肯對人前輕露齒,轉于臨別强開顔。病餘弱似三眠柳,晨起慵梳一尺鬟。往事偏縈京洛夢,百端愁緒苦循環。

梅　東　草　堂

柴門斜傍小橋西,橋水濚洄柳拂堤。欸[一]乃聲聲過枕畔,縱橫處處布春畦。居無風雨皆先澤,壁有龍蛇憶舊題。寄語園丁好培護,梅梢須放屋檐齊。

【校記】

[一]"欸",底本誤作"款"。

復齋家學士

肯貪雞肋一微官,頃刻分攜賦別難。風雨幾年曾對榻,朝昏無日不同餐。豪因說劍談忘倦,閒即敲詩字欲安。爲我寵行雙絕在,檢囊珍重比琅玕。

曾經兩度入冬年,一榻相留去便懸。有客久依仁祖食,中廚全賴孟光賢。貧難沽酒猶供醉,寒未侵肌爲料綿。安樂已忘身是寄,翻教愁絕此離筵。

上平涼郡尊同時甲選

　　碧藕紅菱蕨笋鄉，扁舟帶水共方塘。楷模昔在諸生列，向曾司鐸仁和。表率今居屬吏行。負弩先驅臨絕徼，擔簦隨路戒嚴裝。何緣得奉清塵後，鈴閣經樓日正長。

　　朝那城接隴干城，五馬春郊攬轡行。每見名流俱太守，況聞古跡盛西京。看碑祠下迎王母，訪道山中憶廣成。去去即今探勝事，一琴一鶴一官清。

留別宜山　庚午

　　忍便拋離去故山，先生約我共柴關。有田不敢抽身晚，許買南湖第幾灣。

送楊夫子出塞　庚午

　　分攜頃刻淚潸潸，師弟東西苦一般。未必雁過金佛峽，那從書寄玉門關。文人命薄思焚硯，聖主恩多必賜環。他日得陪烟艇去，風波不慮五湖間。

三月過汴梁訪鄰翁王君鏡園亭　辛未

　　偶然閒步過東鄰，索看名花問主人。愛客早除三徑草，閉門深鎖一園春。牆頭屋角開能遍，亭下籬邊賞較親。臨別數枝煩折贈，小瓶清玩十分珍。

送王馭蒼進士歸武林,即用見贈原韻　辛未

他鄉不及故鄉春,面友何如素友親。忽聽語音心繫越,肯分肥瘠視同秦。雨前綠茗方經火,湖上朱櫻已薦新。誰耐風塵覊薄宦,年年孤劍逐蹄輪。

展讀新詩迥絕塵,自慚無力薦蘇麟。心盟白水交逾淡,人比春醪味更醇。那得沉酣長卜夜,何緣唱和共經旬。看君歸去西湖畔,烟艇荷衣未是貧。

將赴華亭邑治,道經大梁,
喜遇俞存庵少參日夕招飲,兼送榮任鄖襄　辛未

漸愧儒生始服官,入關經此路漫漫。方離燕市人千里,恰遇梁園月一團。下士得因公輔重,窮途還仗友朋看。春風不比秋風薄,着意吹噓爲解寒。

每奉傳呼駕小車,獨容長揖恕粗疏。三春花已二春過,十日飲無一日虛。談笑捉將庾亮麈,臨摹神似右軍書。風流藉甚看前輩,願向匡床乞緒餘。

朝朝清讌儘歡娛,觴政何如漢祖符。論子爭先嚴對弈,分曹按步校投壺。宮燈蠟淚呼頻剪,醉馬宵行笑索扶。正使酒波如浪闊,河源千里幾曾枯。

手裁口答不停披,移鎭荆門又換麾。有轄可投王粲井,無賓亦醉

習家池。手揮白羽談兵事，坐擁牙旗列鼎司。臥閣花深清宦味，公餘日日好吟詩。

久別殷勤話故鄉，又逢車騎發襄陽。非愁此後遲良會，只恨無緣附末光。笑我出門偏險阻，服公雅量實汪洋。秋來得遂扁舟願，準過蕚湖擘蟹黃。

寄輓考功翁二母舅　辛未

昨歲驚傳赴玉樓，此生重會更何由。相依故里無多日，憶別明湖又二秋。棋欲罷時傷謝傅，涕當零處過西州。可憐薄宦同秦贅，空望南天莫一卣。

百感叢生幾斷腸，好因瓜葛託餘光。漫勞宅相深相許，況有淵源溯更長。是乙丑太老師。清節敢誇能似舅，不才真愧去爲郎。迢迢西望關中路，最是傷心度渭陽。

送端臣、博臣入都應試　辛未

吟鞭到處有逢迎，馥馥天香滿帝城。名紙分投誰早得，弟酬兄唱未須爭。

豈爲閒情汗漫遊，姜肱布被兩綢繆。燕山丹桂君家物，次第攀來直到秋。

晝錦堂前白髮新，牽衣送子出江濱。隔年便是看花客，早寄泥金慰老親。

竹林群從擅清辭，花萼爭輝此一時。料得月中消息近，北枝開盡更南枝。

辛未夏以事繫官，寓蘇化工齋居奉贈

自笑無端作楚囚，借君衡宇暫時休。此間儘可銷三夏，有酒何曾解百憂。禍福乘除皆是幻，友朋聚散豈無由。蘇君父子堪晨夕，德行文章事事優。

董瑞筠枉過旅舍談命　辛未

吉凶悔吝豈無因，愛與先生共討論。賣卜君平名不改，知幾管輅數如神。世途有險須趨避，吾道隨時任屈申。多難只宜勤學易，靜中惟覺聖賢親。

以事被譴，天桓家叔不忘爭難之義，感而賦此　辛未

肥瘠何分越與秦，鬚眉如舊氣如新。百年自昔原同患，五世而今較獨親。動有至情交可耐，出於本色味猶真。試看劇孟朱家後，義俠還推第幾人。

狂來燈下撫吳鈎[一]，飲盡千杯感百憂。傲骨入時寧免謗，熱腸從古易招尤。誰憐門第如灰冷，可怪人情似水流。獨有叔痴痴更絕，不同安樂却同愁。

見說征人遠戍邊，倚門雙手把衣牽。黃河白草三千里，朱淚青燈

五十年。大義可知爲母倡，不才何足動君憐。哀哀苦節書難盡，一紙還愁隔九天。

【校記】

［一］"鈎"，底本訛作"釣"，於韻、意皆不協。

送鹽官陳容庵父母還大梁　辛未

十年舊雨最關情，頃刻分携賦遠征。君到故鄉堪指屈，我聞絕塞已魂驚。未知往後旗亭會，却憶來時竹馬迎。宦海風波皆歷歷，一回雪涕一閒評。

聞譴　辛未八月

禹穴遷來六七傳，且耕且讀世綿綿。梅東里巷家聲舊，長慶堂名祖澤延。忠厚承基吾自信，詩書食報理非愆。如何薄命難消受，兩字功名付枉然。

自分無端賈禍奇，忽聞嚴譴在今兹。分携群從無多語，囑咐兒曹莫妄爲。柳播誰憐遷客地，沛豐還詠樂郊詩。投荒萬里心非怯，怕是臨行拜母時。

送陸杜南赴北闈　辛未

十載長春久繫思，海棠花下費敲詩。可憐小陸才名最，兀是沉淪欵後時。

玉鞭搖手去京華，恰遇蟾宮桂作花。隔歲一枝先折贈，爲君簪上帽檐斜。

入秋天氣好傷神，況是孤征逐片輪。更有關心雙白在，青雲得路便抽身。

脱却儒冠換野裝，魚竿理我舊行藏。錢江風浪從來惡，不敢投綸戀此鄉。

上杭州蘇太守　辛未

接種江邦歷宦遊，黄州歌遍又杭州。連麾出守功名盛，到處題碑姓氏留。此户蠶桑皆樂業，入秋禾黍已盈疇。一方共慶豐年屢，臣力能舒聖主憂。

一門前後兩朱輪，異代相輝總絶倫。吏治難於爲守日，風流元是姓蘇人。三年報稱官聲最，一郡潛移習俗新。去去樂郊真福地，幸生斯土作斯民。

曉對吴山卧閣開，每逢清暇即銜杯。仁風拂地翻旌旆，化雨隨車遍草萊。三月鶯花春正好，兩堤桃李千重栽。分明玉局前生願，又爲西湖特地來。

三年雨露放恩裯，空盡圜扉鮮滯幽。似日光明非逼夏，如風和煦不關秋。有心泣罪能同患，聽説陳情即見收。體恤聖朝寬大意，肯教一室向隅愁。

蒲杯　辛未

蒲柳先秋質易凋，琢成飲器勝金蕉。竹根有節粗如盞，椰子能寬不是瓢。五斗消時猶卓卓，三升過盡已陶陶。信陵公子何曾醒，塊壘全憑此物澆。

別同里章念脩　壬申

幾世通門締久要，歲時伏臘酒相邀。河流奔滙環三面，衡宇斜連隔一橋。耳底歌聲猶鼎沸，眼中甲第忽冰消。傷心里巷興哀事，松柏青青獨後凋。

忠厚開基已數椽，如君孝友更綿綿。與人共事無虛諾，遇物能施不計錢。斷續紅絲都入夢，年時霜雪又盈顛。可憐老去翻愁別，說着關山倍黯然。

贈別吉先大叔　壬申

村南烟舍近如何，屋角墻頭挂薜蘿，廿載播遷家業在，一堂安樂晚年多。奴耕婢織謀生足，食稅衣租守分過。閒看海鷗機事少，不將名利逐風波。

一枝一葉一根苗，根大枝繁葉不凋。敢謂羽毛能美滿，其如風雨又飄搖。本於休戚關情最，慣是離愁刻骨鎖。賴有青氊吾故物，高曾手澤未雲遙。

舟泊虎丘，奉和程梓園侍御半園詩原韻　　壬申

側聞絲竹傲東山，好鳥高飛倦欲還。非爲苑裘將乞老，且營綠野暫偷閒。當軒竹徑因風掃，傍水柴門鎮日關。獨有三春花事早，惜花親手把花刪。

酒態詩情事事豪，有時舒嘯步平皋，不愁入俗無方免，何用于名有意逃。貪向山厨煨土芋，憶從御饌給葡萄。盛朝未許蜘蛛隱，切莫逢人說養高。

淡如籬菊冷如梅，幽賞多同一樣栽。公自有懷容寄傲，臣於此興未全頹。百年恨寫詩千首，萬斛愁消酒一杯。爛醉不知明日事，狂吟底用苦相催。

誰容企脚枕風櫺，一歲曾無一日醒。聖世豈宜終廢棄，野人初不怪頑冥。若無書卷胸真俗，但有山川地必靈。到處乾坤堪放眼，年年須記草頭青。

浪跡萍踪總未休，孤篷又到百花洲。可憐潦俗同遼豕，誰識仙機似海鷗。細讀清詞真耐久，難拋勝地小遲留。壞蟲黃鵠尋常事，一任莊生汗漫遊。

茅屋三間竹一林，圖書堆積帖摩臨。登山漫作蹣跚步，信口多成快活吟。咫尺名園真得地，婆娑老友本知音。此來彷彿濠梁上，佳處無多在會心。

虎丘與受谷姪話別　壬申

今日纔知昨日非，賤貧那得履危機。同心臭味如蘭蕙，先輩家風本布韋。兩世弟兄情最切，一番離別淚爭揮。從來門第高堪畏，願似西河義勝肥。

虎阜山前酒數卮，名花觸眼是將離。當筵有燭都忘寐，臨別牽衣尚索詩。王謝家兒書卷氣，賈鍾年紀策名時。後先宅相原同志，早寄來秋桂一枝。

爲周兼三新居作　壬申

幾竿修竹一池魚，最是清幽儒者居。四壁盡題名士句，小樓多購異人書。不隨世態分寒燠，何患行踪有密疏。特爲吾家諸叔姪，去來一榻總無虛。

過淮與平原夫子話別　壬申

小舟話別各匆匆，力疾東行又向東。朋黨已成寧錮我，安危所繫可無公。芝蘭豈合當門長，薏苡須知受謗同。珍重盛時舟楫在，良材終有濟川功。

思親血淚迸如泉，去國迢迢路六千。爲在膺門遭指摘，願教澆死塞株連。翻身自顧無雙翼，失足誰知墮九淵。土榻青燈中夜坐，幾曾讀竟《蓼莪》篇。

壬申七月十三津門旅舍生一子善長口占

旅店荒荒宿，朝來舉一兒。暫時差撥悶，過後轉縈思。辛苦烏哺始，艱難襁負隨。家書四千里，含淚報親知。試啼方喜慰，對婦又愁生。兒女懷中累，關山病後行。鳴鳩飛失足，雛鳳噦能清。待看燈前舞，還娛垂老情。

舟次天津病作，喜遇同鄉景胎志以藥見投，稍痊奉謝　壬申

眉宇初相接，襟期孰與儔。剌仇荊聶輩，濟世扁倉流。儒術原文弱，今時得古修。不關萍水合，桑梓自膠投。

此地暫經過，飄蓬可奈何。纏綿二豎苦，患難一身多。談辨壯心在，方書老眼摩。幾時重對酒，放浪逐高歌。

初至留都訪友　壬申

可是膠投與漆投，同心翻喜濟同舟。相期早化為猿鶴，且任人教作馬牛。逐客尚多妻子累，一身苦為稻粱謀。卜居最愛無人徑，只在城南市角頭。

送友入關　壬申

纔拂征塵又染塵，出關翻送入關人。此行莫畏冰霜苦，漸近南天總是春。

來時楊柳尚堪攀，歷盡千山與萬山。今日夢魂隨爾去，白雲低處認鄉關。

偶作　壬申

頭童齒豁髮星星，一路陽關不忍聽。終是餘生蒙雨露，幾曾天意任雷霆。桂薑到老猶含辣，蒲柳先秋恐易零。見説鄰翁真好學，雪深三尺尚窮經。

曾罹鈎黨自書名，國士知深一死輕。有罪敢逃猶苟活，受恩不報總虛生。山妻椎髻親晨爨，病僕扶犁事早耕。相勸闔門勤力作，含哺鼓腹樂昇平。

誅求豈必盡吹毛，名教如何置我曹。一死許人忘母在，九重無路覺天高。絲絲愁緒成機杼，鹿鹿心頭似桔槔。未是此身沉宦海，夢魂久已怯風濤。

徐集臣送其尊公出關，以癸酉之三月南歸，賦別　癸酉

西入關門草漸肥，綠楊影裏一鞭歸。抬頭莫數南歸燕，面面相迎却背飛。

幾回顧後復瞻前，一縷愁思兩地牽。莫怪別時言刺刺，北堂猶有最高年。

慎五上人出塞探兄事竣還里 癸酉

一瓢一鉢一肩輕,萬里尋兄出塞行。誰道天親是無着,佛門原不少儒生。

趙文水禪悅圖 癸酉

白石齒齒清泉飛,靜中樂此常不疲。有客跏趺愛禪定,數珠斜挂袈裟衣。道腴絕非藿食者,面方耳大腰圓肥。吁嗟此圖誰所寫,肉相非真骨非假。自言今世誤儒冠,自識前生老蓮社。平原公子本清門,聳身霞舉何軒軒。才與古人合一石,胸羅萬卷無陳言。弱齡隨宦之南國,論文對乘鵝毛筆。是父須知有是兒,穩躐丹梯三十級。喬固膺滂黨禍興,無端遷謫到冰陵。相隨雪窖三千里,裂膚墮指真酸辛。一夢黃粱猶未熟,記取前生真面目。相逢請向畫圖看,此中之人原不俗。願借龍門太史椽,染取霜毫寫高躅。

即事次楊玉符夫子贈日者韻 癸酉

未是蒼天欲喪文,相從陳蔡偶離群。一春生意翻階草,鎮日閒心出岫雲。靜裏先機恭易得,平時物理細能分。吉凶悔吝吾儒學,不比常談溷世紛。

羈棲弱草類輕埃,失水枯魚總暴腮。豈謂壯心真已矣,獨逢秋令亦悲哉。鷃雛無力應遭嚇,鳳翮高騫也被猜。話到榮枯無限恨,夜深風雨莫辭杯。

疊前韻奉酬楊夫子

本是青班掌秘文,盧前王後恥同群。説詩自合尊匡鼎,聯句終當屬范雲。未敢苦吟追八斗,不能多讀得三分。而今探討從師學,日掃門庭謝俗紛。

乾坤莽莽一纖埃,感歎流光淚浥腮。差解人生行樂耳,難憑天道好還哉。投林野鹿心猶駭,狎水沙鷗意更猜。喜是村醪沽不盡,墻頭但過莫論杯。

再疊前韻奉酬楊夫子

漢庭誰與薦雄文,落落孤行自寡群。豈有葵心非向日,何時楓陛再瞻雲。近朱近墨隨人染,能白能青到眼分。早入經樓還暮出,肯將吾道易紛紛。

那覓明犀辟軟埃,三春好夢負香腮。文多寓意元亡是,物到難名實怪哉。楚峽雨雲非盡幻,洛神詞賦漫勞猜。狂花病葉吾生畢,無限韶光付此杯。

四疊和晴

晴窗檢點得奇文,欣賞多同賴有群。清晝啼花喧過鳥,遠山橫黛倦飛雲。曉寒欲散烟光薄,宿霧初收日氣分。不待移春丞相府,綠肥紅綻始紛紛。

清輝旋遠踏芳埃，露眼花鬚并玉腮。曉日林光如醉耳，晚春天氣困人哉。檻前芍藥新妝出，墻裏轤轆過客猜。堪笑時乎時不再，錦茵堆處急傳杯。

五疊和雨

身在田間底用文，蓬麻扶植舊成群。人方嫌酒憐長日，天爲催詩送片雲。柳葉未舒含黛淺，菊苗初長帶泥分。陰晴試卜檐前鵲，偏是閒中百感紛。

廉纖密灑净飛埃，忽聳詩肩托短腮。坐雨無聊還復耳，留春不住已焉哉。鞭驅陰石封姨怒，洗濯新枝少女猜。結伴一生紅友在，宵來悶對竹根杯。

六疊答孫嘯父同學

詩才清絶似休文，空盡陰何鮑謝群。舉是故人誇擲地，任教天子歎凌雲。縱君肯以鴻溝割，顧我難於鼎足分。刻燭只今申約法，罰嚴金谷敢囂紛。

斗酒相呼爲洗埃，巨鱗細口辨鱸腮。醉時不覺頹唐甚，老去誰憐矍鑠哉。今雨忽來交未晚，分曹射覆語難猜。杏林不少遊春燕，莫忘田間泥飲杯。

七疊再答嘯父

十年慚愧北山文，忽漫相逢許入群。對我朗吟清似鳳，多君高義厚干雲。携來鷲嶺詩千首,售去雞林價十分。怪道懷中三寸管,龍吟風雨駭披紛。

稽阮胸無一點埃,搘頤捧腹側吟腮。錦茵糞溷循環耳,華屋山丘轉眼哉。本是薰蕕求我類,何常冰炭怪人猜。此間禮俗休拘束,願爲興公日舉杯。

八疊答嘯父

蕉葉新題小篆文,收來清秘賽鵝群。高軒偶過因留賦,勝友相期密似雲。豈慮飲時燈易燼,先愁去日袂難分。縈回故國思千結,誰爲遷人一解紛。

羹非塵土飯非埃,親挽虯鬚滿紫腮。生面獨開殊快耳,陳言務去亦難哉。食惟一麵來賓戲,歌爲無魚動客猜。好是不逢寒雪夜,盧仝椀可代劉杯。

九疊呈楊夫子

蜀紙爭鈔海外文,驚才早軼古賢群。對人懷抱皆冰雪,得意詩篇豈露雲。命薄諱言明主棄,源清終與濁流分。郭公夏五從來闕,可怪千秋聚訟紛。

甑釜無端墮墨埃,鬚髯如戟怒張腮。或時歌泣烏烏耳,何事書空咄咄哉。懷璧總因其跡似,鋤金難免所知猜。受恩獨以心相許,每爲澆愁倒百杯。

十疊有感

何必儒冠諱而文,相逢遼豕已成群。雷霆易過終開霽,間閻難排枉叫雲。東海黨人清議在,南朝僞學晚年分。廟堂正遇中天際,莫令傳訛史册紛。

上清淪墮棄如埃,偏是旁觀淚雨腮。善未可爲何惡也,死猶不得況生哉。行窮天壤非無際,路失東西莫用猜。得蔽一椽真浩蕩,歲時誰禁此銜杯。

上金悚存巡撫,次浴鵠韻　　甲戌

治先賈董後申韓,痛哭陳言事最難。遺直傳中方汲黯,舊遊門下獨任安。人來遼海邀相會,淚落錢江再不乾。千古逐臣皆歷歷,豈無清議在毫端。

齒搖髮白臥冰天,跂足南檐手一偏。策杖閒行亦偶耳,留賓小酌更陶然。何妨稍廣栽花地,莫若多營種秫田。眼見蒼生方倚望,東山原不廢絲弦。

小春風日意差強,檢點園蔬摘矮黃。世味芟除真味出,天機流露事機忘。林間只合偕嵇阮,枕秘無過是老莊。公本調元醫國手,乘閒且注養生方。

答高 甲戌

風格依然初盛時,何人肯信學詩遲。輸心最愛波瀾老,適口真如菽粟宜。飯後攤書尋午夢,客過清晝對枯棋。白雲一片閒心事,未許檐前鳥雀知。

塞上老翁能識時,得非爲早失非遲。一椽容膝貧相稱,半榻凝塵懶故宜。未必旁觀無冷眼,何妨全局是輸棋。無端歌笑隨君去,只有心期此共知。

移居次浴鵠韻 甲戌

蠅館蝸廬足蔽身,短墻頹落不遮鄰。一椽草草無成竹,二逕荒荒鮮雜賓。覓食老鴉翻屋瓦,向陽花鴨睡苔茵。灌園近得閒中趣,人似羲皇俗渾淪。

渾河秋水尚瀰漫,一夕霜摧陡作寒。轉乞黃花藏暖室,貪求紫蟹佐貧餐。重陽節近冰先合,故國鴻飛露正溥。南北各天風土別,莫將曆候一同看。

背城遠市借清幽,陋巷何關智力求。本愛烟蓑同雨笠,翻經雪帽與風裘。典衣沽醉非常策,數米爲炊費曲籌。怪是坳堂杯水上,一身如芥困膠舟。

休言安土重離鄉,鼓腹誰非帝澤洋。有地可耕先種秫,看兒學步早扶床。南窗就暖攤書讀,鄰瓮新醪隔舍香。愁殺倚閭人漸老,寸腸如割最難忘。

亭亭獨樹覆檐牙,爲愛清陰此住家。帶月移來簾外影,迎風淒斷夢中笳。一楹草屋三停漏,二畝蔬畦半尺窪。聞道田家多快樂,黃雞白酒果然嘉。

牧豎樵夫盡飲徒,醉來忘客亦忘吾。明知世事同棋局,願共仙人入藥壺。選勝若逢春更好,凝眸又恐歲雲徂。賞心最是興公賦,摹寫山居上墨圖。

疊前韻酬宗薛夫子

顏經孔鑄樂貧身,窮巷須知德有鄰。焉用文爲吾已隱,果然名者實之賓。庭生書帶逢時雨,坐擁皋比勝累茵。日夕耳提憂素食,河干慎莫歎清淪。

四望江天白雲漫,立深三尺不知寒。鱣堂自合來神爵,鼠壤何曾有棄餐。濯手枝頭常滴滴,消醒花下亦溥溥。名山業勝中書省,好是當前脚跡看。

幾絕韋編爲闡幽,橫經海外亦相求。可知百練磨成劍,豈貴千羊合作裘。業就良工營大廈,學如富賈鮮遺籌。平生自笑蓬心在,眊瞭空悲類契舟。

故居密邇鄭公鄉,誰料乘桴度海洋。沉瀣敢云同一氣,河汾許我侍匡床。那從腹底窺經笥,但向爐中藝瓣香。學易雲亭傳妙旨,尤於剝復未情忘。

百沸清泉試蜀芽,每因談辨詣東家。已違時好工湘瑟,總變愁聲入暮筇。窗格紙封連壁罅,墻根藤蔓補坑窐。閒心更作十年計,手植庭柯亦自嘉。

希顏之子即顏徒,頑石其如尚故吾。小飲分題鎸畫蠟,侵晨換水滌花壺。好乘冬隙燃松讀,早辦耕犁向隰鋤。相約子孫烟舍住,山村耕織是良圖。

再疊前韻訓鹿嚴、望雪兩前輩

是處能安七尺身,無邊風月即爲鄰。早知丘壑謀終老,豈有文章戲問賓。荆帚可當獅尾拂,蒲團差勝豹皮茵。論文尚有同心伴,莫謂年時大雅淪。

荒荒一片總平漫,野舍山厨儉腹寒。雲子飯猶中熟歲,月兒羹豈腐儒餐。愁霖難慰蒼生望,仙掌同歸蔓草漙。寵辱百年皆幻耳,白衣蒼狗眼中看。

枌榆社本隸青幽,文獻非無典故求。馳驛短轅勤送鹿,識途老馬慣駝裘。於今且喜人民是,自昔全憑帷幄籌。見說管寧成獨行,度遼會泛海中舟。

汗漫莊生何有鄉,馬蹄秋水任汪洋。書能下酒傾蕉葉,客共挑燈對土床。推却曹墻平賈壘,摘來宋豔藝班香。八叉七步輸公等,樂此疲時也漸忘。

豆花雨過稻叉牙,幾見村村飽暖家。海月吹殘思牧笛。邊風捲盡起晨筯。薰爐火宿衣收潤，古研磨深墨聚窪。旨蓄禦冬兼客饌，鼎烹何似野蔬嘉。

柴車方駕舍而徒，踏月歸來影與吾。種草不須求醒醉，呼禽只自愛提壺。肯貪晦息明還動，纔過春歸暑又徂。世事若能分黑白，一燈挑盡覆棋圖。

三疊前韻贈同居

同舍相招小隱身，掩關寂寂若無鄰。每分宵燭資貧女，更借仁風却暴賓。簇錦山花描入畫，辭枝霜葉積成茵。相逢漫說餘生事，剩髓殘肌亦浹淪。

邊沙塞草色空漫，自分爐灰死已寒。菜把莫將心共齏，蔗漿須向尾先餐。蛩吟屋脚淒風緊，蟬泣秋枝墜露溥。滿室珠光應不夜，題多昏眼待摩看。

未必遷喬便出幽，鷦鷯一宿更何求。逢人且索千分醉，挂體還餘百結裘。律管漫勞頻放鍮，滄桑底事轉添籌。最憐頭白終萍梗，泛泛真如不繫舟。

衣租食稅儘寬鄉，蓬蓽依然泌水洋。小築墙圍聲閣閣，深愁屋漏濕床床。饞燈偏是看書暗，宿火微聞煨芋香。莫怪苦吟生活淡，筌蹄已得兩相忘。

知音欣賞屬鍾牙，踪跡元宜冷淡家。不少有心人問磬，豈緣出塞日聞筯。檐鈴自奏風微度，浴斛如舟石本窪。網得細鱗應共享，何須丙穴始云嘉。

招招舟子接烝徒，我友邛須肯負吾。數過不教驚臥犬，相邀底用設烝壺。老知嗜學心先短，窮欲工詩興未徂。喜得忘年皆野老，倩君繪入洛英圖。

四疊贈友入新築斗壇

星壇小搆净齋身，徹夜神光燭四鄰。雲外怳聞蒼玉邃，夢中如接羽衣賓。閒居岸幘披金紀，道服田方坐草茵。仙骨姍姍元不俗，上清偶謫此漂淪。

螟館蜃灰事豈漫，洞天春色早忘寒。飲人盡醉非關酒，好善如饑不擇餐。夙業未除霜早變，靈根欲結露先溥。五城十二參差見，都向壺中一躍看。

小窗誰與操拘幽，側耳清音細細求。臨難以身常鼎鑊，有朋矢願共車裘。得時何但行千里，無地能容轉一籌。盤錯屢經還努力，濟河須信在焚舟。

閒共垂涎蕨筍鄉，一生心事付東洋。素交君豈分今雨，豪氣吾應卧下床。辰藥抽添文火活，午甌烹點小龍香。南窗接膝欣相慰，此水他山莫便忘。

何須碾玉更編牙，半道人家半俗家。留此鬚眉酬寶劍，借他鸎影亂鳴笳。鵲知風色巢爭上，蟻卜陰晴穴避窪。更喜一村綿蕝在，往來亦自有賓嘉。

475

論黃數白總登徒，土木形骸豈有吾。一逕開時成獨樂，此中佳處即方壺。也聞縮地形無遁，安得揮戈景倒徂。我亦隔塵瞻寶相，青牛誰畫第三圖。

梅東草堂詩集卷之三

楊涵貞世兄還雲間　　甲戌

　　落盡黃花遣戍遲,子以壬申九月講留都。逢君轉覬恰天涯。師門未墜千秋業,詩禮猶聞患難時。

　　文酒留連意正濃,忽聞西去判離踪。關門一騎看飛渡,轉眼其如隔萬重。

　　結束征衣髮未冠,來回萬里一身單。臨行只恐傷親意,淚咽胸前不忍彈。

　　事師事父本來真,洒掃經樓尚有人。君到南天須自愛,莫愁定省失昏晨。

　　年時別淚幾曾乾,目送南鴻鼻更酸。不敢寄書傷白髮,煩君兩字報平安。

　　垂老如何去膝前,相看未可語同年。君登屺岵愁歸路,我望江鄉竟隔天。

故里風光事宛然，夢隨君去我行先。米家書畫知無恙，但到花時便放船。

花萼輝輝風骨奇，一門友愛自相師。還家好整姜肱被，冷煖須教手足知。

題呂紀鵪鶉圖　甲戌

描寫如從漢殿來，太和曾築鬭雞臺。相看不似忘機者，莫與沙鷗一例猜。

斂翼藏身籍草陰，賺他鷹隼下高岑。摟身掣臂千回顧，用盡機謀不受擒。

朱雀南方取象真，鵝溪一幅最傳神。半閒堂裏絲綸客，對此還應拜後塵。

趑趄拳身引敵交，劉生百萬鎮常拋。此中用武無多地，一點雄心射紫梢。

翎毛妙品古來無，清祕何曾見此圖。試與同群呼欲去，未須形影歎羈孤。

豈與鸂鶒借宿同，偶然晾羽出雕籠。主人不是恩情減，有日還擎玉掌中。

威武如生肖十分，品題最上是將軍。非關次日人增重，上古官名亦有君。

鵬鳥凌雲志已達，而今悔不學單飛。稻粱亦等乘軒料，臣朔何能似爾肥。

孝子楊可師負其尊公骸骨歸葬并乞八十老母還鄉　甲戌

歸心咫尺赴重關，跋涉諸艱未是艱。萬里孤魂終返葬，八旬老母竟生還。勞勞去路還疑夢，歷歷秋程不計山。從此茅檐勤負米，往來無過在田間。

衣衫血淚已成痕，泣向秋風弔九原。豈有聖朝弘孝治，不教枯骨受君恩。存孤本爲延遺種，負土兼能雪大冤。我愛山陰楊孝子，獨扶名教在乾坤。

空拳力挽願無違，用盡黃金似土揮。三十年前拋子去，六千里外奉親歸。於今大孝垂青史，自古奇人在布衣。多少貴游賢達輩，生兒總只戀輕肥。

題王叔明畫　甲戌

清秘妝藏古跡真，山樵一幅更傳神。滄洲妙手摹來似，莫論元人與宋人。

俗韻凡情盡洗除，碧烟紅樹認林廬。分明指點桃源洞，不羨香塵佩玉魚。

百丈飛濤萬壑秋，橫溪畧杓引溪流。此中便是山陰道，應接無窮儘卧遊。

茅檐相隔澗東西，打稻場平鏡面泥。願得一椽長位置，讀書方罷去扶犁。

愛殺江南黃葉村，微霜點染記秋痕。少陵夙有耽書癖，手把吟編坐樹根。

滿壁峰陰絕點埃，青松有路到天台。閒時輒想扳清話，強半都因看畫來。

柴門開處立多時，百雉城高捲葉吹。但是好山遮欲盡，教人苦憶畫中詩。

渠潢初畢掛雕闌，咫尺千尋氣欲寒。三百寺樓都倚遍，不如長對此圖看。

壽鐵母　甲戌

宴客龍山興未闌，瑤池今日又承歡。蛛穿卍字纏絲巧，盆貯花瓜冰雪寒。舞綵班班皆執戟，含飴歷歷已勝冠。從今但到茱萸會，屈指還餘十廿年。

寄同門蔣文生　甲戌

嗟我士人身，胡爲關木索。萬里遠投畀，携孥此焉托。君子貴慎微,今來深悔昨。知聚幾州鐵,鑄此一大錯。憶昔同譜人,纍纍與若若。更有重名位,聲望甚熏灼。水中魚有鱗,天邊鴻有腳。誰復顧楚囚,手牘數行削。清晨對檐坐,噪動兩乾鵲。僕夫傳郵書,開緘淚珠落。君獨何爲者,而肯念寂寞。展紙恐或窮,謫句不敢畧。情言醉心醪,勉語苦口藥。蘭香久不萎,金堅利如鍔。交道不可問,斯人挽衰薄。炕壤煨馬通,裘穿披破貉。難遇金雞竿,誰開玉門鑰。握手今已矣,生死一方各。惟冀夢見君,驚眠恨宵柝。

七夕和高鹿嚴韻　甲戌

愁中誰與記春秋,逆旅相迎任去留。無路得隨烏鵲渡,何心更覓李瓜浮。殷勤此夜纔成偶,離別經年又打頭。逐客自來同棄婦,傷心休上曝衣樓。

答孫嘯父次其原韻　甲戌

一身多難後,消盡舊時豪。老矣不如壯,卑之無甚高。看雲思越嶠,聽雨夢吳濤。此地偏泥潦,煩君尺素勞。

肯爲談詩至,相留羹芋魁。破樊須健語,按律厭粗才。愛爾心能嘔,如余氣益頹。枯腸撑不住,怪底作饑雷。

代題望雪道人彈琴圖　甲戌

石上何人操綠綺,秋風瑟瑟哀弦起。一曲能爲泣鬼神,此調原非娛俗耳。我與先生遇塞垣,談經馬隊言斐亹。自述當年冰蘗心,赤烏可貫天可指。天乎不佑坎壈身,一切盡付東流水。知我罪我何足論,只有琴心如我指。聽罷中宵憶蔡邕，焦桐已爛無知己。可憐掌故等秦灰，不令千秋成漢史。畫中誰似爾徜徉，猶爲蒼生全國紀。

送楊玉符夫子被召還都　　乙亥

九重飛詔出重關，爲憶孤臣特賜環。此去不同宣室召，麻鞋莫擬放還山。

休道才人薄命多，諸艱歷試更如何。龍塲儋耳千秋話，事業文章兩不磨。

破帽羊裘出鮮車，甑生野馬釜生魚。牢愁不管鄰雞唱，夜雨瀟瀟只著書。

缺耕梁案敬如賓，多難偏兼多病身。無米作炊頻涕淚，未寒思禦早縫紉。

不遇鍾牙不賞音，花間月底好聯吟。蘇門去後雲亭遠，恥向人前復鼓琴。

次第還家理舊巢，雞桑百本未全拋。園丁報導春來好，新笋墻頭又放梢。

屈指年纔四十強，及門子姓儼成行。遥看南極空翹首，不及彭宣燕後堂。

豈是侯生故好奇，蒙污含垢義無辭。可憐九死餘殘骨，博得名賢一句詩。

桃村詩　乙亥

　　平素好登涉，眼孔苦不大。一遇佳山水，胸次頓曠快。今如籠中禽，舉足多障礙。對此滄洲圖，有茅不得蓋。我與趙公子，班荊遇沙塞。白髮卧冰天，親老病狼狽。非無丘壑情，指顧家何在。展卷識桃村，可喜亦可駭。雲蹻躡千層，泉源紛百派。桑樹遠鳴雞，春田喧負耒。豈料塵世間，幻此神仙界。憶昔避秦人，踪跡殊光怪。既許客問津，如何復迷昧。人生逆旅耳，憂患奚足介。譬若風雨來，天地亦凶晦。所以柴桑翁，一年甘恬退。公子希冥鴻，脫身避機械。願卜菰蘆居，終年事褦襶。不受世網牽，誰足羈我輩。渺渺武陵源，相期在曠代。

中秋夜西司空以所臨蘭亭見贈，賦謝　乙亥

　　未能免俗強支離，曲度霓裳正好時。我待月來思對酒，公當日昳尚臨池。不因牛渚微吟會，那覓蘭亭絕妙詞。珍重法書藏什襲，流傳千古助談資。

　　豈是江潭一放臣，閒居偶賦此閒身。草賢不減鵝群帖，心賞都非肉食人。雪月風花魂夢樂，歲時伏臘往來頻。今宵總有秋雲片，未必長教蔽月輪。

高蒼曉還萊陽　乙亥

　　二載溫清肯暫離，雙揮別淚向親辭。到家早寄平安字，養志常營

伏臘資。好理朱絲齊孟案,更栽藍玉長詵枝。明年有會傳湯餅,白髮蕭蕭亦點頤。

送友入關　乙亥

犯雪衝寒一騎還,玉門咫尺五雲間。於今那有田文客,莫待雞鳴始放關。

戲束鹿侍御　乙亥

月光爭似雪光明,只有寒宵酒易傾。我已薹騰思就枕,隔墻猶送讀書聲。

衛爾西中丞自黑龍江召還　乙亥

葵心戀戀紫宸班,詔取蒲輪進玉關。我已逆知當特起,公翻不信得生還。洛中人欲觀司馬,海外名逾重泰山。一片秋笳淒入耳,班荆何幸此承顏。

白鹿鵝湖理學儔,高山仰止趾前修。臨歧尚講參同契,百鍊非如繞指柔。清影夢回天外鶴,閒心盟共水中鷗。履屯蒙難聞先訓,道力原從死裏求。

巉巖歷歷盡頑陰,開闢蠶叢始自今。總爲幅員勤遠畧,曾教宵旰廑天心。不毛近已能艱食,空谷何曾少足音。夢賚有時煩燮理,先從此地沐甘霖。

匹馬歸程按古邊，來時能苦去仍憐。不因遠戍忘雙闕，幸是投荒只一年。鳥爲高飛驚曲木，蠅無矯翼附連錢。向隅泣欲歌將母，誰與排閶叩九天。

偕室人鄭氏出塞於今三年矣，作此慰之　乙亥

一枝濃豔本嬌生，束素從戎塞外行。我爲在三甘遠竄，汝殉不二得完名。每逢飲饌眉齊案，早下鹽豉手絮羹。最是冰天呼應絶，食租衣稅慘經營。

去國匆匆強據鞍，背人私下各辛酸。倚門望斷腸俱裂，陟岵心傷淚暗彈。遠看愁眉如鎖黛，微聞竟體覺芳蘭。他年莫抱黄泉恨，好堕天邊兩玉棺。

謀生妄想學陶朱，誰料翻成燕石愚。時以資斧託友經營，後被訟，聞禁獄中，僅得布車數輛而已。班管數行資旅食，葱尖十指佐香酥。啄殘紅豆星星血，冰裂桃花寸寸膚。犟笑有心皆不苟，閉門鎮日自長吁。

臨難相隨歲月深，寒威漸近莫灰心。可憐雪面迎風穴，翻令香肌擁鐵衾。兒女燈前開笑口，彈丸夢里怯虚禽。玉關雙入長生願，穩卧花灣引釣針。

代贈中丞　乙亥

愛國何曾暫去懷，肯將文字寓俳諧。詩因詠檜君能亮，集號尊堯意本佳。遺想東山惟赤舄，謝恩北闕尚芒鞋。一誠可格終求舊，願見賡歌樂泰階。

屈指來回整兩春，無端相聚此萍身。去思久已添離淚，同患誰能步後塵。歷歲晚猶成老榦，醉人心似飲芳醇。他時若過哀鴻宅，不待旁人說苦辛。

哭馬森公　乙亥

自別河橋早斷腸，泉臺有路亦茫茫。無端黨禍如元祐，忽結心期在瀋陽。定省塞垣千古孝，綢繆牖戶一身忙。可憐白髮歸家日，又灑西湖淚幾行。

偕友訪孫氏園亭留飲，次文水韻五排　乙亥

此中有丘壑，特地約相過。信手拈繁朵，貪眠藉淺莎。蕊抽交葉暗，果綴小枝多。籬下穿蝴蝶，墻陰挂薜蘿。膩紅微雨潤，流翠遠山拖。玳瑁飛花盞，臙脂落日坡。賓朋寬禮數，天氣喜晴和。忍撇名園去，頻將老眼摩。履痕猶歷歷，衫袖已婆娑。最愛少陵句，山莊記姓何。

望雪彈琴　乙亥

耳邊謖謖起松風，相賞都從爨下桐。有夢欲尋光孝寺，寰瀛即在此圖中。

纔得風流頰上毫，山間落葉滿吟袍。休將一曲南飛鶴，驚破天風與海濤。

聲聲秋思出中徽，古調於今和者稀。獨有慧心銀鹿在，點頭知是

操將歸。

千仞高岡萬里流，振衣濯足氣橫秋。廣陵散亦人間有，不解先生萬斛愁。

又次西渠韻

偕友訪孫氏園亭留飲。　　乙亥

成蹊桃李夾籬旁，罌粟花開間洛陽。映日叢叢如錦幔，迎風岸岸送紅香。偶來便為開三徑，此會何辭盡百觴。但得清泉長共飲，諸君莫笑老生狂。

北征　丙子

聲教風行遍八荒，雕題鑿齒盡來王。安攘猶自煩宵旰，肯使車書滯一方。

何事窮邊一井蛙，烽烟如瘴接龍沙。運籌只在深宮裏，有詔陳師出白麻。

羽書五路共徵丁，天討先申薄伐名。莫道夜郎王自大，朝廷有道得專征。

鞃鞈臨戎總六師，雲屯八百蔽旌麾。倚天長劍橫磨得，誓斬樓蘭尅月支。

漢家何歲不開邊，幾見秋風賀凱旋。決策興師三月裏，兵行神速貴機先。

羽帳牙旗劍戟攢，青油幕外立千官。內中一騎傳呼出，簇仗齊飛擁八鸞。

飛蒭輓粟出關中，不費民間一粒紅。今日軍興雖旁午，繡環如錯力耕同。

親將禁旅伐羌渾，挾纊投膠夙有恩。此日軍中思一戰，肯教釜底縱游魂。

休言木土性頑冥，天子從來護百靈。況是一誠神可格，水泉如沸草根青。

荒鄉餗飼鮮青蒭，漢馬調多禁疾驅，步伐分明甘苦共，至尊先已舍車徒。

羸糧千里景從難，與卒分甘爲減餐。不比滹沱河麥飯，君臣猶自困泥蟠。

蜂屯魚麗陣雲高，首尾連衡按六韜。豫伏西師知彼己，陰平誰料有追逃。

百萬貔貅壓朔庭，前山昨夜落妖星。邊塵已净狼烟滅，立馬橫戈看勒銘。

暗泣蛟螭攝鬼神，投鞭一夜塞河津。果然滅此方朝食，奏凱還朝未八旬。

黑水黃雲白日還，前軍已報過呼韓。八公草木驚心膽，燕雀何知計苟安。

迅掃攙搶漠北空，笑談馬上細論功。從今不待三城築，積甲封尸一炬中。

屬國降王列服班，也教稽顙識天顏。望塵羅拜呼嵩畢，齊捧鸞輿入漢關。

臨雍講藝即投戈，養就成周一太和。從此六鰲真永奠，黃河清澈海無波。

三月從征六月歸，太平深喜際垂衣。不因負弩先驅去，那得瞻雲近紫薇。

西池十里泛紅蕖，宮殿風微化日舒。聞道鐃歌爭獻曲，田間也得慶華胥。

紀　　哀

丙子二月入關，聞先太夫人凶問作。

周晬悲失怙，麻衣裹襁褓。相聚六十年，事母日非少。如何臨難時，始悔養不早。始終兩大喪，無一事能了。積穀弗救饑，養兒弗送老。鳥雛尚反哺，人竟不如鳥。

羔羊受乳時，兩足抱母跪。至性即無文，禮必求其是。何以寢膳間，草草失問視。姑息日習成，母怒亦爲喜。不念母恩寬，反謂驕可恃。世間不才兒，往往皆坐此。

母生華冑門，食精不茹糗。母有博士風，工書不刺繡。一自嚙冰霜，諸艱俱輻輳。鹽虀終其身，骨立如柴瘦。衣破還自縫，歷歷皆孔竇。清夜兒自思，能疚乎勿疚。

憶昔外塾歸，懷中尚有橘。共姊舞燈前，綵衣常繞膝。孝衰妻子間，人言寧弗恤。猶冀博微名，祿養未爲失。誰料通籍初，禍胎從此得。今有愛日心，知之已無及。

我父賷志歿，遺書存手澤。我母課子勤，畫灰留字跡。偏是一第艱，五十褐始釋。所以在三誼，拳拳此肝鬲。憤激忘其親，一死同浪擲。異哉聶政身，孝義兩俱獲。

大孝弗辱親，守身在名節。不塞涓涓流，江河勢成決。膚體父母遺，無端被縲紲。縱有覆盆冤，一污不可雪。細思賈禍由，吞聲淚自咽。君子貴懷刑，慎勿蹈吾轍。

鋃鐺將上車，再拜還泣告。如奉母同行，願乞母寫照。母以淚和墨，比擬十分肖。負之出塞垣，朝昏供堂具。母顏猶可追，兒力無可効。從此歸茫茫，一夢不復覺。

聖朝弘孝治，獨子許留養。承恩五十年，率土無一枉。胡爲獨向隅,勿令沾浩蕩。去去莫顧瞻,人臣罪當徙。皇天實聞斯,情辭俱慷慨。今日肆赦歸,天心元自廣。

我行次天津,茅店舉一子。星夜達郵筒,冀博高堂喜。轉念老年兒,失養尚爾爾。何況孫枝行,痛癢能有幾。眼前我雖歡,膝下母何倚。一顧一回思,含情涕不已。

世有青雲客,力致五鼎烹。世有田間子,雞豚竭其誠。不貴復不賤,孝養誤一生。況我煢孤子,上下無弟兄。此身既遠去,孰察冷暖情。爲語後來者,無事鈙浮名。

憶作諸生日,力乏致筐筥。六十與七十,皆爲母稱觴。僥倖并斗祿,板輿迎高堂。一朝戍邊塞,雀羅門可張。人生幾耄耋,堪對此悽涼。母口雖不語,母心得毋傷。

阿相中副車,非母意叮囑。覆巢卵無完,那得更蒙福。美衣患人指,美色患人矚。但守庸庸姿,浮沉混時局。此言真良規,思之已爛熟。願汝銘座隅,嘗覺祖在目。

人言死別苦,未必勝生離。生離猶可會,死別更無期。詎知五年内,一身無有之。偏我入關信,恨不早一時。使母得聞此,此病或可支。哀哀惸獨子,命薄更尤誰?

霜雪轉陽和,雷霆變雨露。造化本無心,隨時令自布。虞廷有贖刑,流宥亦得與。煢煢無告人,風燭年可懼。親串醵金捐,總亦爲母故。何期子生還,母反歸泉路。

491

祝髮殉棺後，長齋繡佛身。有心窮內典，早歲悟前因。所以憂患至，了不見怒嗔。一朝蟬脫去，視肉骨如塵。似此撒手力，寧非上乘人。但令爲子者，終天恨未申。

終身嚼菜根，受病脾與胃。忽聞母患此，心膽俱欲碎。焚香夜告天，母病兒可代。去秋得書云，服藥已調治。但苦目昏花，老人非所忌。那知精氣衰，奄奄遂不諱。

我家高王母，十九稱未亡。百齡少三歲，華表曾旌揚。迄今節孝傳，郡邑名章章。母節既相埒，母壽亦可方。但恨兒不肖，不得在身旁。想見泉臺下，傷心淚萬行。

王師方吉討，輪輓無凶人。雖許子代役，名字猶官身。母死未即葬，行者爲酸辛。所望凱還早，謀歸及秋旻。取泉和血淚，捧土益墳塋。只此附棺者，視吾力所營。

纔入玉門關，豫作歸耕策。誅茅蓋數楹，有水亦有石。啜菽且烹泉，隨母意所適。朝出而暮歸，負米在咫尺。吁嗟畫餅成，吾歸復何益。但得一抔土，長依母魂魄。

天地亦大矣，容我獨不寬。刀砧纔跳脫，苦塊又蹣跚。何時歸故土，一慟撫玉棺。新淚方欲竭，舊淚猶未乾。徘徊顧階下，壁宇皆凋殘。唯有庭闈北，香遺手植蘭。

次兒棟代運北征　丙子

天子方自將，臨邊極西域。一揮百萬師，滅此而朝食。轉餉出關中，士不苦饑色。我沐浩蕩恩，願竭疆場力。馬革可裹尸，行行何所怵。忽聞先慈訃，一慟氣欲塞。四體軟如綿，性命在呼吸。官符火速催，同伴相促逼。有兒立身旁，垂頭但哭泣。長跪前致詞，此行是兒職。巾幗且從軍，鬚眉寧弗及。結束棄儒冠，弓刀親自執。躍馬去無踪，路旁心惻惻。望眼遠莫窮，吞聲獨歸宅。

生兒廿歲餘，教養無一善。既失阿母歡，父亦罕見面。寒不曾煖衣，饑不曾飽飯。雖負讀書名，誰與給筆硯。所生尚如此，何況疏與遠。兒命本來窮，父又遭謫遣。徒步出長城，三載忘其倦。方喜共生還，誰料復征戰。禾黍或不登，蕢稗時亦薦。乃知秋實成，不在種貴賤。

一齡父見背，無知人所憐。如何白頭子，有母抱終天。六旬顧復恩，盡付東流川。堂虛不敢登，衣蔽不敢牽。苟知母已死，思歸亦徒然。哀哉欲重見，非夢即黃泉。養兒空令老，何如早棄捐。棟也代父行，匹馬走燕然。忘軀冒矢石，一往更無前。慚愧我為子，反不如汝賢。

我居遼東西，三月冰尚涸。況涉漠北庭，草木萌未吐。千里擁流沙，馬嘶不敢渡。朔風晝悲號，黃塵蔽欲暮。所仗童僕親，苦與樂相顧。小心事長官，莫更逢其怒。汝當少壯年，風霜非所慮。所慮情性疏，未必諳世故。出門盡荊榛，有罪孰肯恕。豈乏老成人，藥石語無誤。志不圖封侯，圖此骨肉聚。安得柴桑翁，歸來及早賦。

諸同年會祭先慈，哀感賦謝　　丙子

畫宮受吊列郊筵，知死知生兩義全。同譜尚能敦古道，不才焉足辱名賢。何當妙筆褒潛德,且放高聲讀大篇。帷殯敢勞齊執紼,藉他賓從慰重泉。

自慚形穢老髡鉗,意氣雖真亦避嫌。世味酸鹽嘗欲遍,友生膠漆性成粘。敢希文正扁舟麥,爲受王丹一匹縑。最是鐫心鏤骨處,不隨世俗作涼炎。

所至非關冰蘗聲,乘車戴笠恃交情。生前未獲回班寵,身後還邀會葬榮。但使盈門皆白鶴,幾曾弔客必青蠅。同時泣把山花奠,多謝朝簪一倍誠。

生芻如玉借餘光,消受諸公一瓣香。庚衮義無輕拜母,范卿言必踐登堂。於今信足傳空谷,此舉從來不濫觴。降節枉勞成禮退,敢將白眼傲人狂。

奉訪表妹丈陳勿齋侍御新居　　丙子

繪圖購宅費營求,新得西齋近市頭。豈必司閽常直挺,却教中貴盡泥樓。迎涼草舍兼醒醉,含笑花枝并療愁。百卉階前消受處,一團初試午間甌。

上林全樹借郟安,誰道霜臺非熱官。怕過高門逢駟馬,喜從密室接芳蘭。手談落子閒心聽,家誡書屏隔座看。羨殺桃笙能滑澤,可容攤飯覓濃團。

曉日曈曈恰罷朝,雨餘簾捲絕纖囂。親于内外當兼屬,歡若平生得久要。繪擬郎官分玉縷,酒名南史試金蕉。關心忽憶年時事,萬里銷魂在別橋。

相逢不用避頭銜，物外蕭然一老饞。我甚貪爲河朔飲，君猶默坐退思巖。榴花映日明紈扇，槐樹生風透葛衫。偏是今朝聞燕喜，鬧入檐底語詀諵。

入關值復齋學士初度留飲　丙子

憶別學士時，五年指易撚。歲甲戌之夏，覽揆得大衍。南北悵各天，寸心未由展。今我入關來，榴花赤如焰。有客介蒲觴，招予走魚繭。喜極舞儌儌，一醉豈能免。所歉在積薪，官資久未轉。非無終南山，可以致通顯。而不因人熱，獨醒甘淹蹇。世間肉食人，從旁恣褒貶。獨有塞上翁，一視等夷險。似此連城姿，淄塵豈能點。賴以底狂瀾，大賢真不忝。

昔登廣柳車，送者鮮接踵。親串五六人，殷勤別田壟。一慟君獨悲，淚落比泉湧。聽者皆酸辛，道旁叉手拱。去去幾星霜，尺素高于塚。撥火煮龍圖，料綿開蒻籠。足以滌煩襟，足以禦寒竦。凡茲百慮周，何一非君寵。新令廣贖鍰，紓籌力倍勇。拔之出重淵，軒渠腹磨捧。痛定還又思，含情各種種。君味道已深，我蒙難益恐。貴賤兩忘形，胸懷豁如洞。從此歲月長，相期樂顏孔。

人生名教中，仰事甚俯育。養志窺于微，有力苦不足。爛熳任天游，誰得似我叔。矍鑠古稀年，齒堅尚決肉。所樂在林泉，不復問凉燠。有時步晴巖，恣意岸高屋。侍立數青衣，頗擅絲與竹。按板節歌珠，回頭屢顧曲。我歸入竹林，微風動纖縠。看畫展鵝溪，焚囊賭玉局。忽聞板輿來，花間慶老福。孝哉爲子心，承歡極其欲。安得世上親，人人躡芳躅。

桐城大宗伯六十壽　　丁丑

日直蓬萊最上層，鼕鼕朝鼓起矜陵。去因雀躁占風脚，歸任驄蹄踏月稜。履正位兼三獨坐，望清銜稱一條冰。受知花甲年剛半，雨露何人得并承。

禁中頗牧地中仙，草制方終又講筵。果是瓊瑤能瑞世，更煩羽翼佐衝天。問温室樹全無答，賦柏梁詩早共傳。莫道君恩難久恃，一誠相格自拳拳。

權尊内相寵殊驚，三十年來稽古榮。秘閣有書傳令子，臣門如水是真清。博通經術訓明問，追挽文風律後生。盛世虙颭公等在，不勞江總擅才名。

延年訣本赤松經，曳履尚書髪未星。舉案聯吟成老友，迴班答拜儼明庭。查梨孰勝榮君問，椿桂齊芳信德馨。願繪出關圖一幅，藤牋小疊寄冰廳。

曹廉讓芝巖疊翠石索題　　丁丑

曹家積石作書倉，搜得雲根一點光。華篋緹巾重十襲，百年清秘好收藏。

本從天寶劈靈根，聳壑昂霄氣可吞。鎮日相看終不語，可人一個對幽軒。

層層肌理蹙波紋,妙品奇章甲乙分。昨夜床頭膚寸合,飛來畫棟也生雲。

張如帆影矗如樓,設遇生公亦點頭。三刖莫嫌無識者,陵陽到底得封侯。

借問支磯亦偶然,轉疑溫潤出藍田。望塵更合深深拜,不數當年老米顛。

扁舟誰向鬱林來,載得如拳玉一堆。見説須彌藏世界,此中丘壑自天開。

重陽後一日祝翁康飴初度　丁丑

痛飲鵝黃擘蟹黃,今朝還是小重陽。龍山會上逢南極,側帽簪花半廟廊。

敢將葭茁比蘭芽,魏伯陽曾養外家。記得兒時爭唊棗,而今棗又大于瓜。

大母丁年花甲周,含飴此日恰添籌。果然簪笏承先澤,清白家聲第一流。

躋堂介壽各懽然,錦帳珠燈色色鮮。我自玉關生入後,分明兩世弟兄緣。

一門觴政肅如軍,折取花枝記罰分。老去頹唐渾不省,久無理亂耳邊聞。

烏衣顏巷幾朱輪，堂構依然桿楔新。愧我不能成宅相，借他門閥也生春。

每逢勝事暗欷歔，何處追尋花裹車。獨爾北堂萱草茂，蟠蟠老福有誰如。

王氏蘭階賽桂林，亭亭如玉出仙岑。須知門第高堪畏，座右勤書馬援銘。

送王文在赴任酆都　　丁丑

一行作吏入巴東，此去先經草閣中。不信詩成能泣鬼，携尊試問浣花翁。

一關人鬼只幾希，不用虛恭个裹機。鐵面剛腸真面目，笑他世俗枉脂韋。

誰道幽明隔兩塵，無欺屋漏即神君。靈臺一點澄如鏡，不數然犀溫太真。

五官并用本長才，疑獄全憑聽斷來。天賜重生包孝肅，晝升廳事夜烏臺。

愁絕嘗思著廣騷，汨羅沉恨最難[一]消。九天若果魂能喋，宋玉文章底用招。

酆都聞説是仙都，神術還能縮地無。早晚侯君消息到，鳳樓高處看雙鳧。

盈虛消息甚平平，志怪搜神强立名。他日若逢宣室問，莫貪舌辯誤蒼生。

蜀才偏我擊思頻，可怪文人骨相屯。儋耳夜郎公案在，煩君參勘是何因。

誰從唐舉取譏訶，宦績千秋貴不磨。上柱國原吾自有，人生幾見活閻羅。

郎官得得綰新符，結束行裝出帝都。自顧囊中羞[二]澀甚，不愁鬼物有揶揄。

【校記】

[一]"難"，底本訛作"難"。
[二]"羞"，底本訛作"差"。

文在有詩留別即次元韻奉答　丁丑

綰符西去及秋時，努力爲官莫自疑。我輩于人無可合，君才何地不相宜。陽臺有夢經年別，杜宇傷春若个知。獨愛浣花溪上客，一尊好與細論詩。

官途原不計千年，底是愁他蜀道遭。貧乏立錐非是病，吏能免俗即爲仙。何妨無鬼存玆論，豈有通神亦使錢。遥想訟庭清暇處，五經彈罷一爐烟。

不與終南鬭要津,料無熱客往來頻。既稱福地何嫌僻,尚有詩囊未是貧。人到相知青眼少,交因彌淡白頭新。多君密訂金蘭簿,投分偏於物外身。

醇醪戀戀日三升,醉後揮毫力倍勝。但使風流名藉甚,何憂殿最事無憑。影衾不愧吾能信,魑魅争光爾亦憎。自分烟波踪跡渺,雙魚那覓寄心朋。

挽馬子握　丁丑

回首西湖一夢縈,珠盤玉敦定交情。非無達識觀成敗,最是傷心判死生。篋裏檢存三歲字,眼中辜負百年盟。白楊歷歷新阡在,權把山花奠几楹。

金悚存中丞七十賜環　丁丑

天教赤烏老東山,杖國高年恰賜環。清節何妨傳塞外,盛名已不朽人間。于臣桑梓恩逾渥,從此林泉意自閒。仍到京華陪杖履,嘯歌容我獨癡頑。

每憶春來祝大千,傳觴獻頌自年年。方欣南雁飛成伴,又恐歸雲影各天。海鶴精神真嶽嶽,鳳雛毛羽更翩翩。西湖但記梅花候,折取新枝寄日邊。

查聲山庶常寫經圖

時居太夫人憂。　丁丑

　　畫圖風度本翩翩，申紙書毫更儼然。不是有心酬罔極，法華那得法書傳。

　　非關乘興偶臨池，注目含毫屬有思。一字一思還一淚，愁他書罷鬢成絲。

　　細楷蠅頭最苦辛，三年憔悴寫經人。從今欲識恩勤意，即在當前古佛身。

　　想見虔心結撰精，千秋龍藏得奇贏。屬毛離裏誰無母，願解臨摹報所生。

陳大年侍御五十　丁丑

　　笑談追憶少年塲，轉眼交親各老蒼。對客襟懷非夏日，居官面目帶秋霜。生還正喜逢初度，短別翻嫌久一觴。願祝嵩高無可寄，強吟詩句索枯腸。

　　渭陽門塯果風流，金馬青驄盡貴游。烏府今宵傾美醖，冰天幾載感溫裘。喜他偕老眉齊案，眼看生兒氣食牛。剩得殘軀重聚首，圍爐剪燭話從頭。

送馬義甫西曹回陪京官署　丁丑

乍別何如遠別難，河橋新柳恰春殘。似君游宦心猶怯，縱我歸農臥未安。盡道斗杓從北轉，有時塞雁向南看。錢江遼海雙魚阻，清夢常通只寸丹。

清帘紅杏繞行旌，遙指珊鞭出帝城。欲別故人先洒淚，爲辭老母幾吞聲。未青塞草春寥落，不斷溪山日送迎。皂帽相逢煩寄語，從來天道有虛盈。

梅東草堂詩集卷之四

寓聊城適同年彭恪庵罷歸林下走筆戲贈　丁丑

失馬誰非塞上翁，每從痛定怯傷弓。已知塊壘原成幻，其奈風波出便逢。屈指行藏差不異，計程南北亦相同。而今結伴隨緣去，有爾爲鄰道未窮。

生來傲骨合休休，堪笑功名總繆悠。守正群呼爲異物，潔身誰許獨清流。且教得共寒號過，底用常懷謝豹羞。此地相逢真意外，一壺村酒話從頭。

怪松　丁丑

雲影濤聲畫裏看，支離老叟號蒼官。昂然壁立真吾友，願共盟心保歲寒。

靈根想是産雙林，漏月含星十畝陰。安得元珪神妙手，移來窗下作龍吟。

奉訪任月生年伯暨次公渭飛留吟，兼懷瓮安令君　丁丑

十載重逢鬢未蒼，攝衣親拜五知堂。治分老譜行黔地，庭亞新枝接寶香。賴有青眸存古道，得從烏巷借餘光。可憐生人關門後，繞樹孤飛尚異鄉。

芝蘭一室本同芳，把臂元將父仲將。燈下談深來舊雨，醉中技癢索枯腸。寒暄歷盡交情見，聚散經多意味長。料是曲江春讌後，雙鳧相會在明光。

同年韓公燮自經十年矣，并尊堂嫂夫人三棺在堂，詩以哭之　丁丑

絮酒生芻尚未遲，傷心往事歎芝焚。剌仇不欲為嚴武，埋骨須教傍伯奇。無可片言申母恨，即輕一死傳誰知。分明孤憤成愚孝，千古何從判此疑。

經冬庭樹已全凋，晝掩晴軒鎖寂寥。兩世玉棺成品字，終年鬼火暗清宵。尚留宿草容吾哭，可有游魂待客招。為恨汨羅遺跡似，至今沉恨未曾消。

鄧中翰騫之、思睿昆玉招飲　丁丑

傾蓋何當折柬呼，春風盡日飲醍醐。到門方辨東西陸，入國先聞大小蘇。痴客午餘貪對弈，舍人花下愛投壺。酒船茗椀無停手，最是

君情未可辜。

瞥見芝蘭長特苗，紅塵到此也應消。誰言北道來無主，早是西園辱見招。鯖合五侯鯿縮項，餅蒸十字米長腰。相逢拚得如泥醉，臨去殷勤又十蕉。

再飲鄧中翰書屋　丁丑

何緣投分遇髯參，入室芝蘭味自諳。下酒有書消白晝，移床就客愛清談。綠槐覆地陰初合，紅藥翻階蕊半含。洗盡五年塵土胃，不須更唱望江南。

棐几明犀净辟塵，百年清賞在儒珍。坐當風口非輪扇，步入花陰或岸巾。獨出心胸評往事，別開手眼對陳人。文章朋友吾生事，願結茅檐爲買鄰。

謝鄧中翰惠米麵酒炭　丁丑

問遺何事到酸儒，貧巷喧闐負擔夫。餉米不因顏氏帖，漉巾又費步兵厨。試霏玉屑桃榔樹，重撥寒灰榾柮鑪。果腹看看佳節近，蓬門且免辟愁符。

珍重瓊瑤俱啓緘，感君心版已鐫劖。授餐肯望王孫報，辨味還分從事銜。寧以作炊須預鍊，豈知畫地不克饞。蓴鱸雖美家何在，莫擬秋風便挂帆。

高鹿巖民部有詩見懷，即次元韻奉答乘興疊至八首　丁丑

白頭遠謫去仍還，虎豹從今遁九關。有子得如三鳳足，乘梯直上五雲間。浮沉世事甘肥遯，醇謹家風鮮俊艱。我亦挂帆思故里，錢唐江上看濤山。

天道何嘗不好還，福兮福倚一機關。殊鄉諳盡冰霜苦，異姓親如伯仲間。老至讀書終寡過，貧來力積漸知艱。人能止足方無辱，說與兒孫合住山。

千里音書共往還，喜無心挂利名關。一生居處抬頭少，末世交游反掌間。詩格彌高求和寡，文思偏澀苦吟艱。他時欲訪烟霞客，只在蓬萊閣上山。

一身如寄利輕還，從此埋名閉舌關。允矣道無可道者，處于材與不材間。絲綸自是王言大，踽踽何曾困步艱。喜得碧天雲已净，眼中歷歷總冰山。

軒渠一笑賀新還，萬事于心總莫關。種秫荒田無十畝，藏書矮屋得三間。酒餘狂態方爲美，文到聱牙始是艱。講學康成無恙否，一心常在不其山。

王師聞奏凱歌還，六郡良家并進關。實粟免教輸塞下，荷鋤保得老田間。瑞符且緩千官請，詔旨先賙萬姓艱。何幸爲農于羽世，稻堆處處屋如山。

半是生還半死還，玉門關即鬼門關。敢希異數榮身後，猶得清名在世間。顧爾妻孥誰可託，欲完衣食計嘗艱。墳前宿草連天白，有淚何從灑福山。芝巖已作古。

破甑非同趙壁還，一生慚愧闖儒關。願偕爾作巢由輩，敢謂臣居廉讓間。風月有時供泣笑，漁佃爲業足鮮艱。中原處處皆安土，何必從人乞買山。

喜聞朝城令張松友行取之信　丁丑

幾載張華繫我思，風流相愛帛纏髭。但聞人説官員好，直使名教草木知。辨取精誠期建白，繪成疾苦待周咨。埋輪自屬君家事，恰遇求言莫更疑。

偶因守凍滯清河，咫尺花村策蹇過。到此不愁無地主，相逢猶恐是南柯。兩人心共燈前説，七字詩從醉裏哦。君去九霄天路近，春風容易落田禾。

赴同年張松友之約再至朝署，喜晤漢乘、逸群　丁丑

策馬商郊歲兩回，不辭夙約觸炎埃。方從春酒沉酣去，又爲秋花特地來。入室襟懷照冰雪，當筵吐納起風雷。鳳毛更有難兄弟，較勝曹家十倍才。

累爾豬肝亦主臣，盤餐況爲設兼珍。看除階草逢新雨，早拂塵床待故人。谷有芝蘭香自遠，言如菽粟味逾真。鄭公鄉里風淳樸，可許

誅茅共結隣。

漢乘見惠佳什，即次其韻答之　丁丑

亭亭玉樹發春叢，眼見翔鴻未可籠。七步即成吟獨絶，五官并用叩無窮。方乘鋭氣如朝日，已辨衰年拜下風。每到夜深談欲罷，呼童重剪爐燈紅。

敗絮偏行枳棘叢，孤飛饞似鳥離籠。藉他朋友差藏拙，笑我文章不送窮。轉眼又逢牛渚月，無衣最怕鯉魚風。驚心節物蕭條甚，歲穧空歡粟朽紅。

小山人去桂花叢，零落殘枝宿霧籠。雨滴鄉心眠不穩，蟲鳴秋夜聽何窮。此生夢斷槐街路，有願歸尋柳絮風。臨別更申重九約，肯教辜負鶴翎紅。

徐譽招、吳恭若，中表兄弟也，同在武陽幕中即席口占　丁丑

東西治事共蕭齋，晨夕相依坐卧偕。應阮有才皆記室，潘楊之睦勝同懷。薰爐香別青螺甲，種菊根分玉篆牌。賴是閒心談客況，一時清課興偏佳。

與逸群對弈　丁丑

壁壘旌旗意氣揚，偶然游戲此逢塲。臣今老矣君方壯，勝固欣然敗亦常。數合周天拋劫險，機當臨陣取先強。非因睹墅貪鏖戰，借此

還消白日長。

個中煞自有機關,動靜方員見一班。須識盈虛同幻泡,便教得喪亦循環。全盤順逆風牛馬,小角紛爭類觸蠻。莫道爛柯無妙理,還分黑白在人間。

讀漢乘制藝兼有所感即次原韻　丁丑

高柳清蟬噪夕暉,尋君原在古商畿。文章甘苦從心別,世事乘除與願違。豈有數奇如李廣,終教戰勝屬劉幾。春風咫尺長安路,看遍名花始十歸。

消盡雄心入老年,手中一卷馬蹄篇。常防欹器盈將覆,不信殘灰死復燃。赤壁咸陽皆爓火,蠅頭蝸角亦腥羶。五湖只有烟波客,掉臂曾無世綱牽。

過張秋訪史敬修別駕兼懷柘城令弟　丁丑

再佐名藩亦快哉,從容山水白公才。登樓縱覽凌風舸,把酒閒臨挂劍臺。錯落萬家環雉堞,劈空一水剪城隈。放衙晨鵲無端噪,料是門前舊雨來。

曾經一葉訪桃花,纔過平泉即爾家。徵逐不因貪酒食,往來亦喜話桑麻。弟兄都為蒼生出,櫻筍無如故國嘉。他日午橋莊畔叟,碧鱗繡尾許同叉。

史別駕小照

據榻觀三美人折蓮。　　丁丑

小榻閒窺玉女窗,秦韓虢國孰心降。蓮花一朵開三面,并蒂看來總是雙。

兗郡遇同年孫子未檢討兼謝厚餉　　丁丑

無端憑吊魯共宮,禾黍離離古堞中。泛梗飄蓬誰是伴,素車白馬此相逢。君猶有淚傾遺研,_{子未以承重居憂。}我更吞聲泣斷蓯。讀到趨庭東郡句,傷心同處敢從同。

霜葉黃乾恰小春,僦居茆室傍城闉。天涯豈料爲嘉會,雞黍翻勞餉故人。折節儒生謙抑抑,縱論文字味津津。公超所在真成市,未易龍門抗俗塵。

東郡有感兼謝嶧陽方衍泗明府　　丁丑

朱門誰不曳長裾,偏我途窮賦子虛。明是李斯逐客令,翻疑鍾會效人書。羞羞謝豹啼何已,閣閣官蛙怒爲攄。賴有賢侯勤拂拭,早尋歸路返巾車。

寄費邑惠沛蒼年友　　丁丑

風雅何殊荀令君,坐中三日尚濃薰。爭傳謔序中聯句,愛寫名流數幅裙。縱壑游魚方潑潑,向春枯木漸欣欣。他時車笠相逢揖,一笑休驚面有文。

蒙山佳處勝河陽,栽得名花滿縣香。粉署遍題安筆格,石泉親煮辨茶槍。長驅紫塞三千里,別憶金陵十一霜。今日釣竿歸故里,何人爲辦囊中裝。

平原昂扶上明府初度　丁丑

如岡如阜亦如川,也願躋堂祝二天。莫道陽回纔一線,却逢嶽降得齊年。風淳俗茂仁能壽,政簡刑清吏即仙。若論漢庭推上考,似無人敢占君先。

屬垣有耳聽鳴琴,總出吾師桃李陰。杖履親陪承教切,弦歌歎絕受知深。何難密邇傳衣鉢,嘗覺提撕任影衾。熱早晚柏臺看脚跡,不爲舟楫即爲霖。公同出董座師門下。

訪林邑戴仲升年友　丁丑

百里何勞屈大賢,偶然小試借烹鮮。鳴琴此地多奇績,攀桂同時獨妙年。龍躍近行三尺雨,鵬飛高逼九重天。他年若遇求官日,最苦生民是播遷。

懷同年張昆詒出宰臨朐　丁丑

靈山仙吏試烹魚,游刃恢恢樂有餘。古廟千秋祠后稷,孤城三里號朱虛。望門投止疑滋甚,彈鋏歸來恐突如。憑籍霜鴻勤問訊,夢中握手小生疏。

抵都得表弟翁逸仲凶問　丁丑

忽聞埋玉樹,終夜獨欷歔。別尚從京國,春猶接手書。操心人易老,涉世跡非疏。追憶兒童日,爲歡孰得如。白首潘楊睦,外家風宛然。悲秋逢客緒,傷逝值衰年。歲月流如駛,弟兄隨及肩。一朝存歿異,灑淚向天邊。

表甥張纘思一日之內接其祖母暨令堂哀訃,倉卒出都,特寄薄奠,作此奉慰　丁丑

白馬素車茵,煢煢一棘人。雞豚親不逮,風木痛無申。子影誰依傍,長途更苦辛。吾生有恨事,相對各沾巾。

凶問同時至,屢軀一慟危。賓筵空袖橘,魂夢想含飴。養志斯云大,愛身以有爲。靈椿尚未老,努力兩堉篪。

飲思睿盆桂下　丁丑

闖入桂花叢,分明是月宮。暗飄金菊外,簇立玉堂中。燭影三條白,顏羞一點紅。感君多美意,清讌及衰翁。

珍重處芸暉,金釵列妓圍。無風嘗撲鼻,乍暖欲薰衣。濃郁偏宜潔,婆娑不厭肥。看看玉兔上,貪坐已忘歸。

翠幄異香稠,無花可匹休。分曹爲博戲,記罰錯觥籌。粒粒金如

粟，團團繡作毬。嫦娥即此在，不用覓瓊樓。

豈必蒼松幹，凌冬始不衰。影嘗懸寶鏡，枝已入宮詞。索醉將無數，尋芳尚未遲。有居盈十笏，情願作花師。

謝嶧亭以盆桂見貽　丁丑

焰焰紫干雲，清芬迥不群。齊檐飄更遠，入夜靜還聞。愛此一枝好，知從五桂分。褻君居矮巷，三沐又三薰。

亭亭復裊裊，護惜早垂簾。不與椒同烈，方之蕙更甜。曉妝臨繡閣，新沐立風檐。似此傾城色，何心博矯廉。

森挺植燕山，非同桃李顏。締交皆貴士，占籍在仙班。都作天涯客，曾經月殿攀。相逢如故友，莫笑我駑頑。

招隱孰相尋，名葩出鄧林。肯嫌環堵陋，忽自廣寒臨。捲幔迎花氣，移床就樹陰。蕊珠紛欲墮，短髮不勝簪。

嶧亭惠鮮棗一梠　丁丑

先生貽碩果，異產出家林。貴不因無核，投皆以赤心。榴紅看覺淡，柿火較還深。猶憶花時節，曾經到樹陰。

不學西王母，蟠桃贈七枚。懸枝看纍纍，射梠是來來。種此年非久，聞君手所栽。何當邅食饋，寶玩擬瓊瑰。

愛此東隣種，張梨未足誇。只求甜似蜜，何用大於瓜。千户銜相稱，十年飽復嘉。窗前小兒女，啼笑一時譁。

挺立小亭中，離離映日紅。象形應九列，望氣必三公。正值黃柑候，相陪紫桂叢。田家方剝擊，高興讀豳風。

餘慶堂觀桂贈嶧亭

中秋前三日。　丁丑

月裏分奇種，扶疏照九環。記曾親手植，好待後人攀。寶樹誇多子，詵枝露一斑。蟾宮此豫宴，不醉不教還。

漸近仙槎候，花須著意黃。獨能承土色，誰與鬪天香。秋老偏呈秀，根深亦傲霜。栽培非一日，珍重在東堂。

中秋遇雨　丁丑

客邸遇中秋，高歌屋打頭。已能供醉飽，全是仗交遊。風雨來何驟，兒曹鬧不休。枉勞蘇學士，切切念瓊樓。

黯淡天如墨，今宵獨不宜。羞將團扇曲，吟向影娥池。剪紙邀難下，梯雲取已遲。恍然齊物論，自古有成虧。

朱克典招看菊花　丁丑

此中無俗士，結契在書巢。性以貞宜壽，情于淡可交。依闌攢葉影,齊案出花梢。風雨重陽近,秋光莫浪抛。當户垂簾押,沙盆雁字排。記名分玉篆,簇立勝金釵。最與幽人愜,全憑晚節佳。敲棋兼對酒,賓主已忘骸。

九月七日劉禹石孝廉初度　丁丑

龍山佳會近,來訪地行仙。大衍餘三歲,重陽早二天。稱觴寧避醉,對弈敢争先。莫道秋客淡,黄花晚更妍。

此間誰獨步,好友得元劉。月桂當年折,蟠桃幾度偷。文章聲價重,氣誼古人儔。結客豪無敵,方營百尺樓。

歷城遇同年李芳厓,時令齊河　丁丑

十載金蘭契,無心遇歷城。雲泥此日事,車笠古人情。誰足知吾意,嘗思就爾評。別來多少話,容易此班荆。

□聞良友至,歧路漫咨嗟。膠合何分漆,蓬生賴有麻。適山貲不易,沽醉望非奢。檢點懷中刺,河陽咫尺花。

託根雖有界,結契本同岑。不比朱門叩,難忘白首吟。琴書燒短燭,風雪擁孤衾。清夢曾無隔,相期作傳霖。

寄夏津宋鶴岑明府　丁丑

道旁手板揖輕肥,流品誰爲辨等威。我輩于人終枘鑿,先生所性異脂韋。清談豈必妨公務,善政無過順化機。飲酒栽花忙裏得,從來

仙令屬儒衣。

　　吏治三年去刻深，如君豈易有知音。逢迎似懶偏趨士，案牘雖煩不廢吟。入世敢爲人負語，願君長守歲寒心。可憐一面緣都淺，夢裏神交芥與針。

鄧思睿舍人座上聽郭有弼彈箏，
　送高二蒼曉歸里　　丁丑

　　啓簾聽手語，哀響遏行雲。鐵撥經三弄，琴音得二分。酒酣頻頻曲，腸斷爲離群。他日居山約，相期只五君。

　　圍爐貪夜坐，有客善秦箏。豈不思歸切，難爲送遠情。悠然存大雅，淒絕是長清。願借蓮花漏，今宵報六更。

偕嶧亭、思五、蒼曉飲振宜齋　　丁丑

　　十笏容環堵，分明儒者居。竹中方岸幘，門外有巾車。箬葉盈樽酒，牙籤滿駕書。閒時即造訪，坐隱日無虛。

平原夫子招遊即園，
　用少陵《何氏山林》韻　　丁丑

　　果是南樓好，奇觀勝午橋。雄蹲疑峙嶽，軒舉欲昂霄。泉石豈終老，弓旌不易招。莊周多喻意，第一賦逍遙。

　　野馬飛難到，花陰一徑清。穿枝深見蝶，隔塢遠聞鶯。竹影書成

箇，泉聲沸似羹。山陰巖壑美，不異此中行。

信宿探幽僻，斯遊樂不支。迴廊斜受月，小閣半臨池。枕石頹然醉，揮弦靜者知。典墳尤更癖，那得手停披。

莫放春光去，金鈴護好花。蘆灣鳴穀犬，粉壁引秋蛇。綠野何年闢，青山底事賒。茅檐三五處，淳樸老農家。

青畦如卦畫，遙望荻菲開。夏淺忙收麥，風高不做梅。喜無殘客到，時駕小輿來。屐印紛紛碎，紅茵補綠苔。

何緣陪杖履，咳吐瀉言泉。刻燭詩權握，迎風酒力綿。榴房紅齒齒，荷葉綠錢錢。結撰非恒逕，教人憶輞川。

側帽群芳隊，風連笑語香。只愁疲應接，豈暇敘炎涼。波靜綾紋細，峰危蚓路長。願携冰雪句，搔首問穹蒼。

垂楊臨古道，知是習家池。牧犢喧鈴鐸，村姬覆羃羅。晝眠醫樹客，春鬧引弓兒。到處搜詩料，奚囊銀鹿隨。

葵心原向日，貞幹復凌雲。對此皆生意，于今未喪文。園林公獨樂，風月我平分。許割鴻溝半，敲詩爲解紛。

雅負蒼生望，其如謝墅何。會心寧在遠，餘論或相多。刻意常傷別，臨行一作歌。籠禽已得放，乘興不難過。

重遊即園用少陵後五韻　　丁丑

司馬閒居日，殷勤不絕書。小春逢嶽降，雨度訪林盧。山笛驚棲鳥，桅燈駭伏魚。耳邊仙樂奏，一派出樓居。

鼓枻傳觴罨，俄看星斗移。回波呈小部，按板節紅兒。豈爲貪烏府，能無戀渼陂。雞鳴與犬吠，點綴此杉籬。

一幅西園景，名家李伯時。樓臺天際水，丘壑畫中詩。玉筯粘苔脯，銀刀切鱠絲。主人情款洽，不敢說歸期。

桂槳衝波出，霜林引興長。書籤分甲乙，茶格辨旗槍。愛坐芝蘭室，忘營雁鶩梁。年時多勝賞，最好是東皇。

乍來是夢覺，再至已冬年。一手提幽谷，歸心在冷泉。有山堪戢影，無意更求田。茅屋三間願，鼾雷小自然。

和裕庵師叔問訊春漲次原韻　　戊寅

華池幾曲抱如城，豈與支流涓滴爭。橋脚漸低新水長，石坡微嚙舊痕平。陪迎不肯留餘興，對此何容著俗情。莫道操舟無妙理，狂瀾一力賴孤撐。

雨後風生浪亦生，今朝准備乞春晴。消停洞口艤舟待，指點篙師任意行。不用榆錢來買醉，纔舒柳眼即含情。樓頭花萼多酬唱，雪椀冰甌句共清。

送善長入學，賜以古研一、凍刻一，上鐫"詩書滋味長"五字，喜而足成近體四章以勉之　丁丑

七齡應就塾，付與爾青箱。孝弟人倫首，詩書滋味長。慎毋違面命，願及見眉揚。學殖嚴基始，雍容夫子堂。

古人皆可造，鑿壁與螢囊。溫飽規模隘，詩書滋味長。莫功虧一簣，如日出扶桑。臨老叮嚀意，相期在廟廊。

駃騠能汗血，駒齒已騰驤。志氣兒童立，詩書滋味長。丹成看火候，麥熟自頭昂。溫故知新矣，功夫貴不忘。

硯田經五世，不比破天荒。清白家聲舊，詩書滋味長。何難爲柱石，休別問津梁。幽谷芳蘭秀，生來自國香。

省齋世兄選拔明經，夫子有詩志喜，次韻奉賀　丁丑

烏衣群從好，更喜白眉清。撥霧難藏豹，乘風欲控鯨。一如周選士，非復魯諸生。終賈年方少，才堪副盛名。

和孫松坪庶常移寓即次元韻　丁丑

矮擔席戶半蛛塵，委巷偏宜大隱身。信步蹣跚迷曲逕，沿門剝啄訪比隣。喜從談辨消清夏，怕是生平見要人。鬼物揶揄休咄咄，家貧

幸不是才貧。

豈真肥遯老顏坏，快讀間居賦幾回。熟客不冠乘便見，新醅得月即時開。瓶花欲換經多選，爐炭頻添忌淺栽。最是清閒人跡少，竹簾繞下鳥聲來。

撥灰書悶掩松關，悔不從前早入山。每憶羈囚如束濕，倍增歡笑在新還。天邊任是飛三匝，世上何曾厦萬間。莫羨城都桑八百，老來落得一身閒。

出門時駕獨輪車，擺脱風塵愧不如。賴有羊曇從乞墅，愛他銀鹿早知書。同林忽判升沉鳥，縱壑何分大小魚。我自故園歸去好，長饞一把種南蔬。

過劉孝廉手談兼送北上　丁丑

敵手相遭便擊攻，輸君雅量却從容。既無勝負形于色，豈有炎涼界此中。坐擁書城風自別，談深蘭室味元同。不因塵戰文塲去，願割鴻溝決一雄。

珊鞭隨路有豪吟，直擬看花到上林。纔欲一蜚成異羽，必從百鍊得祥金。才名耳熱休嫌晚，古處心期貴及今。爛醉不知更漏盡，此生肝膽已全傾。

美人浣臂次南季韻　丁丑

横支雪藕静垂簾，膏沐從頭到鳳尖。洗不退痕紅縷縷，半猶沉水玉纖纖。疑曾三折偷靈藥，料是雙彎弄彩蟾。容易傾城交臂失，寫生斑管倩誰拈。

美人吃烟疊前韻　丁丑

桃花紅暈隔珠簾，一點無明透舌尖。劫火成灰真頃刻，晴絲結縷只毫纖。微含醉態香筒勸，細篆香雲八字蟾。若許口脂沾漑我，逡巡骰子手中拈。

王一致年伯招飲，即次胡茨村觀察壁間韻　丁丑

繞郭東流水，幽居更水東。山從屋後見，路轉柳陰通。曼倩趨朝隱，淳于玩世雄。桃源尋可得，竟日大王風。

同年王尺二莊居　丁丑

恰恰田塍受小輿，到門知是故人居。竇林久附忘年好，蔣逕歡承握手初。雨後隔隣催布穀，晚來臨水看叉魚。桑麻雞犬仙家景，可許誅茅此結廬。

胡茨村觀察以隨園詩索和，即次元韻六章個個軒　丁丑

摳衣上玉堂，如入春風座。綠野闢何年，經營匠心作。豈無蒼生憂，偃仰恣高臥。客至啓湘簾，彈琴拂衣襮。須臾發明問，珠璣落咳吐。送難質所疑，不敢分半座。墻東高柳陰，黃鸝三兩個。百囀繞流

泉,絲與竹相播。桃笙展北窻,跂足成懶惰。丘壑苟可娛,羲皇何以過。擡頭見琅玕,弄影蒼苔破。其實鳳所食,高岡鳴寡和。上與雲霄干,下絕塵土涴。掃逕納微涼,芰枝列清課。數竿已足多,千畝未云大。對之免俗氛,聊以慰寒餓。當其勁挺時,往往克負荷。霜雪或時凌,無乃偶頓挫。脂韋日習成,丈夫恥柔懦。所以失馬翁,庸詎不爲賀。

宜有亭　丁丑

交道慎淵源,心期寧勿久。譬之玉石間,貴賤不同糅。先生豁達胸。落落寡儕偶。擁書敵百城,築室盈十畝。左携玉奴弦,右挾曹綱手。意氣頻自豪,風流肯居後。與來即高歌,運筆如運帚。學古去町畦,論詩闢戶牖。世間肉食人,詎足當所取。只今芝蘭居,幽芳絕塵垢。側耳聽洪鐘,忘身入談藪。回思王謝流,孰與出其右。此亭故三宜,此名勝頓有。孔子昔曾言,無病亦自灸。後樂與先憂,二者非虛受。亭前鑿小池,一泓蓄清瀏。園以出水藻,覆以參天柳。賓朋日夕佳,會不憚獵酒。有時詠五君,不然尋十友。視棄一官歸,無異釋重負。厲志在名山,相期事不朽。著述等身高,歷歷分四部。似茲物外遊,誰復得掣肘。賤子欲擔簦,能許乎抑否。

層霞書屋　丁丑

雙槐相國第,五柳野人家。壁立城陰直,路回之字斜。即此會心處,吾生豈有涯。繁紅開續續,次第及秋花。灌漑資人力,兒童吸井華。低垂園果結,小摘野蔬嘉。位置天然好,標題分外誇。其中多古榦,引勝在幽遐。彷彿桃源洞,尋踪一徑賒。每因烘日豔,不比傲霜葩。屈曲檐牙挂,扶疏屋角遮。三春方爛熳,光映綺寮紗。想見虬枝亞,微潮暈臉霞。方之錦步障,所欲得非奢。自笑真寒乞,狂言四座譁。和詩慚笠澤,詠物避劉叉。不遇通門友,誰憐末路嗟。青蠅纔一點,白璧已蒙瑕。安得羲和馭,乘風速反車。一枝聊可託,免作暮啼鴉。

可亭 丁丑

揖我自西階,華筵早虛左。白石甃靈泉,紅葉簾外朵。圖史及鼎彝,左右陳列夥。從此任徜徉,杜門足雙裹。明月共清風,周旋我與我。一亭巍然存,安頓極其妥。于世復何求,傲骨近亦頗。爲語少年場,楊鞭馳射垛。意氣薄青雲,多怪而少可。名教樂有餘,無爲貴哆哆。有張茂先車,有米海嶽舸。放誕跡離奇,風流態裊娜。至今謫仙詩,猶自嘲飯顆。滌硯小童青,澆花衆女媒。玩好苟在前,人山寧弗果。不見褫襪子,徒伮伮瑣瑣。頽唐醉索扶,二豪若果贏。感憤發浩歌,有淚不敢墮。富貴直浮雲,痛飲吾豈那。和嶠千丈松,節目多礔砢。以兹齊物情,無異觀爝火。前覆後所懲,歷歷敗車輠。何如此園中,綠垂紅更嚲。雜遝慎苔茵,花時畫長鎖。

香雪齋 丁丑

由可亭而北,有屋殊幽絕。中以竹編籬,各不相窺竊。匝地布牽牛,緣階紛貫節。愛此千户侯,何時離畛畷。恨不遇花開,其賞梁園雪。羅浮伯仲間,差足免譏切。桃李美人顏,左右仰提挈。堂堂歲月流,倏忽去如瞥。盧生賦病梨,誰與子成悦。惟有青城山,消此心内熱。信步訪蓬萊,特爲我佳設。珍羞雜然陳,星羅而宿列。異味纔一嘗,不覺亡其舌。敝帚拭匡床,主人雅好潔。行跡雖棄捐,語言鮮私褻。客醉日漸昏,未免過饕餮。飲已進酪奴,百甌亦可啜。歸途遇老農，月出耕未輟。時物易驚心，春秋感鶗鴂。安得藉芳華，攬衣隨手擷。

秋怡閣

最是秋光好，朗朗此襟期。垂簾憩小閣，習靜心神怡。推窗納朝爽，坐臥恒於茲。檐前碧瓦合，櫛比龍鱗差。一雨旋復霽，青山來逶迤。倚闌望眼極，忽動江鄉思。白雲空冉冉，有書更誰貽。我生遭坎壈，冷煖只自知。如何處褌虱，跼蹐無一宜。徘徊泣岐路，不敢寄人籬。豈無干霄松，豈無傾陽葵。于世固已矣，肯負冰雪姿。山中霧隱豹，一管焉能窺。是以古達士，五月裘尚披。途窮道逾困，但不廢吟詩。詩以言素心，非徒學畫脂。顧我處污潦，視公在天池。孫綸方繩起，星漢亦潛移。胡為久鬱鬱，亦作商聲悲。吁嗟天籟鼓，萬有不同吹。

胡茨村觀察招飲兼惠佳刻，即次《閒居》詩元韻　丁丑

掃門投謁遇殊鄉，容接殷勤迥不常。世好於今非一輩，行踪為問自何方。居閒手訂交章譜，歲稔時贏鷹鷺梁。好是謝公山水癖，興來得何在西堂。

吹竹彈絲願未違，每言今是昨猶非。游魚縱壑何知樂，好鳥歸山豈倦飛。愛與古人晨夕共，眼看熱客往來稀。此間不滅南中趣，春水桃花鱖更肥。

清談娓娓聽無譁，手捉交犀坐碧紗。床上圖書高并屋，案間彝鼎

眩生花。罰依金谷吟鐫蠟,醉草蘭亭字畫沙。欲過雷門慚布鼓,烏絲一幅愧塗鴉。

宮樣吟箋約等身,客中對此不愁貧。錦身繡口金華語,雪椀冰甌紫府人。有筆如椽扛鼎力,以詩爲畫白描神。膾吞炙嚼飢能療,即是當前有脚春。

邢臺楊涉恭明府　　丁丑

耳邊清響噪如雷,別後天教老汝才。不覺尋踪經鉅鹿,還疑重夢入天台。訟庭晝鎖閒眠得,春瓮新蒭舊雨來。談謔一時忘主客,好懷能有幾回開。

偶值軍興歲失豐,親行隴畝散陳紅。栽花自是風流令,咒虎全憑保障功。有課定教居上上。厥田初不及中中。歡呼碑記傳人口,喜煞旁觀塞上翁。

機衡古道有誰如,生死交情跡未疏。入室秘傳楊子易,薦賢珍重孔融書。可憐白首猶彈鋏,每到窮途自跨驢。檢點金蘭邀夙契,春風何事別吹噓。

父書猶在自相師,爭說臣清畏不知。節擊喜看花蕚集,涕零怕讀硯山碑。非無咫尺先民矩,豈是尋常故國思。繞樹孤飛飛已倦,鷦鷯底用借多枝。

朝城署中晤徐譽昭　丁丑

何處名流不挽推，應徐都自幕中來。交心似錦翻新樣，律法通經屬健才。光氣難埋豐獄劍，濤聲還噪禹門雷。十年塊壘無窮恨，但對心知撥盡開。

一片心胸雪與冰，烏衣群從本師承。門高慣是遭時忌，才大偏能抑氣矜。鎮日清言消茗椀，讀書徹夜障蓮燈。芝蘭譜牒由來舊，更得君爲耐久朋。

聞平原夫子復還大中丞職志喜　丁丑

葵誠原向日，寵至亦堪驚。國事全擔荷，天心念老成。莫教虛異秩，須令福蒼生。清節安時論，蒲輪及早迎。

大賢今柄用，吾道慶彈冠。秉直惡居下，乘時喜食酸。人宗真壁直，物望豈泥蟠。只願居高位，留心爨下殘。

別後詩多少，終年臥柳村。移床逃肉鄙，對語接春溫。律己持風岸，躭書味義根。後堂勤問字，酣飲必留髡。

自別皋比去，于心茅塞多。時懷投筆歎，夢想遏雲歌。貧遇揶揄鬼，愁生煩惱魔。有師關痛癢，刻刻念沉痾。

弔鄆城黃烈婦　丁丑

大塊何茫茫，皆一氣所積。善養吾浩然，天地亦可塞。所以仲尼徒，慎重此名節。人壽無百年，明者貴自決。取義與成仁，一死安足惜。嗤彼食肉流，富貴心內熱。欲貪須臾生，那復分皂白。草頭露易乾，身名兩弗獲。回視石火光，閃閃亦何益。我聞黃氏姝，結褵纔三十。生兒已早殤，所天又短折。一慟腸欲摧，血淚爲之竭。自分伉儷情，寧忍永離別。夫去猶復追，泉臺路咫尺。上堂告勇姑，捐軀早同穴。勸阻雖百端，此志誓無易。一命付紅羅，今夕是何久。人以死爲苦，汝以死爲悅。英英石上霜，皎皎水中月。試與比精魂，應不滅其潔。哀哉鬚眉兒，曾不如巾幗。

代　作

弔鄆城黃烈婦。　丁丑

貞松不入萬花場，鐵幹凌冬犯雪霜。白璧千年無改色，青山一片可埋香。合教氣骨歸脂粉，枉使鬚眉立廟廊。落落心胸憑酒盞，幾回醉後撫魚腸。

又　代　作

弔鄆城黃烈婦。　丁丑

君不見，齊時王蠋唐甄濟，布衣守節明大義。對賊從容伏劍亡，頭顧觸樹麻繩擊。爲人臣者無二心，豈必策名皆委贄。女子從夫道亦然，柏舟漸臺即此志。濟陽之北古高魚，高魚相傳冉子居。遺風流韻先賢澤,況是孔門掌上珠。孔門有女閒且静,許字黃生主烹飪。二十于歸伉儷情,花前月下無殊影。生兒不滿周晬亡,丈夫一病心憂傷。綠綺織織調未久,鏡中拆散雙鴛皇。撫棺一慟血淚竭,染就紅羅帕三尺。所天已喪敢獨生,上告舅姑從此訣。悄歸香閣剔銀燈,老婢垂頭呼不應。急解紅羅綰作結,哀哉玉質化青燐。我聞荀粲有女死絶倫,大書粉壁屍還陰,陰字未成尸横陳。又聞韓憑塚上交枝生。枝間翡翠互悲鳴,古人已矣今人作,千秋萬載同錚錚。

偕禹石、華亭、思五、克典飲朱合璧庶常齋頭　丁丑

特赴傳生會,屏開畫蠟燒。金閨無近玩,玉局共清宵。對爾差强意,論詩故自超。有心拚一醉,臨別又三蕉。

先生鰲禁客,折節顧蓬麻。暖律逢鄒衍,華筵見孟嘉。誰能形彩筆,不敢獻椒花。賭墅聞相約,重來大阮家。

聊城度歲　丁丑

聊摅多奇士,今來一酒民。半程歸去路,兩度客中春。有友能分宅,安心與結隣。歲時煩問訊,密意勝周親。

不敢求如願,何常自諱窮。一生皆苦境,四海此鄉風。爆竹聲聲績,辛盤户户同。夜深搔短髮,慚愧少年叢。

年時窮措大,不直一文錢。青眼誰知己,朱門枉乞憐。只因貧到骨,翻得畫長眠。詩債渾無了,相酬設醴筵。

静裏忘機客，韶光似電揮。晚年滋味短，貧巷應酬稀。豈必吟能瘦，也知義可肥。王戎徒骨立，何處戀慈幃。

　　二子從軍去，頻年直踐更。非因貪爵賞，只望早歸耕。築室臨蘆荻，克饑煮蔓菁。如何些子願，也不易經營。

　　餬口愁無路，何言伏臘資。辛勤中饋婦，頑劣暮年兒。藥石難醫俗，文章不救饑。輪蹄徒逐逐，終歲賣呆癡。

　　無端驚節物，塵俗等蜉蝣。惡夢今纔覺，殘軀喜自由。人皆呼異物，世尚有清流。欲別情難割，因循爲鄧侯。

　　餉客無他饌，葫蘆慣爛蒸。青雲知路斷，白髮怕年增。多難傷弓鳥，浮名過耳蠅。眼中看歷歷，不覺涕垂膺。

元旦即事　丁丑

　　風腳占東北，光輝爛熳晴。歲從此日始，春自去年生。滾滾成今古，勞勞枉送迎。家貧差免俗，一室有餘清。

　　蒲團端坐處，不著六根塵。古佛看無二，慈顏笑似真。紫茸香可挹，玉版菜能珍。菽水空圖畫，羔魚痛莫申。奉先母遺像

　　甜鄉堪送老，睡起日三竿。歲序愁中改，人情靜裏看。居家唯淡泊，舉足尚輕安。飯飽圍爐坐，閒嘗蒼玉團。

　　富貴非吾有，忙忙筆墨緣。搜腸得一句，趁手寫新箋。瓮裏猶餘

酒，床頭已乏錢。乘除千古事，今日且陶然。

挽傅孟采尊堂王夫人并序　　戊寅

　　王夫人者，癸丑進士中翰公諱予潤之元配也。其子孟采選拔貢生，因隣友事誤觸聊令，被揭撫軍參革。夫人聞信一慟而亡，偶作此以紀其事。

畢命逢元旦，搥胸一慟亡。相夫榮未享，養子命多殃。禮以知生弔，物于同類傷。千秋存此論，觸忌亦何妨。

一死真成柱，何人爲叫閽。眼前不見子，膝下未生孫。悢悢行離獄，哀哀哭到門。泉臺知聽否，空自想招魂。

楚囚聞喪母，哀毀更樂樂。桎梏行如鬼，銀璫一撫棺。顧之堪髮指，聞此亦心寒。欲救慚無力，惟餘筆舌端。

無端觸羅網，死別共生離。有母貽憂大，憐君受禍奇。沉冤終不瞑，厲鬼豈難爲。天道循環耳，何曾枉報施。

莫言尺蠖短，一屈可求倡。倡義思排難，捐軀反辱親。虛公局外論，悲憤路旁人。寄語朱輪客，誰非父母身。

我思先哲訓，孝子慎臨淵。縲絏非其罪，仇讐不共天。畫宮虛受弔，納槖有餘饘。總爲遭無妄，能教衆目憐。

生來腸易熱，慣作不平鳴。直者宜先禍，冤哉請就烹。殃魚人豈料，從井事非輕。爾我傷同病，於今悔始萌。

飛霜六月事，亦何代無之。人國誅鳴犢，臨河返仲尼。回甘思諫果，轉敗算圍棋。一青非爲累，劬勞報未遲。

喜田青臣、丁厚庵自南來　戊寅

寂寞蓬蒿迳，欣逢二仲過。足音空谷喜，鄉思積年多。感物天中節，傷心齊右歌。世情無一可，不醉欲如何。

居奇寧得已，湖海借逃名。出外知求友，爲儒急治生。人心看冷暖，天道處盈虛。莫羨春華好，良言寄館甥。有札復孙塙沈尚賓。

爾雅疑文弱，風流我輩人。非貪遊污漫，敢憚路艱辛。刀筆懷奇氣，硯田供老親。飄零同病者，相對泣窮鱗。

十載風濤客，息機學灌畦。夢縈于岳墓，望斷白蘇堤。名豈關金馬，心全養木雞。聖湖風月譜，隨便達詩奚。

留別平原夫子　戊寅

頭童齒豁髮蒼蒼，老矣無聞枉負墻。恍惚入關如一夢，往來問字又三霜。飲之不盡青田核，到即相延綠野堂。知弟莫如師更切，肯將禮數束詩狂。

小迳泥融屐印苔，柳條未放出樓臺。翻因爲客居相近，不憚擔囊歲幾回。一水瀠洄隨路轉，百花次第鬪春開。南樓信宿尋遊遍，竹杖芒鞋乘後陪。

何嘗屈曲困泥蟠，寸畝開開儘足歡。春暖池頭生白小，日斜檐角繫黃團。明知此別期無遠，却怪臨歧意各酸。有句寵行勤囑咐，久要香味合椒蘭。

景星威鳳覷爭先，未必容公枕石眠。風度誰云非鼎鼐，精神不似老林泉。有心提誨會無倦，到處吹噓爲作緣。國士恩深難報答，只除毛髮少琱鐫。

夏塘與鄧嶧亭話別　　戊寅

半生求友幾心知，頻唱驪駒不忍辭。蓬底聊床凡再宿，河干執手又移時。殷勤爲我籌歸計，指畫從君訂後期。料得相逢春酒熟，梅花更放一枝枝。

梅東草堂詩集卷之五

登太白樓　戊寅

自從皂帽返遼陽，脱却征鞍上野航。忽見高樓臨大道，頗思豪舉醉千觴。有才若累遭明主，薄謫何辭去夜郎。笑我骨屯真濩落，一生不得幾回狂。

觀分水處　戊寅

畫水準分似畫杯，河流一綫忽雙開。誰教南北從中判，都向乾坤無始來。自失本源成獨往，各尋去路已忘回。可憐相背不相顧，砥柱何人共挽頽。

中秋舟次棗林　戊寅

舳艫銜尾接河濟，憑仗長年省問津。鏡月點雲幸令節，麻衣如雪悵歸人。雨簔烟笠閒看好，水驛山村換眼新。對弈燈前兼索句，中秋同是客中身。

疊前韻答鶴書 戊寅

一望溟濛滯水潯，舵樓詩話却津津。豈知風雨同今夕，願共江湖作散人。愁裏青尊消易得，老來白髮怪能新。堂封馬鬣千秋事，未敢摧殘負土身。

阻風再疊前韻 戊寅

無端阻絕蓼花潯，不比飛狐白馬津。似守禪關成老衲，儘多詩料助文人。風濤捲去灭邊沒，山翠摘來雨後新。蒼狗浮雲原是幻，底須長計百年身。

鎮日停橈戀一潯，漫誇雙劍會延津。長風不借窮途客，積雨誰憐失意人。歸路霜螯擘正美，到家香稻食方新。故園莫話團圞樂，總是悲秋逆旅身。

中秋夜舟次憶善長兒 戊寅

節物驚新換，何心對酒杯。別兒纔入日。入夢已三回。月到中秋滿，帆從半夜開。曉鴉啼不住，只傍舵樓催。

旅舍微酣走筆寄善長兒 戊寅

杜甫如泥醉，全憑驥子扶。可憐離我久，亦解憶親無。好是詩書種，未完嫁娶圖。買山如有計，同返聖明湖。

將抵樵李陡思善兒　　戊寅

南北迢迢路,年時并苦饑。家鄉全在目,兒女半無歸。書已一冬斷,淚從兩地揮。范張千古義,寄托未爲非。

生善慶兒得信寄示善長　　戊寅

年當小學候,眉目喜清揚。已有爲兄理,須知事毋方。游鱗多萃處,健翮必雙翔。草負庭前訓,黃花晚節香。

次淮浦訪陳傅巖巡道、談震方吏部,兼留爲別　　戊寅

并是濟川才,遭逢亦怪哉。宦游如奕局,天意故權鎚。自有千秋在,何曾百折回。河清萬擬頌,轉眼到三台。前驅無小大,兩載事龍堆。公等年猶富,臣今志已灰。此行萍梗似,明發布帆開。一飯思何易,長歌撫釣臺。

聞特詔起郭華野都憲總制兩湖　　戊寅

兩耳如雷灌,轟傳起直臣。頹波賴一挽,鋩穎脫何神。荊楚蒼生福,乾坤正氣申。任賢根本計,願作太平民。

帝簡人惟舊,蒲輪沛玉音。毅然成獨斷,此舉快人心。日午秉剛氣,風和散積陰。南巡纔兩月,銳意別官箴。

山居凡九載，形影亦深韜。衆怒不能殺，一官誰足撓。節因盤錯見，名在史書褒。莫謂保全易，君恩天并高。

　　我愛連城璧，青蠅未足瑕。寸誠終格主，一出早忘家。桂性老逾辣，梅林冷欲花。遼東華表鶴，有夢尚天涯。

重九次淮上懷嶧亭兄弟　　戊寅

　　爲問登高處，依稀人路真。仍然黃菊會，渺矣白衣人。此別動經歲，今歸亦聚萍。霜高秋漸老，愁絕是游鱗。

紀張運清制府扈駕四異績　　戊寅

　　玩物非君志，逢迎術轉工。一心攻者衆，天下苦爲籠。花石南朝事，梨園天寶中。曲江金鑑錄，饒有大臣風。

　　劉寵非公匹，人猶選一錢。貨財無以禮，左右不皆賢。獨行傳空谷，真心却盜泉。孤忠誰其鑒，只有聖明憐。

　　六代繁華地，于今盡返淳。君王勤問俗，士女耻懷春。納牖心何切，迴鑾語更諄。虛懷聞止輦，絕不畏批鱗。

　　封疆膺重寄，不屑賦凌雲。政事先經術，儒生次藝文。豈無才滾滾，爭欲禪云云。致主惟堯舜，何誇七十君。

聞詔總憲于振甲治河授以方畧　　戊寅

　　廿載黃淮使，金錢擲浪濤。柳堤增不已，河底厚無挑。減水歸隣壑，屯田久驛騷。何人排衆議，一怒斥邪蒿。

　　從來疏濬築，底事只培堤。湖面皆沙漲，城闉與岸齊。魚龍終欲窟，燕雀暫安棲。洩水歸支派，開渠計不迷。

　　禹奠山川後，海爲百谷王。誰言高出地，不令決歸洋。鐵限淤雖久，梯雲開有方。刷泥宣去水，勝似塞宣房。

　　不飲河源水，公真到骨清。治人雖已得，畫策未全行。賴作中流砥，憑將八柱擎。廟堂休掣肘，慎選在虞衡。

尚書湯潛庵令孫獲雋　　戊寅

　　梧桐青玉幹，百尺長孫枝。直節干霄漢，名材并鼎彝。儒宗欣有述，家學別無師。莫負書屛誡，通塗鮮兩岐。

　　蜚鳴纔一試，始進立身難。古調今無比，前人跡可觀。已能辭蠖曲，不患滯鵬搏。述祖新承澤，西齋研未乾。

聞浙撫趙疏請鄉試廣額　　己卯

　　善政難枚舉，清時盛作人。梧高無弱羽，海闊有沉鱗。信是賢才藪，多儲廊廟珍。事君持大體，不愧古名臣。賓典逢此地，豈一網能

537

羅。妍醜誰逃鏡，膏腴善養禾。苦心求廣額，獨力挽頹波。寄語寒窗客，今年慎揣摩。

題張子風木圖　己卯

菽水承歡事力耕，視無形處聽無聲。劬勞未報身先死，五鼎三牲枉博名。

一樹椿萱分外青，願爲松柏莫爲萱。墓門木葉蕭蕭下，回首空山涕欲零。

半生孺慕付黄泉，岵屺傷心劇可憐。算到百年仍日短，南陔終古孝心傳。

不逢春露即秋霜，四序相催總斷腸。我亦服膺張孝子，披圖號泣問蒼蒼。

嶧亭昆玉約至吳門不果　己卯

一水分天塹，如登蜀道難。依劉行不慣，訪戴與先闌。聞説修車馬，忽經易暑寒。浪遊吾亦倦，相約把漁竿。

將抵故里接嶧亭手書，不知寄者姓氏，悵然有作　己卯

客自遠方至，云呈良友書。未曾留姓氏，那復問興居。還里已冬盡，束裝得夏初。遙思相見日，執手一軒渠。

高兩詩北行，寄劄奉訊嶧亭、思五近狀　己卯

聊捭有奇士，此心共歲寒。一行言未盡，入口累何安。莫惜懷中刺，暫辭馬上鞍。嚶鳴原不乏，好共結芝蘭。

寧觀齊太史邀余與懷九舍弟訪瓣香居士病中次韻　己卯

菰中高士費招呼，樹影參差塔影孤。榻有異書堪枕籍，囊餘破硯儘支吾。文章世上真知少，軒冕門前絕跡無。獨有寧俞欣一見，病餘強起倩人扶。

送謝維賢廣文還山　己卯

浮名不作絮泥沾，蕨筍家園味故甜。但可苜盤留鄭老，那能五斗繫陶潛。

拂衣一夕便還山，自有臣居廉讓問。名可得聞人不見，空憑詩句寄花灣。

孫綽天台絕妙詞，屬君高弟亦樓遲。不知其人視其友，添我神交一段癡。因孫嘯父索題應之，非與廣交有舊也。

憶同高二蒼曉會飲餘慶集雅堂中，別去半載，久無音問，漫賦　己卯

日日啓賓筵，塡筊得二賢。清歌明月夜，爛醉晚秋天。白髮羞危坐，紅裙昵少年。別離剛一載，何處問高駢。

遇同年寧觀齋太史檇李，有詩見贈，次韻奉答　己卯

誰鼓雍門瑟，商聲壯益悲。青鞋成放浪，白髮苦支離。贈有蒲葵扇，珍同黃絹碑。相逢欣對酒，莫負此芳時。

故人情最重，代我作秋悲。會此非容易，從頭叙別離。清詞堪擲地，妙楷待鐫碑。更約西湖去，荷風正及時。

和同年宋櫟翁太史旅舍次韻　己卯

爲訪同心友，呼余共野航。語無涉世故，飯不厭家嘗。豈易同清賞，何緣附末光。謝君多錯愛，有句必稱長。

珍重懷中扇，風生滿座春。英英露爽氣，咄咄逼時人。所遇都無偶，將離更愴神。他年煩問訊，江畔有垂綸。

一生居矮屋，昂首覺天低。曲迓城之北，明湖郭以西。衰年成懶惰，斯世合癡迷。十載風濤裏，潛心養木雞。

客中無一事，擁榻自伊吾。觸景搜詩料，忘机味道腴。蓬麻根有託，蘭蕙臭非孤。世態浮雲耳，狂來笑灌夫。

午日南湖次觀齋韻　己卯

節物驚心輒感時，披裘五月動人疑。平津報道開東閣，脫粟筵中幾故知。

才思奔騰下水船，聊吟蓬底恣高眠。我來欲解相如渴，恨不南湖作釀泉。

松陵顧樵水高士畫《瓣香閣圖》　己卯

滄洲生面此重開，稱意爲山間綠苔。抱膝孤吟樓上坐，更無人影過橋來。

草閣周遭薜荔墻，松濤成韻雜風篁。欲尋高士藏名處，須認門題字瓣香。

喜還湖上讀月田十八弟與查客、雪樓倡和之作次韻　己卯

拂水長條更短條，鄉思一縷夢魂遥。賴他妙染從詩得，牢繫春光遞六橋。

五載邊城幸放還，探幽選勝肯教閒。晴湖兩地情難割，朝踏吳山暮越山。

擊鉢分曹事若何，雷門容易一經過。愛誇小弟池塘句，高適王維和更多。

短簑自刺木蘭船，一曲滄浪憶惘然。添個老兵成酒伴，料無風月界中邊。

風　　箏

世網攖情一紙穿，小童叉角放風鳶。借他手內回天力，也算青雲快着鞭。

乘風輕舉到天涯，百尺晴絲似彩霞。只恐半途強弩末，不知飄落在誰家。

途遇丁樞臣邀歸行素堂，酒後索書　己卯

堂搆依然儒者宮，水邊林下少塵容。看花微倦還看史，課子稍閒更課農。池面風荷香細細，牆陰穉竹影重重。烟霞未必能高臥，十八年前憶夢松。

淪落田間鬢已華，何緣玉樹托蒹葭。兩人乘月尋歸路，一棹沿溪到浣花。往事縱談呼聖酒，深宵久坐試宮茶。殷勤更出澄心紙，醉墨初成似老鴉。

過吳閶訪故人，出種園小照索題，奉贈　己卯

放逐六七年，塵土滿胸胃。歸輿渡金焦，舉目江山麗。秀色實可

餐，別具一風味。吳閶有故人，高臥烟霞際。開園寄清賞，深檐落空翠。一花與一石，各得所位置。豈容俗物來，以之敗人意。飲我并怡堂，携我展圖繪。一見識君顏，莞爾無厓異。軒冕已忘情，辦作躬耕計。昔聞於陵子，灌園勤種治。更憶青門瓜，五色肉甘脆。抱瓮不設機，鋤金且擲地。古來賢達流，斯道良足貴。咄咄畫中人，相看期遠志。

我笑范至能，所嗜故有癖。不處菰蘆中，即隱竹林側。蘆生錐自銛，竹生節自直。錐令處囊中，寧弗脫穎出。欲試須及鋒，模棱亦所疾。節若凌雪霜，可折不可屈。爲之疏其根，生機自洋溢。哀哉肉食人，脂韋染成習。甘爲軟美容，巧作逢迎術。先生具剛風，入朝易見嫉。今日放田間，凛凛猶正色。昔有指佞草，孤芳挺勁質。又有向陽葵，丹誠如皎日。

我居梅東橋，君居梅東里。衡宇屹相望，盈盈隔一水。君髮鬖覆眉，萬言立可俟。自負相如才，臨流彈綠綺。有客貌奇姿，坐君畫中矣。索我作長歌，縱筆不辭俚。荏苒二十春，玷君懷袖裏。名宦登聖朝，餘光被賤子。曷爲脫朝簪，相逢在吳市。礨石已疏泉，香蘅雜芳芷。撫事感華年，一瞬去若駛。何當卷幅間，添我雪中履。逝將從君遊，畢生事覃耜。

李墨公葡萄　己卯

三偷誰見到蓬萊，妙手虛描似活栽。料是驪龍剛睡熟，生生頷下摘將來。

瓔珞垂垂一畫圖，此中色相本來無。石家金菊休誇豔，更有傾城賽綠珠。

石榴　己卯

崔徽一夕遇紅裳,性本宜男百寶妝。莫道石家名阿醋,造成金屋賽阿房。

仲夏奉謁楊玉符夫子留飲鴻藻堂,讀所著留都志兼無題諸詠,即次見懷原韻疊成四章　己卯

蘆灣深處即漁莊,茶竈經籤并筆牀。倦羽思歸勤選樹,沉鱗初縱愛浮陽。晉唐書法鋒鋒秀,溫李宮詞字字香。見獵喜生餘習在,步趨能否到詞場。

生成陸氏一荒莊,偏許來分上士牀。桐木半焦憐爨尾,葵心一點喜傾陽。漫調石鼎煎紅蟹,頻舉金蕉試碧香。回首冰天談往事,非關遊戲作逢場。

誰過師門拂几塵,性殊俗嗜共酸辛。得從北面看標準,願學東家覺主臣。籍註酒民寧弗貴,腹成經笥未爲貧。最憐寂寞空山候,瞥見花枝笑似人。

辣手文章高絕塵,譬如薑桂老逾辛。會行遼海稱通客,不礙湘潭署逐臣。富有年華貪作史,豊于賓饌諱言貧。蒲輪只恐行催迫,第一官需第一人。

梅東草堂詩集卷之五

謝楊夫子賜葛　己卯

　　縱橫千縷代天工，價重龍綃賜一通。野卉最宜居士服，良言深愧古人風。喜當夜坐荷香落，怕見霜高木葉空。錦繡文章衣被久，未須深語夏時蟲。

　　豈同蕭艾意手茸，稱體裁來即可縫。衣不新兮何自故，被其服者恥無容。勤知累累成方寸，貧異粗粗着兩重。素質肯教朱紫染，人師千古最難逢。

　　冰紈霧縠一般輕，投贈珍于翠織成。笑是一生衣褐見，免教五月被裘行。惠分裴相縑非少，愛比胡威絹更清。跂足北窗塵不染，涼風透骨解朝酲。

　　同袍念切獨蒙絺，蕙帶荷裳我所思。可是澣衣還曷否，即非遙扇亦淒其。記曾有願完初服，誓不從今挂寸絲。待到秋來藏什襲，此生冷暖藉心知。

奉答楊葆真世兄即次元韻　己卯

　　杞梓楂梨各盛名，讀書論世肯平平。詩纔入眼知家學，坐輒留香少俗情。榴火燃時蜂欲上，桐陰落處犬曾迎。洗杯更酌邀明月，竹葉桃花細細評。

　　霜華一盞滌煩襟，喜共清談就綠蔭。憐我尚同萍梗跡，感君相約歲寒心。細流分派俱歸海，蔓草叢生亦寄林。雪椀冰甌今日句，碧紗何處託知音。

題朱翠庭中翰載菊園　己卯

秋老敷榮最傲霜，尋芳踏遍午橋莊。千枝萬朵文人筆，不數栽花黃四孃。

性愛名花獨不廉，金鈴玉篆獲晴檐。米家書畫陶家瓮，無限風情爾得兼。

雲布星羅似錦堆，晚香亭畔儘詩材。黃花較似桃花好，賺得劉郎日幾回。

題爲壽客圖非幻，比作佳朋語更真。一笑回頭招共濟，如蘭今喜得三人。

同年徐雨雯孝廉　己卯

老諳世味儘甘酸，放逐三年指一彈。相見何曾分冷暖，每來必爲設盤餐。讀書有種田經寸，視舌猶存研不乾。欲爲素交勤勸駕，王陽貢禹侈彈冠。

入室芝蘭竟體芳，陳雷膠漆共肝腸。寧人相負吾毋負，任世無常君有常。寄傲不妨元亮酒，守貞獨據管寧牀。挂帆最怕明朝別，兩地清光照屋梁。

贈雨雯令坦羅受茲　己卯

　　樂廣才名冰雪清，昔年攀桂喜同行。有心妙選乘龍客，于古何如坦腹生。烏巷燕猶思舊壘，玉環雀自憶前盟。班荊此地方投契，便拜絺袍一段情。

　　羅舍宅裏百花塲，珠作簾櫳玉作堂。通德鄉稱人市義，鳴珂里與日爭光。忘年之友衡融葦，知我如君管鮑行。白水青松堪把臂，相逢車笠亦無妨。

訪羅頤齋　己卯

　　春秋方富恰中年，努力耕耘此寸田。醇謹家風符萬石，禎祥豫兆葡三鱸。清門有範真堪仰，高義于心最可鎸。忠孝相承瓜瓞永，日吟詩句祝綿綿。

　　雍雍伯仲共籛塤，朝隱何如市隱尊。環水人家多竹迾，隔城風景記花村。看來舉室成春令，信是虛衷獵善言。膝下有兒能養志，好容駟馬作高門。

訪知外舅鄭君祥凶問　己卯

　　訪君消息過專諸，物化經年宿草除。烟滅灰飛形影斷，紙錢一陌暗欷歔。

　　送女曾經出玉關，昨年有信報生還。如何咫尺江鄉路，不及重逢鄧尉山。

市門寄跡最憐才，一諾千金玉鏡臺。只恨此身無報答，北邙風雨自徘徊。

年時株守苦恒饑，死後生妻亦去帷。願得諸孤勤保抱，九泉有耳亦聞知。

寄慰細君　己卯

爾我結三生，皆造化所弄。雙入玉門關，哀哀風木痛。

生男違晨昏，生女失甘旨。當其初生時，俱不料及此。

大孝與節均，雄哉一巾幗。負土事早圓，墳前種松柏。

霜雪苦盈顛，向平志未了。方以此相煩，千金軀自保。

亡友徐子大令郎在濟寧州署為孝廉張齊仲賫短札問訊　己卯

七載流離逐浪濤，歸來何處訪同袍。生還紫塞我猶健，赴召玉樓天更高。香有返魂求未得，草名躅忿索徒勞。傳經不少佳公子，共此班荊氣尚豪。

相依連幕幾冰霜，太白樓頭醉百觴。客舍肯教嫌布被，門闌全賴有東牀。曹家書記推徐阮，漢代貧交屬范張。敢自浮沉良友札，一帆秋水定行藏。

奉訪濟寧州牧吴緒思　己卯

　　君是延陵鄉曲英，一生求友喜同聲。郄詵丹桂根枝老，樂廣層冰中外清。舊雨幾經懸榻待，粗材亦許下階迎。年時珍重懷中刺，肝膽逢人不易傾。

　　出門誰是膝投膠，彈鋏歌魚漫解嘲。借映書燈桑梓誼，流連文酒紀群交。和風惠日連旁郡，甘雨祥雲布四郊。可歎羈禽驚曲木，孤飛猶欠一枝巢。

觸熱策蹇定陶訪同年趙文饒茂宰　己卯

　　昔年攀桂共清尊，誓闖儒關守義根。已分微軀酬友誼，仍將晚節報君恩。不羈自可牛同皁，任達何妨虱處褌。直得青雲成一夢，乘風入翼到天門。

　　京華相聚尚攢眉，禍有胚胎福有基。楚國亡猿差近似，塞翁失馬莫深悲。從前風浪隨緣去，向後功名用意爲。獨有孤豚仍海畔，無心更乞寄人籬。

又贈文饒　己卯

　　分符百里敢追攀，天道茫茫最好還。觸熱相尋非熱客，飲冰一切等冰山。交情豈必初終異，名節休居清濁間。得籍故人餘照在，負簑穩卧蓼花灣。

飄蓬泛梗尚天涯，咫尺花封亦可誇。輿論盡稱臣似水，君才不愧吏而華。誤衝頭踏知能恕，買醉村醪願弗奢。莫笑田夫身極賤，晨昏也放兩蜂衙。

寄玄城舊令俞大文　己卯

判袂玄城又二年，苦求消息隔南天。非因瘦犬群相吠，豈有寒灰不復燃。入世浮雲成轉盼，還吾故物即登仙。人情自是趨炎熱，何用愁無乞帖錢。

好憑一紙報平安，門外新添鸂鶒。愛弟多才方采藻，老親雙白更加餐。喜從傾蓋遭明眼，願及強年到大官。獨是故人迂拙甚，生平食性嗜梅酸。

七月七日渡河喜與嶧亭、思五相晤咫尺　己卯

一程風送客，轉眼渡黃河。縱使雙星合，何如二妙過。此生甘戴笠，不日抵鳴珂。若設平安酒，前徒已倒戈。

再登太白樓　己卯

一年再渡總悲秋，最可人懷太白樓。不少山河供眺望，但經詩酒即風流。往來賈舶多于織，高下春疇碧似油。無限離情難解釋，此生只合老雲遊。

與許公子功占相遇聊城，出其尊大人侍御《繡衣衲子歌》及令姊丈陳椒峰舍人《壽言》一冊見示，于其歸也詩以送之　己卯

來時梅正雪，別去麥方秋。總爲肥甘計，非舭汗漫遊。炎蒸憎豹腳，潮落想槎頭。何日中泠側，同君碧玉甌。

諫草當年事，高踪寄碧岑。談經雄馬隊，得句售雞林。籬有陶潛菊，橐無陸賈金。家尊名藉甚，所遇必知音。

無限林泉樂，寧須鵷鷺班。機鋒蘇玉局，禪悅白香山。雨後門方啓，花時手自刪。功名五十載，強半臥田間。

乘龍桓氏客，花底設春筵。聞苑詩能好，秋河賦并傳。風流前輩格，歡會大羅仙。別業臨江渚，交柯樹色連。

送東長君石諸秀才秋試　己卯

都是蟾宮會上仙，天香飄處月初圓。竇家異種攀全得，郤氏高枝占孰先。見獵喜生餘習在，操觚技癢壯心偏。待他戰勝叨參乘，也著珊瑚和凱還。

下榻芙蓉館　己卯

芙蓉高館會群英，鏡下曾傳及第聲。最愛佳名成預兆，偏容勝地著閒情。東塗西抹慚先達，年富力強畏後生。春月秋花無限景，鹿鳴

賦罷又木櫻。

東長應試適逢初度口占奉祝　己卯

　　閒行喜附載書車，爛熳秋光棗似瓜。妙手拓開弓樣月，慧心吐出筆尖花。鳳成五采生丹穴，名在三台護碧紗。努力珊鞭雲路穩，一程送爾到東華。

歷亭遇沈生諱吳詮試院道旁　己卯

　　憶別春明十五霜，那堪老眼遇他鄉。陳琳記室才無敵，王粲登樓意倍傷。早應月中攀桂去，如何壁上看人忙。濟南自古多名士，且共旗亭醉一觴。

　　客味曾諳劇可憐，忘家知爲主人賢。偷閒片刻尋幽境，訪舊今生得勝緣。面面青山爭繞廊，家家綠樹暗流泉。歷亭風景江南似，乘興聊吟到百篇。

中秋夜諸秀才試畢同飲花下　己卯

　　纔離棘院喜津津，席帽而今不着身。月影滿看三五夜，筆鋒橫掃七千人。近攀桂子枝枝粟，幻出龍鱗片片銀。最是文人多變化，歸程風雨洗埃塵。

歷下喜遇高鹿巖農部令郎令姪秋試兼訊安遠茂宰、蒼曉國博　己卯

別經三五載,握手大明湖。才豈諸兄後,行將兩姪俱。秋風摩健翮,碧漢插高梧。月窟天香近,銀橋事不誣。

老友知猶健,閒情一倍加。覓花潘令署,索醉二郎家。田婦輸芒蟹,隣童借釣車。飲餘吟興發,信步到三叉。

憶共難兄飲,秋光喜正中。歌頭翻昔昔,花譜記紅紅。別句知多少,貧交得始終。歸時煩問訊,屈指又盲風。

何心來熱地,妙劑得冰九。閒殺田間叟,欣從壁上觀。豈無關勝負,曾亦耐醎酸。努力泥金字,教他白髮歡。

泥　美　人

李鑑湖秀才赴省鄉試,思校書蘭昔不置,設此以待。并序　己卯

韓潮蘇海之才,凤鸗文戰;宋豔班香之技,雅擅風情。欲別頻啼,渡口桃花非無金屋;尋春到此,蟾宮桂子尚有銀橋。挑司馬之五弦,當壚活現;露徐妃之半面,滿座魂飛。若非幻藥點成,定是機關做就。費盡五銖之鈔,千呼總不出來;買空十斛之珠,一笑真堪絕倒。芙蓉帳底,按可能團;瑪瑙牀邊,睡猶未足。却合歡之扇,月下疑真;比解語之花,意中差似。青眼既勞留盼,朱衣那不點頭。但恐泥金帖去,喜開香閣之眉;將無織錦文回,倒著犢牛之塵。聊歌短句,用博軒渠。

粉妝玉珠迥塵寰,偷下蟾宮一刻閒。滿袖天香親送與,高枝未許

别人攀。

自别巫山未二旬,楚雲隨我去尋春。廣寒咫尺天教合,現出如花看較真。

若非西子亦王嬙,早晚虔誠一瓣香。借爾錦心兼繡口,做成花樣在文章。

大登科并小登科,新得佳人馬上馱。只恐香閨添恨事,影兒一個也嫌多。

春　　雨

寓歷城。　　己卯

爲霖一出繫蒼生,醞釀思膏古帝城。潤物無聲滋土厚,入溪暗長覺波平。餘陰漸散晴占雀,小霽初開往聽鶯。聖世不須愁破塊,老來樂土舌猶耕。

春花　　己卯

羯鼓休誇傾刻開,天公作意厚栽培。赤城霞起明于錦,金菊妝多豔若堆。旖旎臨風疲應接,菩蕾烘日小遲徊。移春檻外香初括,好聚紅茵待客來。

春草　　己卯

一望青疇色漸新,凌波微步不沾塵。明公有意留書帶,下士何緣接醉茵。試卜豐年誰早吐,可知生意此方申。王孫遊倦珊鞭掉,藉爾芊芊入夢神。

春燕　己卯

經營故壘室翹翹,尋覓烏衣暮復朝。長短司分覘所掌,去來逢社孰先招。豈同倦羽鷔三匝,曾伴雕籠傍九霄。寄語飛雲軒內客,滿筵彤管振詞條。

春行　己卯

第一官須第一人,青旂布令四郊新。報功反始緣祈穀,問俗觀風不記巡。出駕高車迎獻歲,聽歌連臂踏康塵。道旁垂蔭千千柳,底用羈愁賦逐貧。

春山　己卯

晴峰四照臥堪遊,畫裏蛾眉豈繆悠。排闥送來青不斷,染衣欲滴翠還流。巨然雲樹枝枝潤,北苑烟嵐點點浮。草色鬱蒸愁作雨,一春多事是啼鳩。

春花　己卯

蒙茸盈野翠綿芊,放犬呼鷹競奪先。腰裏攢蹄矜一躍,烏弓飲羽妙三連。春風講武吹哀角,綵筆題詩奮舞筵。千里旬宣勤大閱,盤遊歲歲紀漁畋。

春岸 己卯

豈必蘇堤與白堤，蟄蟲啓户萬花齊。夾來雨水拖裙帶，界出方田畫卦畦。解佩江皋携手至，騎驢灞岸苦吟低。百年陵谷多遷變，長共閒行桃李蹊。

春農 己卯

鸒鳥獻種逐西疇，正遇流觴禊事修。綠戰紅酣喧社鼓，釧稀粉薄鬧行輈。桑麻處處青留眼，父老村村話聚頭。乘暇勸農勤稅駕，嬰兒風起尚颼颼。

范州馬龍章茂宰 己卯

僑遇射書臺，一緣逼亥市。異政出隣封，馬侯聲密邇。侯治古秦亭，烹鮮獨專美。牧羊去敗群，判牘無停晷。聞昔有惠人，戒以水濟水。聽斷貴平衡，非者無偏是。乃知即墨賢，豈在譽言至。東昌十八州，能者惟侯爾。太守廉且明，一張復一弛。戮力共賢勞，上下臂指使。我本旁觀清，善善同所喜。嗤彼葉公好，畫龍取形似。即日遊上都，感歎中夜起。雖有說項心，誰能信蓬纍。伸紙直攄胸，願學杜陵史。

次安平遇袁州郡丞馬允文，招飲旅舍，出紅妝侑酒 己卯

方外名司馬，相逢挂劍臺。夜寒銷短燭，年老怯深杯。小曲調鶯

舌，南烹荐豹胎。賞心無限事，准備作詩材。

此地成傾蓋，新知勝舊知。紅裙呼欲出，烏帽去嫌遲。好飲嵇中散，傷春杜牧之。青衫渾濕盡，惜別又移時。

一見真如故，忘形禮不繁。觴行疑畏蜀，客散獨留髡。嘯詠豪情得，談詣古道存。醉鄉貪就枕，去去莫追奔。

青青　己卯

陶家門外翠爲屏，三起三眠杜若汀。金縷斜抛誰代織，黃鸝輕弄暗藏形。愁眉未展春將半，啼眼方舒涕欲零。不是逢人長送別，萬花谷裏最青青。

香山歌管謝安庭，飛絮沾泥水上萍。倚檻風來吹不亂，入秋霜老苦難經。栽成官道愁攀折，寫入宮詞挾寵靈。僥倖隋堤維錦纜，枝頭千古尚青青。

金蘭　己卯

藏春塢裏擁端端，剪燭傳杯夜未闌。仙子有緣留玉杵，香閨自昔比金蘭。卿真有意憑眉語，我豈虛聲借耳看。縱使癡情能十倍，恐教人說帶儒酸。

雪夜再飲馬郡丞別業，觀盆梅戲贈諸公　己卯

傾國傾城事可誇，東山裙屐大方家。何緣恰恰連肩坐，底用纖纖

舉扇遮。兩頰凝脂疑襯雪，一燈照面宛如花。只題字樣成三口，慚愧詩人手八叉。

問渡桃源簇錦茵，須知行樂及芳春。閙來金谷疲于應，老入花叢看不真。欲別空教言外想，相看誰是意中人。滿筵客欲頻催酒，爾我情關齒與唇。

疊青字再贈　己卯

不共楊家鬪肉屏，凌波羅襪步雲汀。染將竟體芝蘭味，描就無邊風月形。願與松貞盟歲晚，誰言蒲弱望秋零。紅顔薄命何嘗准，千古鍾情説小青。

豈是□□挾兩端，眤人眼色遞雕闌。閒思問渡章臺柳，醉欲消魂秦弱蘭。假意傳杯渾不語，沉吟刻燭且貪看。温柔鄉裏風顛慣，何事青梅一點酸。

答韓秀才東瞻，時在史倅暮中次韻　己卯

多君追念平生語，稱父之執曰諸父。歷數同時金石交，晨星落落無常聚。一經傳子志四方，記室雄才觀所主。桐木韓家此白眉，景星威鳳爭先睹。良友雖亡家學存，墳頭宿草南山鋦。玄豹文章自澤深，七日不下藏紫霧。北溟鯤可化爲鵬，扶搖九萬登雲路。老朽桑榆過隙駒，一枝寧勿懷鄉土。可憐肝膽向誰投，眼底紛紛何足取。東瞻俯仰藉筆耕，哀哀行路空懷岵。莫嫌甘蔗倒餐佳，須知諫草先嘗苦。咄哉爾我同迍邅，鼫鼠有技窮于五。從來通塞本循環，謝庭封殖憑佳樹。鳳凰鳴矣據高梧，肯容衆鳥爭嘲訴。張儉蓮非蠻府魚，同心友誼

成膠固。卓卓明賢史水東，果然貌古心亦古。

唐伯虎牧牛圖　　己卯

耕烟喘月五花蹄，丫角兒童雨一犁。春社晚行人後策，逆風牽挽鼻偏提。山歌不斷如相引，荷笠歸來爲指迷。畫虎畫龍兼畫馬，此圖何以戴嵩題。

呈大中丞王吳廬先生上封事　　庚辰

聖代雖無闕，嘗懷補衮忠。仁人之利溥，今日所言公。鳳噦傳空谷，雞群立下風。大臣須謇諤，不敢作佯聾。虞廷有吁咈，言路豈今開。爲惜國家體，斯真宰相才。寸心如皎日，一手挽頹波。天道仁爲質，溫綸自上裁。

從來風憲地，興革待盱衡。主聖臣斯直，坐言立可行。從容居殿陛，剴切中民生。信是垂天翼，驚人只一鳴。

曾聞醫國手，切忌養癰疽。古有此遺直，人無愧讀書。公誠愛社稷，吾自樂樵漁。獨是相關處，存心屬太虛。

奉訪朱太守留嘗家釀　　庚辰

擁爐思卯飲，那得第三人。花下宜于書，瓮中都是春。談心先已醉，遞盞迭爲賓。化日容羈旅，蕭然一酒民。

別具一風味，玄玄并太羨。清非同魯薄，濃不減周醇。豈爲穆生設,特教南董評。如澠雖可美,户小慎持盈。

　　善飲徒虛表,深慚李萬回。屠蘇緣近節,婪尾不停杯。底用追亡令,勝于急板催。酒泉賢太守,有客去還來。

　　廉讓源頭出,一泓異俗渾。凝脂嘗有味,澆雪看無痕。能解羌之渴,誰雲舌不捫。相看俱酩酊,何事更留髡。

上元夜觀燈呈朱太守　庚辰

　　金吾全放夜,同慶太平春。樂土知佳節,康衢有醉人。魚龍呈百戲,絲竹鬧比隣。瞥眼香車過,遺鈿墮玉塵。

　　正值傳相會,良辰罕匹休。里無官燭累,人在月宮遊。士女成行隊,賓朋互勸酬。鰲山燈一片,樂事勝中秋。

　　幾曾嚴火禁,卧治屢逢年。德布春生腳,刑清蠟照天。城連隨苑綵,樹籠漢宮烟。召杜重來此,弦歌沸日邊。

　　草木欣欣向,仁風合奉楊。燭寧愁見跋,壁喜得分光。何往非今夕,真拼醉百觴。饒燈知已免,勤學晚年强。

鄧思五招遊朱園觀海棠出紅裙佐觴四十韻　庚辰

　　選勝東郊去,搖鞭各跨騾。黃金文踏蹬,紫玉驟鳴珂。林木方葱蒨,牛羊或寢吪。不辭遊子屐,漸近碩人薖。小築臨平野,高樓瞰大河。帆檣紛列戟,庭樹近交柯。地主朱公叔,園丁郭槖駝。雲根眠草逕,晴檻倚山坡。一榻風初透,名園地不頗。霞綃經燕剪,柳線擲鶯梭。池角吟螻蟈,墻陰掛薜蘿。窗凹粘蝶粉,檐隙綴蜂窠。況復逢奇豔,將無賽影娥。曉妝初睡足,薄醉媛顏酡。姚魏全含妬,秦韓柱用訶。許爲端伯友,恨乏少陵哦。對此傾城麗,□無載酒過。羨君饒韻事,到處有行窩。緗品鷩霜莢,頻斟漫卷荷。野蔬兼竹鼠,異味得桑鵝。不料山厨食,無非海錯羅。佐觴携窈窕,妙舞似陽阿。送意憑眉語,撩人作眼波。雙灣膚似雪。一笑頰生窩。烏鬟簪銀鳳,青山點黛螺。老翁原木偶,名士半風魔。暗以觥籌渡,嗔將花片捼。含情方脈脈,未醉已傞傞。密約逢春塢,隨緣坐碧莎。佯狂徒舌戰,著意與肩摩。苔蘚雙尖印,瀟湘六幅拖。諸公須强勉,好事莫蹉跎。自顧真秦贅,偏思散楚歌。飽非貪不托,倦即覓無何。有足聞空谷,斯遊勝永和。乃兄何後至,如仲孰云多。試卜占風雀,愁無返日戈。壠耕猶未輟,亭長漫相呵。薄暮應歸矣,明朝再至麼。武陵如不隔,決意溯漁簑。

飲耿澤九書齊　　庚辰

連雲冠蓋里,風範更誰如。門內相師友,堂前盛起居。坐無乘熱客,架有讀殘書。洗盡輕肥習,教人憶古初。

百泉長嘯客,偏愛獨弦琴。文字稱同調,交游恃素心。三間紅柿葉,一院綠槐陰。好是君兄弟,銜杯不厭深。

時俗欣桃李,古人念歲寒。膚清嚙肉鄙,骨重脫儒酸。刻意求三益,閒情并四難。半規新月上,分外照情瀾。

相知知有幾,尋樂孔顏徒。水乳心源合,薰蕕世味殊。風流梁苑客,吟詠浣花圖。老不如人矣,焉能負弩軀。

耿澤九見示和章,疊前韻奉謝　　庚辰

謬托知音語,能無愧突如。談諧搜往事,臭味暢群居。貧不工爲句,老猶勤寫書。出門遭坎壈,欷息我生初。

莫笑阮千里,逢人爲鼓琴。五言詩見志,一夕話輸心。獨樹撐檐隙,殘暉戀壁陰。海鷗隨我狎,總不墮機深。

四月披裘出,解嘲避麥寒。壯心消已半,生氣達于酸。才向暮年盡,人逢大敵難。吟壇推轂久,一柱倚回瀾。

泾舟資共揖,卬友利蒸徒。賴是先民則,方之俗學殊。感幽甄女賦,遺恨漢宮圖。聲價國門在,中原孰并軀。

奉和耿二澤九見懷原韻　　庚辰

得失事何常,一夢憑蕉鹿。知往不知來,無爲笑乾鵠。皁帽返故山,舉世好高屋。明月墮澄江,空令兩手掬。所以賢達流,慎勿丹吾轂。長鋏雖可彈,畫蛇忌添足。歸歟訪素心,適報平安竹。

隨地拾詩才,奚囊付銀鹿。苟遇同調人,未失爲刻鵠。君讀萬卷書,撐腸塞破屋。豈比貧里兒,數米盈升掬。賤子拜下風,久矣甘推轂。忽報鵲噪檐,節節復足足。客來恣高吟,恍聞絲與竹。

答朱庶常雪見贈詩原韻　　庚辰

高唱真無匹,知音挈老殘。五言冰雪句,不帶孟郊寒。我愛運斤者,斲鼻誇堊漫。願得千回讀,宵闌興未闌。

土木形骸耳,餘生虎口殘。冰蠶與火鼠,性各耐暄寒。所以搗鼓吏,半刺字漶漫。珍重懷人什,裝成百寶闌。

過河間宿白衣庵　　庚辰

觸熱尋初地,柴關日已斜。出城無一里,比屋恰三家。林薄喧歸鳥,風過掃落花。宦遊人到此,應不戀東華。

蕭散一僧居,可耕亦可漁。壁留名士句,架插古人書。世味捐都盡,禪門習亦除。有心求信宿,清夢想華胥。

竹簾纔捲起,清磬發崇朝。豈有纖埃入,頓令炎暑銷。籬邊鋤隙地,雨後長疏苗。荷笠人歸矣,聽歌識負樵。

日日輦朱輪,何人不問津。坦途行有誤,冷眼看俱真。笑我經曾慣,與君話轉親。繩牀聊借用,四大即長春。

次瀛署庭前開蓮花一朵有感　　庚辰

孤芳聊自賞,相對亦前因。豈是塵能染,須知德有鄰。何心臨熱地,但覺軼群倫。飄泊吾生事,休貪聚落茵。

563

恍如鸞鳳侶,矯矯覿爭先。不少吾同調,寧從人作緣。露凝紅粉墮,雨滴夜珠圓。安得寫生手,鵝溪一幅傳。

亭亭池上立,異種産冰壺。君子曾無愧,濁流未可污。枝迎風不折,影與月同孤。薄醉潮生頰,朝醒莫用扶。

面面九疑峰,窮途孰適從。菱梢防刺足,萍梗并行踪。雖不後時歎,尚爲悦己容。描君心上事,珍重寄詞峰。

寄故人某　庚辰

三十年名士,如何未貢身。趨時羞軟美,落筆惡尖新。早共芝蘭秀,老餘薑桂辛。平生負志氣,不過任天真。

莫道爐無火,終燃未死灰。世能藏我拙,天亦妒君才。撥悶惟書卷,澆愁豈酒杯。文星夜夜現,北望正三台。

纔聞來日下,良友共琴尊。山水因緣好,文章聲價存。客途看咫尺,詩句代寒溫。遲暮知茶味,烹泉洗睡昏。

儉府蓮花客,清詞賽建安。世人交以醴,君子食于酸。聲氣由來舊,主賓相得歡。乘車他日過,知不負雞壇。

壬午立秋日偕夏重、厓會飲蘿軒邸舍分賦各二首,即以立秋兩字爲韻　庚辰

查君八斗才,五十尚龍蠻。相逢歧路間,數年手一執。長安十萬

家,一米一珠粒。天亦憫窮途,滂沱欲涕泣。泥濘不少乾,羈愁如束濕。所賴諸故人,殷勤踐車笠。往來一榻懸,幸不至雨立。昨宵斗指西,涼颸動衣褶。晨興詣南隣,良友稍稍集。積陰蕩無垠,清談消結習。

風高日西陸,萬物成于秋。氣肅筋骨堅,豈必愛春柔。黃門與列宿,皆屬騷雅流。丈夫苟得志,肯爲家室謀。眼中人老矣,望此鸞鳳儔。嗟予亦不賤,終老醉鄉侯。鼴鼠腹易飽,陶然更何求。怪哉宋大夫,握管徒啾啾。

閏三月三日戲友人納姬　庚辰

朝來相訪且停驂,料是溫柔夢正酣。傾國豈能人有兩,留春又見日重三。燈前親爲施雲髻,枕畔微聞墮玉簪。從此永和添故事,年年須記種宜男。

孫松坪太史主試三晉,挈予同遊偶紀,用王雲崗移居韻　壬午

風景分明舊井廬,山河舉目古初如。無端想作答賓戲,豈是才多行秘書。惘惘一生嘗陸處,閒閒清晝愛樓居。相依佛火回殘夢,猛可名心頓辟除。

于野于郊約聚廬,年時萍梗欲安如。羞看白髮仍遊屐,喜對青雲又簡書。奎宿有光臨冀分,文風反古化鶉居。鋤經事業方農業,積習而今力糞除。

565

卉衣只合卧匡廬，忽伴金閨彥突如。冀北空群遭伯樂，秋風鶚薦盛賢書。那堪見獵猶心喜，何似行吟在里居。自分五窮無可送，獨于文字債蠲除。

高臨雉尾象穹廬，小五臺山氣豁如。飲菊酒酣誰落帽，題糕詩就我慵書。叨嘗蓬餽陪仙侶，恍奏鈞天逼帝居。霜葉半黃粉欲墜，借他風力掃庭除。

丹臺石室道家廬，咫尺無緣蓋闕如。立像空傳襄子廟，卧碑猶塌太宗書。雁臣信有丘能瘞，風伯難憑穴可居。不是玉堂人弔古，山前蔓草未應除。

老放顛狂耐剝廬，此行底用歎屯如。素心晨夕非歧路，好句吟哦得异書。關切何曾分冷暖，談諧不覺過諸居。歸時只恐經寒沍，短後衣添製半除。

次太原張賓軒至自潼關，預祝其六十誕辰　壬午

老人星適自何來，數合耆英不用猜。宦績浮雲留太華，夢遊舊路記天台。寒威減盡龍驚蟄，春意萌初草孕荄。壽酒正濃兼歲酒，相逢一定讓先杯。

除夕觀許有介墨蹟　壬午

拂水巖前事不群，早于名句想徵君。但書甲子陶元亮，兼擅丹青鄭廣文。清到冰壺塵俗净，氣含芝草善良熏。從來名下無虛士，正使人云我亦云。

遺蹟珍藏辟蠹芸，一回展卷一殷勤。相思豈必曾相識，所見終于逮所聞。除夕有懷經歷歷，客途清賞意欣欣。奇觀最稱平生願，直得椒觴博一釂。

集雅堂觀海棠値主人誕日　癸未

花中仙子賽花王，殿盡春風錦繡塲。最愛楊妃眠未足，不勞楚客恨無香。曾經手植梅東里，喜得心知集雅堂。逼近瑤池桃又熟，何妨十日醉霞觴。

題鄧嶧亭國博泛宅圖并序　癸未

此亡友鄧嶧亭小照也。嶧亭名□，官國博，不樂仕進，恬然退休，寫圖于庚午。又七年始與予交，其生平以□友爲性命，自言所遇無可與訂杵臼者，于茱蕪得高二蒼曉外，獨見予詩古文詞有嗜痂之癖，曰："余安得製臨風舸，與君渡金蕉，訪西子，泛具區，汗漫江湖間，以畢吾生乎？"計共君銜杯酒接殷勤者，凡五易寒暑，而君已物化矣。宿草未除，淚河欲竭。一日，振宜送嶧亭遺像來觀，神氣雖未全肖，亦可得五六分許，對之怳如晤語。吾乃今而知嶧亭乘槎之願，蓋有素矣。其殆張志和、米元章一流人歟。惜予無長康之技，爲添頰上三毫，猶知爲詩，信筆題七言古體一章，使後之瞻像者，知嶧亭坐側儼然有一顧子，而讀詩者覺予毫端，直欲呼嶧亭出也。古人云"視此雖近，邈若山河。"殆不其然。

張融牽船著岸邊，既非水居亦非陸。茫茫萬頃釣烟波，茶竈筆牀帆一幅。人生得志思濟川，青史功名几上肉。五湖何處不安身，放眼乾坤少拘束。或時破浪跨鯨魚，明月團團手可掬。不然拍浮了此生，滿貯蘭陵酒百斛。知章騎馬似乘船，桑田寧弗爲陵谷。山水文章朋友緣，醉翁意不徒糟麴。我友生當齊魯鄉，鞭鐙交馳車擊轂。偏愛黃頭擢野航,米家詩畫多奇蓄。避暑潛來柳下藏,隨風吹向蘆中宿。山丘華屋總須臾,丹青千古留高躅。恨未同爲李郭遊,登仙一舉如鴻鵠。援毫贈爾三百言,莫愁形影長孤獨。

三月朔爲鄧思五初度招飲與吉瑞公談相 癸未

青鞋踏青三月三,握蘭採艾祈先蠶。長安麗人方禊飲,桃花著面疑微酣。南陽公子紛裘馬,招客流觴開綠野。云是懸孤雨日前,嵩高之句爭傳寫。龍鐘老叟舞傞傞,聳肩松下私吟哦。須臾擲筆眼倒視,一生汗漫遊無何。富貴吾生所自有,願從唐舉問黃耇。從今學易至百齡,日日甜鄉日紅友。蒲帆十幅返西湖,有酒則醅無則沽。蓬萊三山在人世,往來不少長房壺。

留別鄧思五親家 癸未

離合事之常,悲歡意徒亂。達者得喪齊,一切放枯淡。我輩情所鍾,忍作搏沙散。憶入玉門關,萍踪若鼠竄。寂寂田間人,與世殊冰炭。獨遇君弟昆,金石義可貫。齊大許通婚,牽絲隔帷幔。難割此殷勤,六年倏羈絆。其如生計疏,糊口遊汗漫。一旦嶺南行,欲語先愁歎。去去有時回,難于頃刻判。況聞採薪憂,疥癬及雙骭。已別又復還,握手至再三。叮嚀問歸期,飲以酒無算。丈夫意氣真,咽淚腸幾斷。離緒渺無涯,幽情托柔翰。一瀉二百言,寄呈青玉案。置之懷袖中,出入供把玩。非能慰相思,亦解餓渴半。更語謝庭蘭,學殖務溉灌。

留別鄧東長　　癸未

　　良友雖棄捐，有子曰鐘岳。弱冠能文章，而不煩繩削。云自高曾來，青箱世其學。一目下十行，古人盡糟粕。所以輪扁徒，技精釋椎鑿。我無運斤才，七旬老于斲。胡爲問偏盲，使備他山錯。相須忘夕晨，干將斂其鍔。六翮養已齊，矯矯雞群鶴。君才既不凡，立身復斟酌。孝友天性成，俯仰兩無怍。讀禮慎厥終，守身如履薄。霜露感焄蒿，思其嗜與樂。甘蔗本同根，荊枝忍分柝。須知家督尊，綢繆主畫諾。況有竹林賢，一氣貫脈絡。皤皤白髮翁，萍踪借棲泊。隆以父事行，寸心勤且恪。忽然語別離，那不數日惡。拭目待梯雲，九原庶可作。

送五女出閣途次遇雪偶占　　癸未

　　春冰纔泮躍雙魚，又見同雲布太虛。額點梅花描樣好，手拈柳絮試吟初。笑吾賣犬風猶古，卜爾乘龍願得如。宜室宜家勤囑咐，夭桃新暖日方舒。

梅東草堂詩集卷之六

渡黃河二百里　　癸未

　　河清亦可竢,酒濁豈能吞。霧合乾坤暗,濤翻晝夜喧。漲連平岸潤,流帶白沙渾。似此滔滔者,空令歲月奔。

　　二百程非遠,輕帆踞上游。勢隨崩浪下,力借逆風留。纜短偏牽恨,船空只載愁。悠然思縱壑,長伴釣魚鉤。

哭盛誠齋夫子十律　　癸未

　　龍蛇逢此歲,痛絕泰山頹。鶴去空千載,詩成補八哀。人情隨逝水,世事等浮埃。執友爲予述,相看淚滿腮。

　　一生窮二酉,腹笥是經函。議禮春卿秩,藏書柱史銜。味濃蜂釀蜜,香退麝投巖。自古論交者,傷心七不堪。

　　士林推轂久,爭欲就平章。所至從如市,于居別署鄉。黃泉無宿草,白髮守心喪。敬學尊師術,南宮一瓣香。

　　全豹斑斑古,管中不易窺。俠腸爲友賣,歎息去官遲。飲水知寒暖，臨岐別險夷。六州鐵鑄錯，同病更誰知。

可憐真意氣，辜負不平鳴。腹劍由來暗，淚河從此傾。相依無幾載，一別竟他生。安得寢門哭，挽歌一再行。

得失塞翁事，狂來怪獨醒。覆蕉驚鹿斃，觸矰羨鴻冥。不愧文中謚，誰爲有道銘。百年留手澤，詩禮報趨庭。

才大翻爲累，敢云青出藍。謗餘書一篋，悔不口三緘。勝負看蠻觸，存亡例楚凡。早知沉宦海，何似疾回帆。

相逢成水乳，舉世惡清流。文字知非偶，風波命不猶。并延林木禍，各抱杞人憂。黑白渻棋局，心儀古奕秋。

詩律堅于壁，偏師孰敢攻。何緣親立雪，獨許共嘲風。玉局手能語，亢倉目代聰。胸羅十萬卷，不礙杜微聾。

文光彌宇宙，焉用賦招魂。灑泣崇虛位，居廬愧聖門。圖書欣有託，松菊記猶存。一出遭羅網，空懷國士恩。

八月十七夜錢塘江上乘潮　　癸未

莫道滄桑改，流年等擲梭。一軍飛渡去，萬馬截流過。鐵弩回天力，魯陽逐日戈。馮夷能主宰，一手障銀河。

欲習昆明戰，檣烏等劫灰。眼前千丈雪，腳底一聲雷。直欲浮天盡，曾經浴日來。須臾穿魯縞，便覺玉山頹。

惶恐灘次康飴韻　　癸未

惶恐名兒似未安，篙師指點下嵩難。中分百道紆青漲，宛轉如環下碧湍。有路到家成別夢，無風此水亦生瀾。名流多少增惆悵，習坎初經第一灘。

樟樹潭次滄巖夫子韻　　癸未

千雲蔽日豈纖微，川嶽鍾靈訪帝暉。得遇錢鏐真特達，更逢馮異一瞻依。似同桃實三千歲，料定霜皮四十圍。笑我不才偏壽考，白頭門下尚儒衣。

詠花次滄巖夫子韻　　癸未

樹　蘭

同出謝家庭，芝蘭并玉樹。當門幸勿鋤，援琴起遐慕。

鐵　樹

鐵樹一尺高，無花亦無子。黃楊厄閏年，猶未足方此。

魚子蘭

夫人號花蕊，珠盤瓔珞子。香風作意吹，午夢甜無已。

素　馨

琢玉鏤冰手，遺簪百寶穿。不信齊宮裏，偏鍾馮小憐。

紅毬

誰將并蒂花，細結同心帶。宛轉紅氍毺，一色殊狡獪。

扶桑

碧樹數千丈，根蟠大海東。朱顏終不謝，歲歲此相同。

秣麗

愛惜金鈴護，花時不計錢。錦帆風一片，直送到鈞天。

劍蘭

我聞王者香，佩玉亦佩劍。偶貪蕭艾榮，感時涕欲泫。

佛手

雖非一指禪，亦有餕餡氣。爲問未生時，何處尋瓜蒂。

密羅

色是中央工，含葩味道腴。胡甘來異域，花液可能如。

橄欖

君子席可登，蹇澀非所諱。卒成諫果名，回思有餘味。

檳榔

漬紙作濤箋，大書供飛白。金拌獻高堂，更足豪此客。

荔枝

湘文并紺理，絳雪豈輕嘗。狼籍長生殿，猶傳一曲香。

龍　　眼

纍纍明月珠，莫以瓦礫擲。不遇波斯胡，那得登仙籍。

香　　樹

種香事亦奇，了不傷蠧飽。婆律異聞思，氤氳能却老。

蒲　　葵

可扇亦可冠，臺笠埒章甫。五萬頃刻餘，令人慕稽古。

李次山牛背圖　　癸未

右軍真妙手，誤點犉猶傳。夜喘憎吳月，春耕破隴烟。願爲丞相塵，肯羨祖生鞭。短笛橫吹倦，鼾鼾背上眠。

題馬怡庵粵遊草次滄巖夫子韻　　癸未

敲詩金石響，亹亹對蘭缸。楚伯一手舉，秦王絕脰扛。先聲不戰屈，大敵望鋒降。陪棹珠江去，舟行磨九瀧。

廣州用新城韻　　癸未

一年四紀總春濃，蛋雨蠻風楊柳中。眼底花船梭似擲，珠娘纖手起推篷。

銀濤如捲驟回波，霧縠蟬紗賽越羅。莫道沙壚皆海舶，夢中喚醒懊儂歌。

南枝開盡北枝開,小律春回羯鼓催。丹桂紅桃爭豔發,不須先寄嶺頭梅。

秋宵明月轉脩廊,橘綠橙黃繡被牆。更有海南生熟結,偷閒料檢女兒香。

輦才屋瓦閃金鴉,編次如鱗整復斜。妓館明鐙千片錦,銀絲照耀結霜花。

海珠環抱玉爲闌,吞取冰鹽織素紈。待得木棉花發後,羊城如火不知寒。

登閣和滄巖夫子韻　癸未

飛甍在野坰,日對翠微屏。一線當窗碧,七山排闥青。賢豪占聚井,文字麗繁星。顧盼風雲起,鯤魚化北溟。

閣上遠眺次馬怡庵進士　癸未

去天無尺五,衰老怯先登。雨豁青山疊,雲開碧樹層。葭蒼愁越客,楓冷憶吳興。勉強隨吟伴,詩人愧薛能。

題奉常馬淡真先生褒忠錄後,次滄巖夫子韻　癸未

挺擊成疑案,紛紛南北司。網常爭去就,口舌繫安危。博望讒何已,伯奇事可悲。乃知宮壼內,四皓是人師。

執法存公道，人言洶外廷。流離無死所，英爽在天靈。信史春秋筆，哀歌長短亭。一朝遺恨事，圖畫想丹青。

初食龍眼次滄巖夫子韻　　癸未

　　纍纍如貫珠，繁生值燒夏。驪龍不得眠，多目爭注射。兩車流瓊漿，啖之不能罷。何論三百顆，快意且傾瀉。肥瘠各自妍，明實豈虛借。謂爲荔之奴，蔽賢求其罅。縱非姊妹行，何至負荊謝。婢也逼夫人，或者簫管亞。蘇公品廉州，猶飲酒新醡。移根上林中，并檀亦無咤。吾師論定真，自覺難爲下。悠然飽食餘，忘却晴雨乍。

羚羊峽次王新城韻　　癸未

　　峽勢束江口，端石多虛中。落日籠薄霧，烟雨空冥濛。豈必協風至，斗柄始欲東。南方秉離火，泥不待春融。所以稼穡事，早得一溉功。仰觀九魁象，俯察馮夷宮。秀氣之所聚，靈巖論僉同。鑢鎝費千指，焉用斲鼻功。欣賞別蕉白，書之座一通。意氣頗自豪，不患東野窮。玻璃以爲匣，揮毫擬太冲。

七星巖石室次新城韻　　癸未

　　女媧補天手，運此落星石。虎豹排九關，直上藐姑射。員屋象七星，峰峰張蓮帟。其竅皆中空，陸處而浮宅。崧臺百尺高，可容廣坐客。井灶几杖間，森束列劍戟。玲瓏千萬堆，春陰養花魄。容我叫帝閽，一闔復一闢。怪哉漢武皇，夢見大人跡。擊撞聞鼓鐘，置身于香積。可望不可登，無乃雲夢澤。翩翩思奮飛，秋風鳴策策。歸帆在幾時，無暇煖孔席。

梅東草堂詩集卷之六

樓上望七星巖次滄巖夫子韻 癸未

我欲測蒼旻,纍纍星棋布。舉頭見斗杓,雲中得三素。方之八陣圖,按指少一數。仙人愛樓居,豈乏濟勝具。遥遥北海書,漫滅讀已誤。所以算陰陽,縱橫合參互。術士空勞神,思作五里霧。讓路此終身,料不枉百步。

讀坡公儋耳寄子由詩有感,即踵原韻 癸未

賈生作賦弔沅湘,不刓爲圓寧爲方。古人已矣名未泯,細觀天道何微茫。二蘇同時謫瘴癘,一門海外留行藏。可知大塊真有意,賦詩才子心雄長。我生五百餘年後,憑空海内思聞望。無端去去逢紫塞,墮指裂膚身未亡。風雪盈顛走衣食,依人萬里來炎荒。讀罷長歌增感慨,夢魂相遇水雲鄉。

題滄巖夫子采芝圖即次原韻 癸未

瓊田秀草黃雲穗,荷鋤斲藥神仙類。賈循負土玉芝生,由來孝感稱人瑞。吾師至性絶代無,早讀父書鮮失墜。肘後懸方三折肱,第五科名天所賜。砂郎澗底有真傳,術賽青囊非講肆。善曆兼精海角書,星占一一符纏次。眼見才多爲世忙,濟人利物市高義。博古還留摩詰名,遊戲丹青紙尤費。大隱于朝現宰官,與物無争少崖異。立言立德兼立功,名教中原饒樂地。赤松一脉本來同,鐵冠道者農馬智。倚伏循環理自然,可知言出則身棄。辟穀還精不死方,往來屑屑形骸累。草衣木食輕王侯,自古人生偶一寄。欲貌靈臺頰上毛,烟嵐高曠談何易。醉後揮成没骨圖,沈家老痴粗曉事。日南方伯繪畫工,林泉

577

補寫差強意。潑墨淋漓渲染高，春枝應乎天機至。獨行山谷摘傾筐，可以療饑惟紫翠。杖策騎驢願築宮，立雪龍門會擁篲。若許擔簦負笈從，日侍經樓親觀記。

雷州除夕　癸未

商陸爐中火，高燒促漏更。歲從今夜改，春向隔年生。射覆傾婪尾，整冠待質明。歡雷頃刻事，新舊不須爭。

元旦　甲申

元旦屠蘇酒，相期指玉衡。終朝舍宿霧，何處賞春晴。料是天猶醉，偏于泉獨清。主人有真味，勝是雪中烹。

將渡瓊州次坡公韻贈康飴　甲申

消息有代謝，旭日豈再中。機械遍荊棘，入林驚傷弓。慧眼百年事，胡不談空空。俯仰無一可，鼫鼠五技窮。幼長舅氏家，梨棗分諸翁。健者成梁棟，搖筆吐長雄。衡文來百粵，快哉大王風。挈之渡瓊海，知音牙與鍾。丈夫重意氣，知始尤知終。道逢安期生，綠眼髮方瞳。撇將筇竹杖，指點化爲龍。賤子已枯槁，豈羨桃李容。所喜太平久，舉世無射工。歸歟老漁竿，儒者一畝宮。

偶作用子瞻韻　甲申

虎頭燕額飛食肉，貧者無錐榆屑粥。鼫鼠天教五技窮，乘風添翼變蝙蝠。人生遭際會有時，抗塵何必不殊俗。南走揚粵北走胡，匹夫何罪罪懷玉。斜封墨勅一告身,拜爵西園争入粟。相去開元幾百年,令人猶識宜春鹿。高尚王侯隱者尊,未聞巢許稱臣僕。但願知來不知往,一身輕舉如乾鵠。

對弈用子瞻止酒詩韻　甲申

乘流則欲逝,遇坎則欲止。唯有世外人,日夕金樽裏。淵明述祖詩,責己兼責子。放意老糟丘,了不見愠喜。我亦思薈騰,索酒中夜起。田荒無可鋤,髪髼無可理。消此一局棋,何必怨勝己。黑白兩茫然,逢場戲耳矣。大海忽當前,一望無涯涘。願學古之人,陶乎吾所祀。

和粟泉亭原韻

外曾祖湛原公守郡時所建,今蘿軒重新之。　甲申

名賢勝地昔流觴,還愛千秋樂未央。最是一經傳可久,幾曾家法作于涼。香泉粒粒浮金粟,苾祀芬芬奠桂漿。賴有文孫重拂拭,相携渡海問滄浪。

一生遭際儘離殤,蜂蝶相尋豈有央。遷客自來多瘴癘,行踪獨我極炎涼。才人海外開天澤,騷客詩中感義漿。頭白彌男慚宅相,椰瓢呼酒聽淋浪。

弔萊公祠　甲申

澶淵孤注足心寒,明主猜疑忽徙官。大廈將傾非一木,中流誰砥

使迴瀾。海山千里詩成讖，鼎鼐千秋論闔棺。歸葬西京憑友夢，森森枯竹植公安。

賢奸黑白豈茫茫，天道盈虛有意償。參政拂鬚羞指佞，厓州詔草證無將。蒸羊一逆平恩怨，瘴海相逢孰短長。寄語上書福建子，生時早已註彭亡。

觀李綱徙萬州事　甲申

金人反覆舊盟寒，歲幣何曾口血乾。南渡議頒哀痛詔，上書力辨主和奸。建言落職甘心去，剩骨還鄉放眼寬。他日觀文看起草，陳東地下亦心歡。

晤廣陵樊潛庵新令臨高　甲申

竹西傾蓋布衣交，爛醉楊州廿四橋。歌斷雲行石塔寺，夜深月生木蘭橈。揮毫對客呼才子，射覆挑燈擁阿嬌。別後雲泥天渺渺，年時魚雁影迢迢。銀符綰得新浮海，皂帽歸來怯度遼。豈料白頭逢此地，好揩老眼看干霄。小黃自合先增秩，靖節何須苦折腰。神駿一鞭原逐日，春鶯三月正遷喬。新詞多讀忘疲倦，舊雨重過信久要。官署那堪歸夢促，旗亭難免客魂消。買愁村舍花田鬧，浮粟泉亭茗椀澆。但是名賢留勝跡，濠梁不用苦相招。

蘇長公遇潁濱于雷　甲申

天乎想亦忌雄才，酬唱窮途賦七哀。元祐黨人都一網，眉山愛弟亦遷雷。分司僦屋憑明券，丞相論科重棄灰。爲法到頭終自弊，營營不信自何來。

秦少游貶雷陽　甲申

詩才直與二蘇齊，貶謫新編牧老羝。但有夢歸嘶石馬，更無緣遇赦金雞。早知仕宦沉愁海，悔用文章作禍梯。百廿八人皆上宿，石工姓氏怕鐫題。

初春徐聞道中　甲申

豈是嚴霜怯曉征，紆徐竹境最移情。空山鳥語如相和，滿路花香不辨名。化日舒長逢歲首，光風淡蕩賞春晴。水苗一尺瓜蔓熟，布穀何勞苦勸耕。

廉州道中　甲申

沙墟纔過又蒲汀，已到天涯海角亭。山列書屏堆紫翠，人行仙島入丹青。小橋樹暗溪流咽，曲逕花深野騎停。盡道產珠川自媚，却無逸興訪柴扃。

陸公泉小憩用長公韻　甲申

平崗築小室，幽然成巖棲。山葩當戶豔，白燕巢其楣。門外一泓水，有珠澄清泥。小憩嘗日鑄，耻爲孔穉圭。擎雷氣蒸熱，空翠舍青霓。夕陽挂城角，笱輿難久稽。武陵古蠻地，其下接五溪。桃花已爛熳，何人爲指迷。

文公廟次滄巖夫子韻 甲申

自來五羊城，一年週復始。陸處半在山，舟居半在水。地當乞熱方，歲寒想冰氏。儒行席所珍，正人國之紀。昌黎貶潮陽，轟雷灌其耳。佛骨表千言，功足翼四子。悠悠繞指柔，誰容直如砥。昔出山海關，曾謁公故里。堂高自遠簾，冠敝弗苴履。身入瘴癘鄉，惟餘十九齒。爵祿豈足羶，嗤彼肉食鄙。舉世既微爟，無術治瘡痏。相去千餘年，不得奉音旨。苟非衛道功，滔滔何所底。窮達隨遇安，寧以彼易此。三耳或兼聽，兩目豈獨視。傳言此邦人，歡欣迎玉趾。紙貴寫彈文，繩牽正脉理。乘流戒逝波，習坎識行止。寥寥董仲舒，異代堪比美。待彼朱程興，賴公一人耳。同時有趙生，行文極摹擬。排異障東川，雨美多溢喜。海濱鄒魯鄉，文風曷其已。遺像留空巖，大名識英偉。豈不感豚魚，濁流化清泚。從來學道人，朝聞夕可死。不然明月光，孰得相穢涬。

謝海神廟詩次東坡韻 甲申

朝顧南風暮北風，陶梭雷劍化爲龍。職司禍福位上公，得天之氣剛而中。直吞雲夢抒心胸，佛法六通神五通。王臣蹇蹇日匪躬，百谷朝宗顯遂忠。李綱蘇軾皆人雄，報答靈爽將無同。

紀異 甲申

我聞槃瓠妻帝之少女，馴馬難追一言許。天留西旅佐明王，冠蓋之倫亦楚楚。又聞鵠蒼銜卵付徐君，收養宮中比席珍。長大嶄然露頭角，滿身九九成龍鱗。嶺南吠雪蜀吠日，白望青曹豈群匹。雷陽出獵事更奇，九耳桃花人不識。震驚百里宣驕陽，金蛇銀線無停光。謝仙火車發雷種，有文在手司一方。正直聰明兼惠鮮，功德于民光祀典。後梁南漢宋元明，勅賜英才列軒冕。神乎廟食千千年，求者必得心誠虔。但願一錢賢太守，狺狺永息郡安眠。

颶母風　甲申

王者之世五日風，風不鳴條年穀豐。二十四番花信准，嬰兒少女何雌雄。保章善察天地氣，大塊噫之吹萬同。金縢感召偃禾起，舜彈五弦稱化工。漢高歌思沛父老，關尹望氣其猶龍。或時乘之破萬里，不然跂脚羲皇中。一自石尤打頭浪，六鶂退飛宋離宮。廣川鳥獸避災患，爰居止魯知變通。羊角扶搖從穴出，大荒有山多腔峒。雖然撓物猶鼓盪，不至怒號如破篷。其始陰陽相駁擊，蝃蝀截嶼吐長虹。揚沙拔木晝全晦，颼飀颷颷聲摩空。樓車走舸紛敗葉，惡燋鰲極相撞舂。舟楫爲輿海爲道，幾乎赤壁遭火攻。摧枯拉朽雷霆下，焦頭爛額餘疲癃。少年聞此亦膽落，何況雞肋一屠翁。怪哉宋玉言甚誕，欲上扶桑試挂弓。秦皇武肅皆人耳，射潮鞭石言發蒙。智者軀愚愚者入，人生孰得逃牢籠。

合江樓遠眺用坡公韻　甲申

縱目高樓甚快哉，雙江可合亦可開。偶爲好山乘興至，喜無俗物敗人來。憑城百尺此專美，閒鷗野鷺衝波起。披襟三面受涼風，塵心洗盡明于水。乾坤日月嶄然新，一囊封草真閒人。回頭試問阿婆夢，何似羊裘釣富春。

又

氣壓曹劉亦壯哉,諸公得句自天開。高樓日月看無際,太守風流挽不來。滕王景物兼四美,有其舉之誰繼起。坡公此樂勝前賢,何難吸盡西江水。廣南騷雅恥尖新,梁陳屈子皆古人。我來猶及見題壁,恨不同醉羅浮春。

又

舉步登樓矍鑠哉,樓頭一覽心眼開。蘇公死後樓已閉,更無人許上樓來。合江塵埋掩其美,不是才人呼不起。相逢其上最高頭,茫茫一片皆烟水。古人非古今非新,有才不遇總陳人。千秋會合貴知己,人生行樂須及春。

午日大風雨,康飴學使并舟對疊,次原韻　甲申

天寶年中粉團粽,小角灣弓射者衆。未能免俗泛蒲觴,五絲綵筆微拈弄。文字原稱玉籍仙,前身足滿藏書瓮。詩成示我讀未終,字挾風雲勢飛動。婆心指點無倦容,有疑可質難可送。憐才之念性所生,江山慰此饑渴夢。

又

檢點囊中益智粽,雙拳可敵十萬衆。指彈如意兩軍分,四郊不敢潢池弄。寒士從來願不奢,牀頭三百黃虀瓮。天亦張威助我雄,漢家壯士風雷動。生死窮達會有期,行者如賓居者送。幻雲頃刻布山頭,勝負盡成蕉鹿夢。

梅東草堂詩集卷之六

又滄巖夫子以病未與，次日補詩，再疊前韻奉和

故鄉此日爭傳粽，醒眼笑看醉眼衆。沉淵投汨弔湘靈，錢江射潮潮可弄。漢陰丈人爲灌畦，力多功寡苦抱瓮。先生病已筆生風，智者娓娓相時動。商山本是採芝流，漢祖當年曾目送。鈞天廣樂異繁弦，寰瀛我亦思同夢。

奉祝中丞石綱庵先生百韻　甲申

泰階咸一德，聖代賀明良。氣欲凌霄漢，人爭覩鳳凰。夔龍宜黼黻，堯舜合賡颺。系出徂徠種，族由渤海昌。全軍封樂郡，散騎晉安陽。豐沛鳴珂里，枌榆産帝鄉。蟬聯齊衛霍，簪笏并金張。位秩居侯伯，官箴自激昂。兩儀尊王器，四望納重光。東漢閻何鄧，西京竇許王。皇姻連甲觀，國戚是椒房。輦轂承恩久，宮壺拜賜芳。百英雲母粉，七寶御爐香。蘭殿傾脂澤，烏衣隨績筐。母儀鳴珮玉，女則重躬桑。早預風雲會，恒依日月旁。微時求故劍，即日帶雙璜。弱冠身城鵠，出門手射塵。仁言多利賴，和氣致休祥。奮擊先雕鶚，肥堅賽驌驦。明眸分黑白，健翮薄青蒼。痛癢開肥瘠，爬搔在廟廊。臣遴遭特達，中外任回翔。爲善無窮樂，其鋒不可當。題輿迎長史，別榻倅吳閶。手板全參校，紗籠識令望。鋤奸首近習，肅禮振頹綱。一自典潮郡，幾曾辨越裝。民生資擘畫，議論極精詳。但使禾同穎，焉知豆屑糠。懷磚純摘發，疑獄務斟量。少壯年方富，春秋力正剛。再麾經董澤，補刺遇媧皇。所至熊隨軾，行看鶴架梁。游龍列車騎，良馬忽騰驤。半歲登藩鎮，三遷撫百羌。官僚皆濟濟，度量直汪汪。余靖兼恩信，王珪擅激揚。減漕爲國計，復額廣科場。腰縮蘇君印，齒持蔡澤

585

梁。春時風淡蕩,化國日舒長。念此鄰瑤壯,經年苦雪霜。可憐逢乳虎,幾令敗群羊。菜色憂饑溺,鶉衣半孔瘡。得公移繡斧,却喜值金穰。見説來交廣,非同仕樂浪。下車纔匝月,判牘已盈箱。梟雁驅浮食,輿臺慎濫觴。培塿益捧土,行旅不齎糧。乘令均寒燠,恒時順雨暘。花朝方插柳,寒食已分秧。農事真閒暇,力耕敢怠遑。民天資保障,吏治待平章。崔鄾能知變,徐公獨有常。口碑傳道路,輿論少隄防。不肯爲鷹隼,隱然若桂薑。近郊鮮壁壘,積粟滿囷倉。軍士感烏布,彈文啓皁囊。威名及草木,流品護冠裳。每事精思密,誰云作法涼。只求爲召杜,而勿事申商。井里寧雞犬,門庭破斧斨。省心先省事,知暗亦知彰。豈是求吾欲,從來得不償。股肱衛畿輔,鎖鑰控炎荒。湔洗臻懷葛,薰陶別莠稂。冰淵試首蓿,風教始膠庠。大海橫鱗甲,丈夫躍劍釾。妖氛消瘴癘,兵氣靜欑槍。珠履前迎客,金釵後列行。何心餂簠簋,底事用桁楊。嶺表均沾德,儒生喜欲狂。屬員同一視,賢路豈相妨。好士懸繩榻,知心解佩纕。韶華猶未艾,富貴此方將。恩寵如元老,登庸入贊襄。家風師萬石,古俗邁陶唐。我叩黃槐里,欣登綠野堂。翻階紛芍藥,觸目總琳瑯。獻歲樽當滿,上元月未央。鰲山期達曙,火樹豔濃妝。剪綵爭迎勝,觀燈若堵墻。李薈偷攦笛,公瑾誤呼郎。童叟扶携至,閭閻奔走忙。屋棲紅繡燕,籠喚雪衣娘。絲竹喧歌妓,伶優屬教坊。養生視鳥息,吐故實桃康。妙得還丹訣,猶餘却老方。清虛吞沆瀣,服食盡芝菖。曲士守株兔,達人笑盡疆。勢榮卑趙孟,年壽等彭殤。一切暄妍態,付之冰炭腸。有無際杳冥,呼吸互更相。修煉鑽槐火,延真飲桂漿。撇開生死路,看透利名韁。采藥聊劉阮,攤書讀老莊。苦工磨鐵杵,大冶洩針芒。拔宅思沖舉,齋居已坐忘。一時誇健羨,吾意亦差强。況是逢櫻笋,稱觥報吉慶。

吴次章参军六十 　甲申

猎火高林照，寻梅渡石桥。访君皆岁蛰，此日遇松乔。嵇吕轻千里，陈雷匪一朝。羚羊峡口路，双桨趁风潮。

幕府参军职，浮沉寄宦情。置身官守外，入座笑谈倾。手泽犹余慕，心田已熟耕。新来规格好，高胜旧时闳。

使相真儒者，门庭六月冰。守兹怀璧诫，分得读书灯。槐简逃名客，绿衫录事称。种瓜留隙地，真欲学东陵。

辇毂一云别，相逢豪未除。生平多坎壈，少壮误居诸。蓑笠吾曾惯，糟丘计不疏。他时归故里，留意访樵渔。

仲春月夜偕诸同人奉陪萝轩学使重游李氏山庄，用少陵韵　乙酉

重入天台境，依稀认石桥。仙源穷末路，枯卉借凌霄。偶为寻芳至，非关折简招。前村有犬吠，人影隔林遥。别业谁家第，乌衣一逞清。画梁惊语燕，夜火乱雏莺。宾从喧成市，门庭沸若羹。已忘轩冕贵，秉烛恣游行。位置明于昼，欢迎畅四支。据梧登杰阁，爱月弄清池。山僻心逾寂，花繁名不知。潮鸡鸣最早，日出海云披。天工有巧手，酝酿满园花。画壁金盆鸽，松根绿骨蛇。沧桑谁共语，风月我先赊。茅屋三间外，渔湾即是家。春意三分候，木棉已半开。燕山宅里桂，元献圃中梅。但许清流共，肯容俗物来。昔年中使到，分得夜明苔。忽有会心处，悠然忆冷泉。细看全洗刷，临去转缠绵。留客五千

字,買隣百萬錢。羅浮緣未斷,疑即葛洪川。片席未云暖,坐留三日香。美輪爲可繼,作法不于凉。手澤羹墙在,名山事業藏。蘭階紛玉立,矯首奮青蒼。何妨成酩酊,日日習家池。纔撒黃綿襖,還欹白接羅。賞心增韻事,得句付歌兒。踏遍天涯路,奚囊到處隨。那得常無事,來看隴上雲。傷心南浦別,增價北山文。刻燭遲應罰,聊詩韻不分。李頎與姚合,酬倡各紛紛。欲作還家計,歸雲奈爾何。生涯隨地有,傳舍閱人多。莫笑巴渝舞,如聞子夜歌。天長與地老,撚指百年過。

喜康飴初得孫女　乙酉

行年未六十,滿眼望孫枝。蓍策先歸妹,壽壺試洗兒。嬌同左氏女,穩續謝庭詩。即此門楣喜,銜杯亦捧頤。

日出在扶桑,仙桃并桂漿。秤來天下士,比賽女中王。雌鶴來清夢,夜珠照滿床。含飴慰膝下,湯餅且先嘗。

癸未、甲申隨侍滄巖夫子于蘿軒署中,適遇懸弧,一旦賦別,率爾奉送　乙酉

洒掃頭鬚白,欣逢指使年。功名積寸上,孝友一身先。有女乘龍腹,生兒集鳳肩。家庭繞樂事,歷歷在尊前。

豈料如灰冷,從新乞熱方。殘骸歸塞北,老骨耐炎方。世味詩書好,客途日月長。山河憑弔處,風雨夜聯床。

相依官舍裏,早晚聽鳴鼉。甘苦文章得,酸辛聚散多。學詩尊薛

漢,授易愧田何。請業吾生樂,流年奈擲梭。

欲別匆匆語,歸哉又早秋。計程方屈指,扶病強登舟。問字心徒切,成身德未酬。皋亭猶淺土,指點待行驂。

蘿軒舉長孫

長慶生兒歲,今君已抱孫。沙堤看後代,烏巷羨名門。開口程評事,良箴漢馬援。詩書承世澤,流潔本清源。

眼電頭如玉,坡公句獨傳。含飴真樂事,著膝未華顛。陰騭綿書種,菑畬積寸田。憐才非細故,食報此蟬聯。

閱江樓眺望　乙酉

傑閣凌霄漢,登臨日可扳。山河終古是,冠蓋幾人間。耽誤花前酒,摧頹鏡里顏。蕭然遊物外,破盡利名關。

目窮千里外,身接白雲隈。畫壁四山拱,滇江一面開。形如地上井,聲起腳跟雷。偏是滕王閣,天教擅賦才。

登玉皇閣絕頂　乙酉

飛身百仞上,真欲斷靈鼇。逕滑松針厚,路迂巖穴韜。雲隨風腳轉,樹繫石根牢。藉草貪眠客,何心對酒豪。

雲根搜剔盡,隨手倚蒲團。高下龍蛇伏,參差劍戟攢。僧扶聊借力,渴飲不留殘。陡落平皋地,飛鳶仰面看。

廣署朱德懷太守畫壁次韻　乙酉

素壁忽作江上峰,烟雲咫尺第三重。縱有颶風捲不去,延賓執手談青松。主人嘯傲忘衫履,北窗箕踞頭蓬鬆。坐中姚髯稱健者,相依儉府看芙蓉。長篇短篇驟風雨,舍宮嚼徵尤春容。苟非此主無此客,諸侯之劍士為鋒。堂前懸溜高千尺,倒崩巨石流淙淙。是時觀者盡堵立,孰敢挾槊摧堅墉。獨有吾師與吾友,欲歸不歸詩興濃。八叉七步爭雄長,單刀直入李衡衝。或時乘醉昵春色,花花草草吐纖茸。諸公之側寧有我,妄希八斗追高踪。嗚呼古道不可作,朱公洋洋神儀丰。烹羊炰羔行樂耳,生逢堯舜猶不逢。愛君才大感君意,交臂失之將焉從。賦罷昏昏天已暝,酒乎澆此抑塞胸。

大篇突兀如孤峰,峰回路轉青重重。凌空布作千丈勢,下手直掃石上松。廣南太守好事者,滄洲滿壁多鬖鬆。駕巌轢谷臻異境,對之面面開芙蓉。以此聊供耳目玩,庶走俗狀抗塵容。神工鬼斧不可跡,斂鍔孰敢攖其鋒。就中無多許棲遁,愚公漫叟爭南淙。不然跂足北窗下,環以萬雉乘高墉。破濤滾滾倏風雨,羲皇一枕真酣濃。昔聞孔明圖八陣,橫戈側劍天前衝。仙靈窟宅皆春令,剪烟吐碧花茸茸。垂頭欲臥看雲起,悠然絕壁尋幽踪。雙鬟毛女來洞裏,俟我於巷子之丰。十洲三島世所有,舉眼抬頭誰不逢。諸公摹寫各已盡,徜徉徙倚吾適從。畫中有詩詩中畫,百萬甲兵交于胸。

夏間之雲多奇峰,山花稠疊烟水重。太守清閒喜臥治,泠泠仙樂風入松。解衣磅礴鮮拘束,脫畧禮法何輕鬆。擱筆沉吟忽有會,長嘯起舞剸芙蓉。展卷讀之不忍釋,有才若此當改容。坐上詩名誰最好,高談雄辨矜詞鋒。一瀉千里莫可遏，仰視直傾大壑淙。☐☐☐☐☐☐，☐☐☐☐☐☐。☐☐☐☐☐☐，☐☐☐ ☐☐☐。我欲袖手壁上觀，枕席之間皆折衝。經營慘淡匠者意，春草雉媒獵五茸。始皇鞭石駕大海，安能遠躡三皇踪。朱公神采真煥發，擊碎唾壺貂狐丰。此畫問是何年作，潑墨渲染由淤逢。揭示千載不易朽，庶民卿士來相從。置身其側天亦小，二十八宿羅心胸。

王介山招飲臨江別業　乙酉

草屋新成築，背城第幾灣。沙墟喧蛋婦，網罟集魚蠻。風月簾櫳外，江山几案間。眼前無俗客，小鳥任關關。

隣家有抱瓮，連日讓先杯。雲影賒還得，花陰借不來。一天分咫尺，移步換樓臺。待到春消息，墻根送竹胎。

吳次章、西蟠喬梓招同蔡煥如參謀、馬怡庵進士、李次山貢生、趙五瑞、吳來言同學，奉陪學使翁蘿軒、思敏表弟、亮武、越岑、司直諸表姪、沈聖玉表甥，遊七星巖之作　乙酉

爲訪宦遊人，山花次第春。芝蘭幾世好，桑梓異鄉親。赴約尋泉石，相看孰主賓。白頭猶浪跡，酒戶我嫌貧。理罷星巖屐，友朋喜共尋。負暄當洞口，移席就挺陰。觴政嚴于律，二毛亦被擒。坐中軒冕客，脫暑解朝簪。

賦得十月先開嶺上梅　乙酉

暗香疏影數枝斜,嶺上誰非處士家。本着精神魁萬紫,故施伎倆殿秋花。風吹律暖移時令,火速春知換物華。曾向海南親折贈,隋宮剪綵未須誇。

送思敏三表弟還里　乙酉

渭陽手植三株樹,梁棟名材廊廟具。阿兄豹變已成文,小弟尚隱山中霧。田荊姜被古所難,并膽同心羞尺布。海濱鄒魯禮義鄉,飲水造士非浮慕。拔十得五未爲奇,青衿百結皆寒素。哲匠宗工不易稱,公明兩字真鐵鑄。伯氏吹壎仲氏篪,此中夾輔疑神助。功成理櫂束歸裝,蕭然始釋持金誤。守身立敬兩無戲,三十才名同法護。即今勸駕赴賓興,駿馬終逢伯樂顧。我是君家壽骨親,無端遭遇漢黨錮。皁帽生還入玉門,白髮向人肝膽露。臨財臨難不敢苟,晚節誰憐處末路。女爲悅已篩容顏,讓畔何曾枉百步。丈夫愛少事或然,願過當湖慰幼孺。

越岑、子毅還里秋試　乙酉

人中杞梓室中蘭,彷彿京師桐木韓。此去儘舒扳桂手,何妨齊下釣鼇竿。郊祁名次誰先得,軾轍文章喜并刊。兩字泥金重疊至,從頭一一爲傳看。

司直赴浙省試　乙酉

行篋相隨記事珠，一門群從盡瑤瑜。不書官紙成清白，鍾愛名駒出友于。烏榜纔離中宿峽，天香已落聖明湖。贈詩欲擬黃山谷，外氏風流未覺殊。

子毅爲滄巖夫子愛壻，于其歸也，寄訊諸遺孤　乙酉

分手韶陽歎絕麟，我曾北面爾懿親。賴他奇表乘龍客，愧我心喪廬墓人。負郭有田粗啜菽，高堂教子慎遷鄰。可憐懷抱三珠樹，容易他年聘席珍。

寄祝劉以德尊堂八十　乙酉

虎門將種腹藏兵，只爲高堂笑輟耕。愛日有餘勤菽粟，鋤園終歲種蕪菁。非關世少黃巾賊，誰識人中白馬生。八十年來思鞠育，學成文武却逃名。

贈李若華孝廉次君山韻　乙酉

昔年曾憶奉清塵，傾蓋誰知在海濱。此地有緣逢二妙，同心許我結三人。不因筋骨能爲禮，信是文章可救貧。聲應氣求吾輩事，忘賓忘主滿船春。

與老友徐麗天話羊城署中，次其元韻　乙酉

相憐老醜髮星星，悔爲浮名謫朔庭。得失算來終塞馬，朝昏瞬息等焦冥。酒衝愁陣千塲少，詩領心兵一戰經。舊雨嶺南談往事，彎弓曾下海東青。

年少才誇手摘星，同時王謝舊門庭。永和勝事因修禊，洗馬清言漸入冥。可歎吟壇成鞠草，那堪白首尚窮經。聽君一席增酸鼻，底用誇張取紫青。

寄吴縣王孝先茂宰　乙酉

雞陂鶴市舊吴門，冰上人行吏鏡中。健令不愁煩劇地，下車正值翠華東。引舟代挽三農逸，決計如神雨聽聰。舉世幾曾逢召杜，姓名願得碧紗籠。

休言梁木已先萎，時爲其座主湯潛庵先生建坊。衣鉢千秋風範垂。豈獨經傳明繫贊，還于治譜學規隨。甘棠久矣揮遺淚，碣石巍然表去思。立雪程門能有幾，此中全不計官資。

胡子樹觀察招飲署中，仍用杜韻　乙酉

杜牧風流并，恍遊廿四橋。清談能屑玉，勝氣直籠霄。此會成豪舉，虛懷戒滿招。一時爭下士，折節事非遥。

坐鎮雄千里，膚清神更清。笙簧求野鹿，鼓吹借春鶯。欲試醍醐

酒,新調骨董羹。邯鄲忘故步,老醜讓先行。

臣年已遲暮,筋骨強撐支。儉府蓮花客,謝庭春草池。霓裳天外落,暖玉手中知。早起春寒緊,雨公鶴氅披。

坐卧隨人意,休教踏落花。榕陰宵唳鶴,竹逕密藏蛇。山水緣都有,詩文債不賒。葫蘆依樣畫,見笑大方家。

奇章有怪石,欣賞閣初開。裊裊隨絲柳,青青小豆梅。雖因乘興至,不是突如來。太傅東山癖,階前展印苔。

愛寫殷勤意,非關思湧泉。詩城高自築,筆力弱如綿。藥圃疑仙島,珍庭出俸錢。潮陽十萬户,一手障東川。

炎方產異鳥,兩翼愛收香。四壁圖書滿,微風笑語凉。民生知有賴,壑澤豈能藏。世事盈虛理,賓筵半老蒼。

右軍勤洗墨,得意一臨池。徙倚橫紈簟,頹唐倒接䍦。朝廷真耳目,造化等嬰兒。自有旋乾手,連肩琴雀隨。

漢興絳灌列,富貴儵浮雲。家傳碑難讀,戰功史闕文。子孫賢且達,繼述事微分。清玩開山屋,焚香却世紛。

座中有藍叟,雄健敢誰何。氣概老逾壯,才華百不多。留髡挑畫蠟,送薛發商歌。旌節羊城道,後車待爾過。

春杪歸舟三至李園，主人留飲，用杜重過何氏韻　乙酉

壽山堂最古，斗大肇槧書。接樹留餘圃，回巒抱小廬。井干牽玉虎，門鑰啓金魚。規畫先朝式，非同儒者居。

已隔皇初代，淳風未改移。園終鋤菜叟，坡上牧羊兒。忽忽三春候，汪汪千頃陂。柴桑真石隱，早晚卧東籬。

盤車分澗水，力作及農時。聖主尤勤駕，文臣亦采詩。曉霞猶片片，纖雨漸絲絲。火速催征棹，看花莫失期。

感慨分今昔，銜杯引興長。世途防腹劍，談謔畏唇槍。莫化蟲沙種，常餘雁鶩梁。桃源已入晉，猶説避秦皇。

臨別煩持贈，殷勤各問年。沉泥留作珮，日鑄待烹泉。禴祭思營室，豚蹄欲穰田。子孫賢可守，十畝亦依然。

謝石義山公子賜韈　乙酉

平原門下感恩光，結繡緑珠并七襄。黄石受書勞夢想，東籬伸足太顛狂。階前跪取應成禮，户外言聞始上堂。他日碩膚尊赤舄，吐哺握髮佐巖廊。

欲學邯鄲失故行，廿年枉自羨登瀛。老人最是編棕穩，公子何當倒屣迎。九節菖蒲便服食，三章檞木頌綏成。偶然造訪蓮花幕，側耳

微聞橐橐聲。

桃花三尺織成文，丹豹朱蠙迥不群。不是指尖同濯錦，那能足下忽生雲。山人相業他年卜，居士清名空谷聞。自笑一生能幾兩，得邀寵賜願濃薰。

愛殺名園屐印苔，貧憐孤影襪生埃。原思踵決無苴補，東郭行歌踏雪來。量度縷絲煩織作，權衡方寸待穿裁。從今換得規模好，試步天街造化該。

送采臣渡海還家　乙酉

馮夷孤劍跨長鯨，頃刻乘風萬里行。方竹幾竿饞守癖，鬱林一片去帆輕。水浮天際沙鷗似，日出波心午夜明。蛟室蜃樓多見慣，好將客夢付寰瀛。

奉酬同學李亦符贈詩原韻　乙酉

忍躍珊鞭出帝京，山亭水宿遍題名。葉分小草思高寄，矢號忘歸利晚成。門下擔簦聞李固，經生稽古羨桓榮。可憐去國飄零客，幾失當筵鄉曲英。

一片歸心折大刀，三春細雨網琴高。溪流可枕驚啼鳥，午睡初酣覺素濤。山豹有文猶隱霧，蒼鷹欲擊尚羈條。酸醎世味都諳盡，珍重名場汗馬勞。

曉日朦朧出海隅，北窗高跂即方壺。莊周宦達飛蝴蝶，鄭谷吟編舞鷫鵁。霜稻最宜披錦雀,盲風又送綱鱗鱸。江鄉到處堪垂釣,不在西湖即太湖。

去後何煩苦見思,春江冷暖兩心知。都將生計酬耕研,賴有閒情種水芝。畏友張華曾識劍,故人鮑照最能詩。_{謂夾庭。}太平盛世朝朝醉,須認狂徒荷鋤隨。

題黃尊古畫　乙酉

浮嵐暖翠似黃堅,家學淵源一脉傳。試比蟬清吟曉露,不因人熱飲狂泉。行過塞水經窮髮,相遇南天豈俗緣。昨夜西園多樂事,笑予辜負竹林賢。

一種孤標異若曹,酒酣潑墨興尤豪。朱門亦叩抽身早,畫院無名立志高。几案間珍非近玩,風塵外物不須絲。自稱閒圃方知幻,讀古人書粕與糟。

老友藍公漪招同姚君山、黃我占、尊古、吳天祥、沈禹訫、聖育、趙五瑞、陸韶九、吳蒼白、陳霞起、僧唯哉奉陪蘿軒學使燕集,即席次君山風旛堂韻　乙酉

北海西園勝事同,故人談謔酒尊中。塵毛落盡炊彫冷,珍饌食饕放箸空。金石有聲偷記曲,絲桐流響入歸風。爛柯妙理兼三絶,流品何分文者東。

一軍轉鬪判降旛,監史從來肯食言。草木皆兵聞破膽,樵蘇不爨

暗驚魂。軒然奇客爭連榻，獨出新裁少刻痕。醉眼看天吟未了，閬仙何事獨遭髡。

誰家得句在西堂，敢擅菁英一日長。鐵塔尚留南漢跡，娑羅時覺雨花涼。名流合有名山業，選士何如選佛場。多少興亡增感慨，興酣莫笑老夫狂。

望海螺巖禮澹公壇　乙酉

東瀛歷劫幾桑田，一木何支借古禪。天命已移難叩馬，義羲之後但書年。尚于文字留些子，不著鬚眉斷俗緣。今日得成無上果，瓣香許到法王前。

儒生結局更逃空，豈有完人礙六通。一代開山稱祖席，五丁鑿石賴神工。兒孫羅列群峰伏，長老昂藏寶殿雄。聞道曹溪多法派，而今南北共家風。

蘿軒學使校士之暇，王芥山攜尊試館觀小蘇演劇，同人轟飲達曙，偶記　乙酉

試館蕭蕭集暮鴉，芳樽移就主人家。數聲腸斷迷魂曲，再顧傾城解語花。對壘眼看多勝算，追亡肯令一軍譁。當關縱有雞鳴客，莫遣山樓發曉笳。

企賢姪相遇粵城又一年矣，和其留別原韻　乙酉

老來熱地亦冰天，不比花枝火欲燃。嶺表相逢非異姓，客中小別

動經年。難將山水供饑腹,若有桑麻即力田。貧到不堪同是病,白頭黃日各情牽。

浪跡江湖一散人,才華愛爾絕埃塵。冥鴻自具垂天翼,杯水難容橫海鱗。另眼文章須避俗,放懷風月肯嫌貧。他鄉守歲看看近,不得燈前笑語親。

遇藍公漪即席賦贈　乙酉

與君相遇五羊城,孤劍奚囊客館清。傾蓋一時常恨晚,萍踪到處即留名。但將酩酊諧時局,不設機關對俗情。嬉笑文章兼怒罵,自分清白在雙睛。

寄宜武表弟問候高堂,
兼聞有買妾嶺南之語并嘲之　乙酉

花田群從共登臨,偏是君家戀舊林。視聽無形先意旨,晨昏不懈怯高深。須知有後名原正,莫愛時妝遠去尋。縱使珠娘真絕麗,專房也會白頭吟。

題郭公子行樂圖

制府三令郎。　乙酉

絕壁千仞高,置身入霄漢。俯視盡培塿,五岳纔及半。令公家學尊,讀書窺道岸。甘苦味自知,如農故有畔。豈不貴奮飛,良金良冶鍛。已工益求工,水乃石之鑽。模範鯉庭趨,風節寧弗憚。捧土何足

資,游夏未能贊。愛弟儒者珍,非耳目近玩。咳吐落珠璣,氣局凌蓬觀。識君恨無緣,畫圖謀一面。

臨別贈趙五瑞　乙酉

上醫醫國次醫人,三折九折其術神。趙子方書懸肘後,手穿橘井隱華亭。蘿軒視學嶺南地,量才全藉雙眸明。視虱觀毫辨咫尺,播糠決眥憑盱衡。兩目爛爛巖下電,一泓清可鑒如冰。即今洞徹勝觀火,妍媸孰得逃其形。爲國薦賢能者手,巫咸扁鵲功非輕。願子相從調鼎鼐,良醫良相兩俱成。

粵東喜遇馬白生先生令孫振公昆玉,精於琢研　乙酉

端溪之石甲天下,山輝川媚連城價。抱璞何言劂者誰,馬生鐵筆無其亞。舉重若輕信手拈,五丁絶技百不借。識君大父三十年,文章氣欲凌曹謝。醉心風字與鳳咮,鉗鎚如拓烏號柘。范喬遺研授文孫,獨走羚羊籠奇貨。攻之錯之妙琢成,女媧烹煉開天罅。有弟相隨嶺海間,布被荆枝差慰謝。無端執手水雲鄉,炎風毒霧逢燒夏。五日十日醉中過,老拳我亦退三舍。

送李次山還梅里　乙酉

花蕚文章并擅名,我于小李最心傾。非因人熱成疏懶,却患才多孰抗衡。每到算棋先一着,不辭豪飲賭千分。隔籬便是終南徑,難得君心似水清。

生怕年年白髮侵,銀鐙高館藉知音。果然繡虎雕龍技,相對光風霽月心。梅里人歸爭執手,花田酒散苦分衿。南陽耆舊欣無恙,子舍虛懸淚不禁。

朝雲墓踵坡公悼亡原韻　乙酉

莫生中土莫生天,一落塵寰即染玄。臨難已知原命薄,到頭只合借枯禪。最難消受多情種,何處重尋未了緣。慧業文人千古少,風流歇絕是蘇仙。

可是壺中別有天,靈心渺渺叩重玄。紅塵枉結三生夢,黃土終歸一指禪。西子珠光添別淚,豐湖塔影作良緣。玉門生入偕梁案,敢擬前身謫籍仙。

朝雲墓有感次君山韻　乙酉

愛身才子愛清流,臨難相隨不苟留。一自青山埋骨後,炎州錯認作杭州。

西湖生長識珠光,千載香名記白楊。縈縈杜鵑蜂蝶繞,可憐長夜恨無央。

豈必江沱與汝墳,六如亭畔即慈雲。菩提隔斷三生夢,不比錢堂蘇小墳。

巖谷春深花事幽,傷心汗漫嶺南遊。百年相守猶嫌短,忍付寰瀛竹葉舟。

登白雀峰訪坡公故居，即用《夜過翟秀才》原韻 乙酉

城對清江九折灣，昔賢會此掩柴關。幸教天設神仙府，得使公居廉讓間。登跳不辭亡齒屐，吟哦時聳側肩山。卜鄰賴有同心侶，倦鳥歸雲自去還。

紫雁銜蘆欲避矰，百年人事似風燈。醯雞自笑終居甕，火鼠何知共語冰。遷謫幾番緘口鳥，飄零無定在家僧。蘇公禍本由文字，可有詩才和未曾。

次姚君山韻，述表弟翁蘿軒視學粵東嘉績 乙酉

因時通介善爲謀，羞與人間鬭蠆樓。自昔交遊憑舉火，恃君道義若安流。吟當風月閒敲字，豪盡尊罍記下籌。潘阮情懷同寢處，三年曾宿老鴉洲。

徹夜銀鐙似舉烽，文同菽粟不傷農。才華寧獨今時盛，寒畯爭爲悅己容。士盡激昂思豹變，人逢光被頌堯封。挽回風氣擎天力，漫擬南公石上松。

麗句清詞竹管斑，新鎸小篆字高閒。煮茶上品能分水，拄笏微行爲看山。廊廟奇姿經濟手，林泉素志雪霜顏。海南珍異無他載，只有桃溪玉笋班。有航海而歸者，公附載英石數片，曰：此吾宦囊也。

嶺表殊方氣候偏，敢于老醜尚爭妍。知人冷暖全春令，似海汪洋納萬川。小闢日帆懸客榻，舉羅香味佐華筵。可憐彈鋏歌無主，鄭驛公孫自我先。

　　不換鵝群即換羊，學書學畫是家常。讓梨敢說難爲弟，推轂于今何但郎。此日蕭騷憐白髮，兒時歡笑比青棠。西州再過應收淚，故里從新闢井疆。

　　未滿周天六十身，少年歷歷備艱辛。願教舉世無寒士，不在當權據要津。代有詩書能繼美，田存方寸豈憂貧。多君作達來清譽，看起庭前六六鱗。

　　才能赫赫著朝端，名動公卿盡識韓。南北司衡收國士，春秋兩省稱都官。立身有道剛腸在，與世無爭眼界寬。莫信乾坤成代謝，送寒時節本迎寒。

　　青青壁立少扳援，冰蘖聲名到日邊。極盛未知誰與繼，流傳今已目空前。珠雖不脛終能走，玉果無瑕定見憐。非是應徐貪諛美，外家殊覺子孫賢。

森嶠濤聲　　乙酉

　　鼓浪雲窺地，松門夾小亭。華陽有逸者，側耳個中聽。

人　渡　金　盤

　　野火隔河灘，截河不敢渡。桃花片片飛，爲指漁人路。

湄亭柳色

彭澤門前種,青青映酒旗。高低聲不斷,枝上有黃鸝。

塔影標雪

縹緲筆如峰,詞源錦繡胸。聚廳分草處,不愧謝超宗。

月漾臨池

清碧起秋波,分明是影娥。關山渾不改,一半在烟蘿。

霞明赤石

天台疑咫尺,一片赤城霞。舉步前村去,東陵看種瓜。

梅環松夢

丁固生前夢,悠悠十八年。如何酒肆裏,又續暗香緣。

松溪漲雨

風雨隔溪喧,人歸楊柳門。春來如驟長,不見石橋痕。

題藍采飲古木、春草、山鵲各一絕　乙酉

曾聞妙手挾雙莖,半寫枯枝半寫生。此老精神全不似,偏于冷處著閒情。

春意初萌看却無,芳菲踏遍總模糊。裙腰一道香山句,夢裏還尋西子湖。

山林投契即深交,無地能容共結茅。最是失時看鵲起,凌雲細審爲安巢。

又　乙酉

喬木蕭蕭近古初,橫空老幹甚粗疏。細看尚有含生意,只待春風便發舒。

日對東籬醉兀然,緑莎如毯紫茸氊。太平何地非朱草,一任遊人自在眠。

知往知來事可誇,迎風靈鳥慣喳喳。若過白社煩相問,果在家時即出家。

吴天祥三教圖　乙酉

聞道西方有聖人,又曾官禮問緣因。吾師豈少神通力,不向虛無說化身。

翻經學士紫衣客，本性無多總陳迹。文人千變比魚龍，散作東坡形影百。

蜘蛛 乙酉

懸空結撰錦江山，到處彌縫踞險艱。羅網高張藏禍本，經綸密佈設機關。雄當一面三方拱，坐鎮中原四海環。以逸待勞誠勝算，霸圖蠶食喜身閒。

梅東草堂詩集卷之七

九月十三日恭祝啓翁王大中丞懸弧之辰　丙戌

青氈門第巷烏衣，開府鳴騶擁淑旗。冬日較親人耐久，秋潭徹底鏡同輝。直誠自足酬君父，遠邇何曾異瘠肥。玉笛一枝江上起，是誰高唱鶴南飛。

山棚藉草敞襟期，放鴿添籌總溢詞。接踵名賢真召杜，立朝正色古皋夔。家常檢點無他嗜，睡夢清安只勿欺。霖雨獨私三浙水，口碑傳處即生祠。

棗糕薏酒鬧龍山，逼近千秋未得閒。南極見無征戰擾，福星高企斗牛間。澄江碧漢難為濯，古柏蒼松孰與攀。十一郡州時十二，轉輪何事不情關。

秋色初分雁陣南，蓼汀菊浦映潭潭。憂勞總為民生計，恬淡焉知富貴酣。花甲子周猶少二，小重陽後恰過三。賓筵風月閒揮麈，底用青州味熟諳。公不善飲。

龍鍾老醜百創瘝，土木形骸坐井觀。一足支牀形踉蹡，衰年倚仗步躞跚。得臻仁壽游仙似，願祝岡陵磐石安。眼見維桑成樂土，春風噓吸起癃殘。

景星威鳳睹爭先，忽枉青眸戴二天。慈母哺雛施欲遍，神君決獄法無偏。明公銳意行仁政，聖世推恩重引年。從此南榮欣曝背，感深肺腑亦雕鎪。

重九後二日爲康飴六十壽，望之不至，因賦　丙戌

日帆話別小春天，回首羊城又隔年。每度清歌來月下，常拚爛醉鬧花前。忘形主客風猶古，過隙居諸雪滿巔。相約重陽傾玉醴，畫橈底事尚遷延。

三豆明尊味正酣，宦情絕少已回甘。早知蜂釀成崖蜜，其奈絲纏困繭蠶。自洗竹根臨晚菊，閒溲茗椀對晴風。天長地老無拘束，偸得浮生共手談。

珠江蠻語幷雞林，隻字爭誇正始音。得主斯文完我願，從來與論勝朝簪。掀天巨浪終歸壑，出岫浮雲暫憩岑。他日蒼生望霖雨，相期長守歲寒心。

謀歸百計總粗疏，願及生存賦遂初。馬鬣匆匆先負土，雞塒草草更移居。上賓無福能消受，耆者于人總不如。歎息頹唐兼潦倒，矮檐惟喜讀殘書。

移居松風港次舊園主陸九年兄韻　丙戌

何緣卜宅武陵溪，我住東頭君住西。放眼綠楊遮傑閣，隔簾玉筍護方堤。爲搜儉腹眉常皺，欲聳吟肩手共携。百萬買鄰千古話，甘心終老此幽棲。

頻年謀隱立錐無，只有青山不負吾。一徑城闉臨北斗，數聲漁唱接東湖。愛他子建凌雲筆，譜入徐熙沒骨圖。最是連宵多雨露，清泉濯濯洗春蕪。

陳與石枉過，次其見贈原韻　丙戌

莫認蓬門作玉堂，高軒枉過敘炎凉。沉魚水底差游泳，小鳥枝頭自頡頏。賴是賞心來勝友，非于數子有微長。濃煎班馬君身骨，花氣新添錦繡香。

園　課

濬　池

誰道開渠易，如農力倍多。艱難憂習坎，咫尺待盈科。小港環堤抱，清流穿石過。魚梁看歷歷，水面出新荷。

護　竹

璧立此君志，青霄若可干。有心防剪伐，每日報平安。鳳尾形差近，龍牙密似攢。渭川無過望，門外足千竿。

删花

我愛移春檻，枝枝錦綉叢。千層迷雪苑，萬卉活秦宮。賴有金鈴護，遠憑輪斲功。曉妝新沐後，瓔珞髻玲瓏。

栽桑

沃若墻陰際，儼然箕宿精。未逢滄海變，那許附枝生。新鄭楊公課，成都諸葛營。老人差不賤，千户亦垂名。

插柳

搖曳靈和殿，風流對紫薇。攀條臨客路，取汁染郎衣。漢苑方三起，金城倐十圍。柴桑高下插，隨手任天機。

鋤菜

老圃終年計，灌畦與世違。咬根擔大任，食藥保生機。野摘充貧饌，晚飧勝肉肥。一样兼一楂，風味果然希。

結籬

誅茅非有意，鋤地惡榛荊。編竹密于織，植榆固若城。果窳全可護，雞犬遠聞聲。規畫山村景，桑麻點綴成。

刈草

蒙茸除欲盡，斬刈費經營。野燒曾無跡，春苗不辨名。恐傷南浦別，亦愛謝庭榮。不比銅駝陌，香輪碾更生。

削瓜

種自戊辰日，主分織女星。東陵五色美，緂氏百錢靈。化鶴堪徵孝，揮蠅亦厭腥。不煩刀剖削，千古饁瓜亭。

采　　菱

抵死爭頭角，翻雞得美名。坡公收倍息，太守募餘贏。入夏常充饌，客居可代秔。此中真韞玉，徹底鏡澄清。

剝　　豆

南山無半頃，牽引似枯藤。入釜何須泣，留賓亦待蒸。結棚閒共話，剝實喜盈升。力竭貪爲腐，淮南術可稱。

煨　　芋

蹲鴟大如斗，此味更津津。生計岷山野，烹調石鼎珍。懶殘煨亦飽，錦里種非貧。決肉衰年苦，龍涎利齒齗。

烹　　葵

殊色名多變，相看木槿強。智猶能衛足，心只愛傾陽。濃郁如叢錦，妖嬈變道妝。秋來猶可口，剝棗入詩腸。

植　　蘭

朝來簪雨鬢，士女買花忙。如與善人處，自能空谷芳。謝庭佳子弟，楚畹舊家鄉。衆草羞爲伍，新移上玉堂。

聽　　松

聞說陶弘景，窗前千丈峰。歲寒君子節，秩顯大夫封。音韻過絲竹，濤聲勝鼓鐘。夜來風雨驟，枕畔起蛟龍。

受風

一榻披襟坐，徐徐納早涼。偶然逢少女，便欲傲羲皇。起自青蘋末，俄看石燕翔。快哉當穴口，揮汗已相忘。

觀雨

昨夜月離畢，滂沱望濯枝。墊留巾一角，簾密水千絲。簷溜川成決，雲蒸山可移。轟雷與掣電，未許管中窺。

掃雪

莫笑貧穿屨，梁園授簡曾。烹茶勝乳酪，掃徑接賓朋。天地渾忘曉，峰巒削去稜。梅梨霜月字，歐體不須矜。

邀月

倚杯思獨酌，明鏡對山扉。望影吳牛喘，遶枝烏雀飛。置之懷袖裏，載得滿船歸。何處來清嘯，曾問采石磯。

步苔

雨後穿春笋，紛紛展齒稠。垣衣緣土潤，石髮帶波流。濃綠描新樣，殘紅買舊愁。青錢隨地布，偶爾踏西疇。

攤書

獵精資論辨，當午下晶簾。安得枕中秘，常登卷末銜。墨莊排玉軸，腹笥列牙籤。一榻縈周夢，燃松枉自嫌。

煮茶

茗溪有顧渚，小摘備詩材。消渴清人樹，除煩瑞草魁。竹中親掃雪,澗底欲乘雷。水厄渾無慮,龍團三百杯。

臨　　帖

　　學書開秘閣,六體草行真。愛向腹中畫,能傳壁上神。臨摹須變古,嗜好比兼珍。豈必元和脚,臨池字樣新。

鼓　　棹

　　烏榜竹編篷,浮家泛宅同。芙蓉朱檻外,鸚鵡綠楊中。茶竈筆牀具,書籤畫卷充。何時偕李郭,千里共乘風。

對　　棋

　　手談勝咳唾,坐隱罷登臨。當局謝安石,旁觀支道林。爭先誇一着,落子更沉吟。決賭銷長夏,覆圖見苦心。

擁　　爐

　　空羨豪家子,塗金獸炭紅。博山填七寶,睡鴨立雙童。火宿蒙頭煨,衾寒屈足烘。誰憐巑種種,僵臥雪窗中。

剪　　蠟

　　漏轉奴排立,微紅透紙窗。官衙堆燭淚,貧女代油缸。紡績光穿隙,旌旗影綴雙。對棋方徹夜,頻剪未心降。

釣　　魚

　　陶朱能致富,水蓄術堪誇。試與膾殘較,何如丙穴嘉。社交因縮項,白小勝吹沙。池面行千里,垂竿信手叉。

斷蟹

輸芒逢物候,却值有匡時。占月嘗多驗,望潮不失期。每因口腹累,翻動甲兵疑。湯火甘心赴,休誇龍斷爲。

籠鵝

羲之思用筆,宛頸法書傳。興慶池邊鬭,房公沙上眠。白毛臨綠漪,紅掌踏清泉。我亦有殊愛,雪霜色更妍。

放鴨

放舟泥滓盡,游泳爛天真。細竹編爲籠,浮萍聚作茵。漣漪隨出没,喧雜惱比鄰。百十紛成隊,花文浴更新。

乞猫

正午眼如線,貍奴意不倫。坡公討有檄,山谷乞于鄰。餵使魚飡飽,威行虎乙蹲。願教勤捕鼠,書卷勝蒼困。

爇香

參軍心酷愛,日揀鷓鴣斑。涓滴薔薇水,氤氳旖旎山。龍涎無力貯,雞舌又緣慳。簾押侵晨下,微熏靜掩關。

獵蠅

青雲不可上,附驥亦駸駸。門者冤遭杖,譖人枉鑠金。赦書煩預報,弔客偶相臨。便面塗餳遍,常思記室心。

徵螢

鬼火沿林木,飄零若聚萍。煇煇明夜雨,點點離春星。入手何知熱,沾衣却有形。饞燈添懶惰,偏照讀書廳。

擇虱

爬搔晉處士,不耐一官籠。抵掌談何易,解衣氣更雄。有時緣髮際,最苦處褌中。甲冑生無已,還須用火攻。

式蛙

閣閣池瑭内,聒入兩耳譁。釜中常不爨,井底未須誇。尹鐸民無叛,楚王敬有加。清風明月夜,鼓吹遍村家。

辟蠹

穀狗名誰賜,衣書最可憐。粉身乾欲死,食字飽成仙。避瀝層層入,鏤空曲曲鐫。周官除剪字,芸閣貯飛烟。

聞蟬

一枝鳴最盛,窮巷樂簞瓢。五德從天備,八名取義超。清高曹植賦,貴盛侍中貂。静夜隨風噪,庭前樹不搖。

滌研

我有結鄰願,來臨洗墨池。取材銅雀質,還用玉堂資。九錫封侯貴,三災白望嗤。日呵水一石,坐卧不相離。

叉畫

通靈真妙手,楚紙并吴綾。春日張庭廡,山居共寢興。封題時一檢,寒具苦相懲。滿壁滄洲趣,清于萬壑冰。

援　琴

久無廊廟志，海水最移情。曲擬拘幽操，歌分長短清。恍聞三疊奏，喜是四難并。願得淵明趣，操弦不在聲。

焙　藥

神農嘗百草，醫者意爲之。燥濕温凉備，君臣佐使宜。兼收儲玉札，待用得青芝。活鹿閒中覓，曾教劉憺知。

曝　衣

松火碧烟團，微温日幾竿。芰荷儒者製，薜荔隱居安。浣補休忘本，剪裁得細看。一生逢袯襫，竊莫笑儒酸。

蓄　水

清濁原無二，洋洋可樂饑。淄澠分世味，廉讓苦相依。撫掌呼之出。中冷辨更微。黃梅連日雨，多蓄勝薔薇。

撚　髭

灌花晨課畢，窗影射琅玕。險韻閒吟澀，枯腸力索難。數莖撚欲斷，一字押求安。擊鉢逢詩將，八叉膽亦寒。

養　菊

問説東籬種，三時不害耕。可方君子德，尚有故人情。青女霜同潔，白衣酒細傾。茱萸栽已遍，晚節更爭榮。

撫　掌

笑者雖難測，軒渠快意無。已教人絕倒，況復鬼揶揄。小陸狂成疾,孫登笑不拘。虎溪分手處,捧腹話胡盧。

分　蜂

摘蘭粘翅底,暄聚貢黃花。分族春三月,應潮日雨衙。趁人倚蠟器,尋伴宿山厓。崖蜜房房滿,營巢事可誇。

訪侍御陸稼書先生故居　丙戌

富貴于身一粒輕,先生真個鐵錚錚。繁纓歎後曾遺稿,封禪書成不署名。馬隊談經吾舌在,角巾歸里小童迎。掃門自恨歸來晚,兩耳爭傳冰蘗名。

和陶書巖見贈原韻　丙戌

西園東觀正需才,玉樹亭亭不染埃。讀史聰明荀仲譽,吟詩長短賀方回。嘔啞枕畔山歌起,剥啄花間舊雨來。他日得成桃李逕,劉郎前度手曾栽。

和沈南季太史落花　丙戌

頃刻能開頃刻銷,一番豪興轉無聊。飄零剩粉千層雪,撩亂殘紅萬點嬌。喜是苔痕添補綴,幾曾客路暗蕭條。啓關莫使人輕踏,珍重天公好手雕。

流年似水共深沉,滿徑霏霏謝故林。眼底宦沉金馬客,閣中愁老白頭吟。須知盛滿難爲繼,最是摧殘痛不禁。識透先機甘寂寞,感懷常寄落花深。

雨雨風風郭外村，一抔黄土葬香魂。纔思吐氣遭時蹇，正欲舒眉遇險屯。解語有時同物化，傾城千古恨長門。情緣萬種移春檻，都是前生未了根。

紅酣綠戰枉勞勞，聞説花林羯鼓高。自笑散材偏壽考，每嗔好物不監牢。銷沉繁豔同朝露，惆悵芳菲捲暮濤。天道好還成代謝，莫輕發洩待春膏。

中秋天雨，鍾文携尊松風令甥陸松澗有詩見贈，奉答　丁亥

避世墻東結友生，愛軍關切渭陽情。吳中之秀難爲舅，日下無雙有此甥。坐隱偶先非戰勝，詩才愈闊信長城。竹間小徑迎三益，日掃蓬門種杜蘅。

閒修玩事坐秋屏，吹竹彈絲出幔亭。邀向月宫人已倦，移登天柱酒初醒。滂沱正好留嘉客，霑足欣逢聚德星。襪襪不知佳節至，巴山夜雨最堪聽。

五月祝陳自會尊堂徐節母六十　丁亥

殉亡何似撫孤難，甘旨兼承子舍歡。三世名流連客榻，一生竭力佐珍餐。枝頭榴火迎炎夏，嶺上松風歷歲寒。花甲正逢長命縷，冰臺雪檻眼中看。

陳鑒銘八十壽并正與石昆季　丁亥

太丘道廣客盈庭,炊飯成糜二子聽。愛日顧長兄力富,一門勤學弟年青。每將花萼迎歡笑,肯折荊枝損德馨。面似桃花人似玉,防城守口愛書屏。

朱顏華髮賽耆英,饌設常珍若保嬰。賴有不凡傳父業,敢勞北面受師名。神交願托忘年好,高致嘗思命駕行。莫待安車迎綺季,隔年丹桂已移情。

贈平湖某邑宰　丁亥

漢室醇儒豈改柯,風移俗易暗漸摩。群無敗類羝成乳,政不苛行虎渡河。肯為繭絲忘保障,每因撫字罷催科。平湖百里觀秋稼,養就成周一太和。

治當大邑似烹鮮,報政方成未二年。不忍欺民真父母,去其已甚好官員。生芻累俗寧齋馬,口渴留心忍盜泉。本為神君尋樂土,飄搖風雨望矜憐。

讀姪倩盛虎文戲和某西席詩即次原韻　丁亥

花影參差竹影重,午餘攤飯睡初濃。檢看書帙愁生蠹,乍捲胥濤想化龍。束罷琴囊離越嶠,吹來漁唱遍吳儂。年時見獵心猶喜,敲火思燃石上松。

敢將羽獵擬相如，欲解窮愁且著書。問禮不知誰許我，反騷何事慣招予。咿唔到老心逾怯，懶惰逢人跡更疏。同學少年爭命達，芸窗無侶獨躊躇。

題姪倩盛虎文畫　　丁亥

大塊無私意，寒江獨釣來。魚龍從此化，方信濟川才。最愛溪山好，清輝映水明。高低渾不辨，小艇任遊行。

題俞潔存安溪歸隱圖　　丁亥

白小紅英色味佳，野航村酒勝天街。我來欲訪同心友，悔不安溪置一蝸。

西子湖邊點綴繁，趙家曾住古臨安。如何身際昇平日，翻意冥鴻側目看。

戲題姪倩盛虎文山水冊　　丁亥

潑墨淋漓變落茄，房山摹倣董源多。烟嵐高曠風埃外，脫畧時溪洗舊窠。

不是雕蟲擅白描，文人遊戲亦瀟瀟。神工湊處天機到，應手生春雪裏蕉。

題畫和韻　丁亥

毛女新裁薜荔衣，唐虞不作欲何歸。懷中拾取瓊田草，側目冥鴻天際飛。

周陳候三緘齋對菊，和朱竹垞韻　丁亥

鍊石休誇手補天，益州新樣鬭春妍。霜林晚節孤栽好，不羨金莖賜日邊。

暮林歸鳥　丁亥

四海爲家奮羽儀，冥鴻一舉欲何之。驚心曲木高飛去，底事關心戀故枝。

爲地師鄭義遠作　丁亥

龍耳牛眠識者稀，玉函金篆洩天機。秘傳近得青湖訣，肯數人間賴布衣。

畫地爲圖術更奇，空空妙旨寄於斯。爲尋竹策求衣鉢，不是金精不拜師。

夜半聞雪和姪倩虎文韻　丁亥

夢醒微聞灑紙窗，梅花點點不成雙。鐵衾孤擁猶嫌冷，況是推篷

夜渡江。

石阡陳太守投詩瓣香庵主，一見出迎，歡然道故，次原韻 丁亥

蓬蒿滿徑小園春，多少烏紗憶紫薴。認得年時三折筆，胸中陡記宦遊人。

孫嘯父旅櫬歸自貴州 丁亥

才子悲無命，傷心哭巨源。闔棺殉舊草，落葉送孤魂。好友偏離索，而今孰討論。可憐新麥讖，生死隔崑崙。

甘載膠投漆，相逢正度遼。艱難雖絕域，觴詠必連宵。鼎足吾先怯，時玉符夫子有二人唱和詩。鴻溝爾獨驍。三人岐路別，健者獨雲霄。

出門尋古處，鼓枻到平湖。顏巷簞瓢樂，蘇門談笑俱。何妨嘗脫粟，每憶飲醇醑。揮淚從茲訣，俟先狗馬徂。

北轍南轅異，鳴珂借一椽。寄書從八部，訂晤許三年。豈料魚符下，忽乘箕尾還。土中埋玉樹，千古豔重泉。

沈南季太史五十徵菊花詩，以五律六首寄祝 丁亥

種 菊

甘谷長生水，神仙服食調。降霜纔吐蕊，寒食早分苗。辛苦山農

力,高閒石隱招。東籬同志者,携手問松喬。

灌　菊

早夜孜孜作,全憑一溉功。驚心防失水,護節不傷蟲。混跡漁樵輩,抽身富貴叢。相看真耐久,風雨九秋中。

訪　菊

百卉俱凋落,晚榮愛索居。恍逢箕穎客,快讀老莊書。名盛難于副,價高應不虛。訪求遺世質,金谷貯何如。

栽　菊

我具五湖興,扁舟泛若耶。幽閒貞女操,冷淡野人家。桑落酒堪醉,鬱林石并誇。滿船誰與載,清夢約梅花。

對　菊

枝頭排玉篆,序立小窗南。誓不因人熱,喜無污耳談。形骸疏處好,機趣靜中參。妙手從君倩,鵝溪墨更酣。

采　菊

欲覓南山蕨,階前菊較肥。采芝能不老,辟穀漸忘機。自合尋黃石,何妨進白衣。天邊來壽客,樗櫟敢相依。

贈彭學臺校士二十韻　丁亥

天上文章耀斗府,象列三台兼四輔。只今哲匠誰最賢,兩浙持衡無與伍。彭公粹質產大梁,扶輿琬琰圖書祖。鰲禁蓬瀛官樣新,治世之音必規矩。眼底紛紛總濫觴,誓挽狂瀾作柱礎。姜顏文靳近來賢,清任何名君獨取。歷試經過十一州,崇雅黜浮力鼓舞。珊瑚網拔鮮遺珠,能使孤寒氣盡吐。冷暖浮雲舉世同,先生貌古心亦古。自笑生成一楚囚,縕袍狐貉原齟齬。蓬蒿四壁儘蕭然,風雨數椽新易主。鐘鳴鼎食耳邊聞,口血啼乾離故土。誰云貧者士之常,偏我迍邅備荼苦。膝下尚有兩三人,但識梨栗三與五。空遇孫陽掉首回,不才何足當燕許。蹣跚老病及古稀,旦夕溝中成臭腐。百年難得見真清,願君世作斯文主。況有名駒氣食牛,凝眸便挾吳剛斧。從來食報理非虛,操券待之如決弩。戴笠乘車兩不妨,相期莫負金蘭譜。

除夜與劉立山年姪對飲　　丁亥

垂老赤窮身,甘居寂寞濱。誰家吹律暖,空飽隔年陳。倒屣迎佳士,開函憶故人。鹽虀同守歲,慚愧設兼珍。

戊子元旦贈劉立山　　戊子

此日躔營室,椒花正履端。頗思傾歲盞,無計佐春盤。避世偏宜冷,為儒喜食酸。紀群交不薄,得句好傳看。

寄訊東昌太守黃學山,兼候其尊人公祖　　戊子

話別銀幡候,將之聊攝東。射書看古跡,懷舊寄黃公。臥治推喬梓,居官喜介通。迢迢南北路,恨不坐春風。

去思猶未遠,遺愛古南湖。詩酒無虛日,談諧許并驅。欲成高士傳,常學老僧趺。賢守千秋業,瓣香名不孤。

移尊墨慰軒同、堅仲、東溟、山樵舍弟懷九即事　戊子

貪訪柴桑日叩門，南湖接踵繼西園。飽嘗最愛黎祁味，始信淮南道術尊。

謝彭學臺兼慰其喪子　戊子

去年陽生初，與公語移日。轉眼逾歲朝，兩試倏已畢。有子愧白眉，濫竽邀物色。文陣豈驍雄，一笑起沉疾。祇此舉念仁，陰功邁師德。天道胡茫茫，如醉亦如漆。犬豕執于牢，鳳鷟折其翼。鄧攸感逝多，卜商喪明泣。先生視若夷，不為造化惑。魚惡水太清，矢患弦太急。君子慎所終，千慮鮮一失。又聞顧逋翁，暮年子抱膝。云即非熊身，轉生在頃刻。幽明理或然，楚亡楚人得。況茲東箭才，森森皆竹立。十世報非贏，何事沾襟臆。

南湖即事　戊子

南湖誰道遜西湖，移得燈船補畫圖。疑過行春看串月，妝成不夜賽明珠。聲從夾岸喧喧出，影入澄波點點無。競渡星橋空勝會，一尊烟雨布帆孤。

推却篷窗眼界殊，浮家泛宅儘堪娛。漫誇伯樂爭吳越，且學風流擬白蘇。咫尺瓣香聞鼓鈸，迷離村舍認孤蘆。灣環深處最難測，只有豚魚信可孚。

李若予七十 _{戊子}

　　同是古稀客，相呼各卯君。避喧思角里，結伴老湖濱。書畫推三絕，胸襟鮮一塵。蒹葭倚玉樹，慚愧說朱陳。

　　幾世名山業，風流愛弟昆。年高憑杖履，客至佐雞豚。冠珮尊儒術，鼎彝出宦門。太平無事日，歌嘯傲乾坤。

再遊南湖遇風雨有作 _{戊子}

　　時逢初夏雨零淋，每日滂沱苦滯霪。豈是風雲思際會，偶乘雷火散幽沉。笑看兒輩燈如舞，愛與諸君酒共斟。自古濟川須有具，他鄉不改故鄉心。懷五兒東昌。

　　不聞城柝夜茫茫，挾櫓乘波細自量。欲聽風聲占雨脚，已無燈影映湖光。未移蓑笠歸心急，賴有牙籤詩興強。去去武夷尋勝事，此行非為陸生裝。

烏石山莊落成，晝山招同武曹、廷相、書巖納涼漫成 _{戊子}

　　羊腸鳥道費穿裁，曲逕逶迤窄窄開。小築乍迷浮石洞，舊遊說是讀書臺。一灣水繞明于鏡，四面山圍翠作堆。日午祥光沖碧落，此身疑已到蓬萊。

　　藍輿乘興入林霏，濟勝猶然覽德輝。不為補天思煉石，偶因渡海問支機。野花傍晚明幽砌，新雨生涼敵北扉。見說玉堂才思敏，龍蛇掃壁補垣衣。

昔年歸路晚紅稠，乞向山林借箸籌。雲霧漫天藏豹采，風雷震地起鰲頭。新安筆格吟佳句，添設藤牀接勝流。呼吸果能通帝座，引將春夢赴皇州。

一片崚嶒氣欲吞，非名地骨即雲根。鞭驅試作陰晴卜，紆折全憑釜鑿痕。仙客品難分甲乙，米顛拜不問晨昏。鬱林載取吾嫌少，唾手旋乾又轉坤。

昌黎著述本奇文，東野爲龍我化雲。諸葛八門開陣勢，初平一叱變羊群。試登絶頂窮千里，願繪同遊作五君。獨守儒關天險踞，肯將風月與平分。

此地會經九折灣，雲容霧鬢綠烟鬟。分明早闢華陽館，其奈人思玉筍班。蜀道五丁争下坂，愚公一夕已移山。點頭莫聽生公法，吾教從來有訌頑。

雕鎪削出碧玲瓏，占盡寬閒一畝宮。風範崚崚成壁立，淡宗娓娓得剛中。快人心目無過此，賴有文章不送窮。磊砢英奇真國寶，穀城山下指翔鴻。

雪檻風亭勝結棚，迴廊斜繞獨支撑。萬安渡口看潮起，九叠峰前待月生。任意科頭尋石乳，或時席地展桃笙。焦先鮑靚青泥飯，何似陽春有脚鐺。

孟參軍董茸鼇峰書院次吳象真進士韻　　戊子

不日成之事事經,竹頭木屑載輜軿。諸生市地隣張宅,錄事留衙署孟亭。君子臨時依綠水,故人別去隔秋屏。鵝湖鹿洞看前輩,扶植才賢地自靈。

贈同年楊介庵督學八閩　　戊子

動搖山嶽鐵錚錚,瘦挺孤稜入骨清。臺閣風標傾四座,文章聲價重連城。好持尺寸量多士,早摘星辰赴盛名。聖主賢臣欣遇合,願爲鸞鳳佐昇平。

臨流書扎任浮沉,獨坐汾亭自鼓琴。手執直繩彈曲木,爐從百鍊得祥金。重門洞豁皆知己,清節流傳異刻深。千古鱣堂留勝跡,與君相賞歲寒心。

蔬水簞瓢樂自均,仁民愛物首親親。氣分沉瀣師門重,臭合芝蘭友誼真。敝蓋不忘埋斃馬,恩波有意起沉鱗。讀書談道遺糟粕,巨眼偏憐老斲輪。

兀兀窮途日抵年,身如山繭吐絲纏。炎威未敢因人熱,灰冷何曾遇火然。客舍并無脫粟飯,去時誰送辦裝錢。弘農高誼嫌雲薄,白雪肝腸少俗牽。

登道山亭追挽范忠貞少保　戊子

郎當繫頸肘桁楊，晝夜微吟欲斷腸。蒙難以身嘗百苦，_{先生在獄作《百苦詩》}。諸艱歷試佐三綱。肯教河朔遭塗炭，願共鴟夷入海洋。烏石山前增悵望，幾回灑淚代椒漿。

血染閩江遍毒迺，孤臣失陷矢捐軀。悔將心腹輕輸賊，_{為賊臣劉秉政所賣}。恨洩機關反被俘。結義五人同畢命，_{幕客、嵇留山、林能任、王幼譽、沈天成等五人}。繫囚三載少完膚。可憐藁葬空陳跡，日日山頭聽鷓鴣。

白馬陳師欲乞靈，相逢揮涕飲新亭。見危致命無旋踵，視死如歸樂就刑。自信素絲曾未染，遂令臣節有餘馨。零丁大義誰知己，昨夜三山看落星。

威名草木已先知，其奈殘疆一木支。身後褒忠原首錄，生前墮淚想遺碑。鍾情不少勾留處，_{公撫浙時題"勾留處"三字於湖心亭}。絕命今成男子奇。于岳墳頭添石友，歸求大道有餘師。

詹羲士以所著易經提要兼
山草賜教，奉謝　戊子

手不忘書卷，壯哉此老翁。孔顏同一樂，鄒魯想遺風。地氣從而北，羲經已漸東。河圖有妙理，提要發群蒙。

足跡周方域，歸營安樂窩。兼山踞地勝，歷歲紀遊多。細楷千文帖,連篇七字哦。盛名傾八座,折節禮爲羅。

讀林又俙香草詩,并祝其尊公溙邨先生古稀華誕

　　静展香草詩,朗朗千回讀。一字一珠璣,傾心願推轂。聞昔産莆中,發源九州牧。瓜瓞永綿延,子孫蒙其福。簪纓十數傳,俱是鳳凰族。較之流輩賢,俯視若臣僕。由晉訖于明,詔誥百廿軸。壬午癸未間,蕊榜挺名宿。大物忽遷移,舉世變陵谷。南都偶偏安,絶鮮秦庭哭。君祖令吴江,支撑非一木。欲爲文文山,殘軀留報國。父子遵海濱,采薇手盈掬。無端遭禍胎,一命歸幽獨。慷慨赴厓門,天胡奪之速。扶柩返孤魂,忠孝兩芬馥。只今七十年,恪守遂初服。家世垺荀陳,聲華過潘陸。新語并拾遺,校對往而復。新城王尚書,文章雄海岳。執手有同心,詞壇伯與叔。前哲景高山,生兒藏韞櫝。雕刻勝冰紈,濃華賽霧縠。著作等身高,才大舟萬斛。側耳細聆音,恍奏柯庭竹。我來遊三山,散步自捫腹。儒貴藿食謀,肯戀廟堂肉。村酒亦可娱,承歡只半菽。許訂杵臼交,一言代華祝。君子意味長,春蘭秋杞菊。

梅東草堂詩集卷之八

和厓山弔古

城郭人民幾改移，滄桑回首感當時。殉亡社稷詞何正，死節君臣兩不疑。海島尚留天子跡，蜃樓常見義軍旗。纍纍碑碣厓山道，淚洒西風鬢欲絲。

與曲江李梧岡明府相遇羊城　　戊子

清風亮節漢三君，藉有毛錐尚鬻文。縱使青蠅能點璧，終教蒼狗化爲雲。澤毛本欲藏巖霧，鍛羽誰知墮楚氛。得禍廿年同一轍，傷心狐兔不堪聞。

松柏羞爲桃李顏，況經束髮守賢關。江河漸下人爭險，寒暑如環理好還。負痛終天均涕淚，誰憐被謗謫塵寰。蓼莪三復因君廢，頻泣西風望故山。

喜遇幼鐵五兄　　戊子

途窮仍意氣，扶杖喜隨肩。客況凋雙鬢，詩才壓少年。萍踪忘歲月，屐齒遍山川。孤館清宵恨，偏無紅友緣。四姓江南望，源流支派長。宗盟推大雅,家學重文康。袖裏書三載,天邊雁一行。感君急難意,洒淚寄殊鄉。素心真慷慨,雄辨四筵驚。執手翻凝夢,回頭似隔生。珠江欹具爾,花萼敢爭衡。十九年前事,煩兄一□評。

題五兄小照　戊子

幾筆倪高士,悠然獨會心。白雲烘樹斷,鳥雀結巢深。抵掌談空谷,傾肝利斷金。乾坤留浩氣,長往託微吟。

坐綠屏書屋,喜對圭峰、玉臺諸勝,次日盡登臨之興,次迁客弟韻　戊子

晴巖拄笏快幽尋,坐看雲衣落翠襟。廳事晝垂簾押影,南榮靜理鳳絲心。倦依老樹貪山色,步入修篁聽鳥音。不是訟庭清暇日,那移賓從此閒臨。

臥遊夢想最高臺,忽到山椒老眼開。花映綺寮明几案,草生石砌夾莓苔。厓門帝子空憑弔,大海風濤自去來。咫尺扶桑看日出,望中應不隔溫台。

蘇氏林亭次迁客韻　戊子

蘇氏好園亭,耳目供翫賞。絕壁插青雲,扶笻不敢上。老樹託孤根,仄逕少榛莽。軒檻對晴巒,位置無一爽。乾坤容我身,無路蒙蛛網。笑傲輕王侯,酒河爭一掌。爲問主人翁,得毋心儻恍。娓娓聽清談,齒頰有餘響。如遊大海中,悠然盪雙槳。少選人無何,閒情絕凡想。

和秋霽觀瀑次迂客韻 戊子

玉露墮晴巖,秋花燦義昊。簾泉密如絲,絶澗盤渦好。扶杖步南山,皤皤迎四皓。揖我問何來,相逢值歲杪。回思黃菊開,時或恣幽眺。日午蕩微風,青摘窗前草。況聞瀑布聲,入壑深且窅。怳遇素心人,潺湲落空杳。萬古此常存,汩汩無昏曉。

和雨後行菜次迂客韻 戊子

種植勤四時,園蔬戒助長。灌溉任桔槔,底事煩篙槳。土膏有瘠肥,賦則咸三壤。忘情或失時,貧室將安仰。天雨忽滋培,足慰盤餐想。歲晚屆春陽,聚物思索饗。一朝欣負暄,所得同爵賞。手摘已盈筐,其應捷如響。抓根至味存,獲報在友掌。物理雖甚微,可以方子養。

爲韓敬一觀察尊公作 戊子

梁山禹甸樂,韓土泌泌水,周原真膴膴。戰國三家分晉封,形勢當時堪用武。淮陰初出井陘關,帝佐功勳盟冊府。秭圭捧日登太行,雲呈五色擎天柱。族望聲名冠斗牛,瓜瓞綿綿從此始。前明弘治三君子,手劾宦官擢髮數。劉瑾伏誅大義明,至今忠節争誇詡。高門後裔總名流,歷世巍巍盛簪組。我遇監司西子湖,雄談辟易肝腸吐。手持尺素索題詩,爲表封公好儀矩。愛惜荆枝同氣親,肯使奸徒幻雲雨。況嗣徽音有太君,姑死軍中欲奔訃。巾幗從戎入賊營,手提簿籍還資斧。盡歸伯氏毫無私,大義千秋勝章甫。夢懷玉燕果然投,產得名駒繩祖武。福山初令試烹鮮,循吏傳中鮮失伍。御座親填姓氏香,紅陳粟朽西江主。往來冠蓋日紛紛，好賢下士欽房杜。挂帆相隨出羚羊，俠氣豪情歡欲舞。酒罷珠江擊棹吟，慚愧雷門思布鼓。經年詩債此時償，追挽名賢勝吊古。眼前珠玉已成林，笑予妄擬雞林賈。

代題永思錄九言古體　戊子

孝子不死其親之至情，則曰遊有常而習有業。若登高臨深而苟笑訾，不如啜菽飲水歡猶洽。古人顯親揚名次弗辱，即與讓善于君同一轍。韓君天性自幼發于誠，終身孺慕猶恐失其職。視無形兮聽不必有聲，纖毫弘鉅常變不敢飾。太公太母盛德名最彰，里黨之門可以樹六闕。推梨讓棗取少弗取多，同居共爨百忍以為則。鬚眉巾幗相較誰最賢，女子出入軍容鮮失色。讒言喋喋何處問天倫，肯使連理同枝生荊棘。只今洪洞人才千百群，大曆十子之名誰不識。果然是父是母生是兒，養志成名直走江南北。敕賜榮封極品過于身，加無可加四十有餘級。芝生泉湧虎豹亦踞廬，感格蒼蒼具有擎天力。世上英賢多少遜于君，讀至蓼莪詩句徒太息。

題姚二會小照

有書數卷酒一瓢。　戊子

天問沉沉欲赴湘，底須獨醒引愁腸。麴生風味差堪戀，晨夕難拋顧建康。

散髮何煩引二騶，漉巾墮幘自悠悠。酒家南董生前願，藉爾經營了此丘。

五車四庫甚汪洋，爭似蕾騰入醉鄉。下酒不勞看漢史，吾家癡絕是然糠。

堪笑楊雄著反騷，酒入沾被亦殘膏。但教甕底常伸足，圖書猶然粕與糟。

范大中丞　戊子

日出扶桑好挂弓，嶰陽威鳳倚孤桐。恥爲身計敦臣節，清畏人知凜父風。進不苟容名自正，儉無逼下道惟中。龍圖物望千秋績，力挽珠江障使東。

闔門忠孝事爭先，弱冠沉雄志益堅。刲刃啖仇肉易盡，斷頭生祭血猶鮮。乾坤有恨霜前草，日月常新墓上田。却喜羊城頌鎖鑰，恩波海闊自年年。

臬司黃公　戊子

系出春申楚相才，明刑弼教掌蘭臺。片言易折無疑獄，善氣相迎異迅雷。豈有笑談容宿物，幾曾胸胃着纖埃。踏門珠履重遊客，不藉旁人爲解推。

糧驛道陳公　戊子

舟楫監梅宰相霖，相携群從入瑤林。聯花萼集隨兄後，賭紫羅囊愛姪深。兩地參謀皆玉節，一方行部肅官箴。高車大蓋揚清海，五嶺雄關劍戟森。

鹽道賈公 戊子

門闢新判棠棣碑,天南琴鶴久相隨。香留衣袂經三載,報乏瓊琚愧一詞。風雅幾曾妨國賦,崇高原不計官資。辦裝莫更權榆莢,願借名流繪荔枝。

答姚君山友兄八律 戊子

詩人酒伴道相謀,豪踞元龍百尺樓。肯恃才高生眊睺,時于醉後見風流。多情愛我增千倍,每事逢君遜一籌。聞說姚犨尚留滯,何緣重晤話滄洲。

不敢分曹戲舉烽,乘時力穡即良農。芝蘭臭味真知己,冰雪心胸合改容。人入終南爭捷徑,朝非女主亦斜封。佯狂玩世誰青眼,只有陶潛菊與松。

豔麗文章竹管斑,研田力作儘寬閒。書城出自腹中笥,筆塚高于屋後山。無那霜風凋素鬢,豈同桃李鬪朱顏。紛紛玉筍留清譽,不羨當時供奉班。

王道何當黨與偏,亭亭玉立賞孤妍。秋風迅掃林間葉,夜雨奔騰嶽裏川。憶向西齋留別句,記曾東閣灑離筵。苦吟三歲償詩債,聲價何人敢占先。

都尉功名一爛羊,反于門閥視平常。門容馴馬崔盧第,巷署烏衣王謝郎。可解愁煩惟白墮,欲斵悲憤試青棠。局中黑白難分別,願與先生畫此疆。

世事捐除物外身，一生疏懶似迂辛。珠稱不夜終還浦，劍化雙龍必躍津。尚有遺經能衛道，即無環堵諱言貧。官山煮海成游戲，暫救儒生涸轍鱗。

一冬將盡又更端，客舍年豐孔樂韓。好友每思勤解佩，讀書底事定求官。撒開荊棘襟懷闊，歷盡崎嶇眼界寬。縱有綈袍憐范叔，海南和暖不知寒。

心如枯木且隨緣，豈料乘槎近日邊。好士不聞虛席左，修名誰肯揖王前。喜隨佳客稱同調，多謝清流獨見憐。何日南湖懸一榻，待君沽盡酒中賢。

海寧令靖節事 戊子

折檻埋輪柱史星，教人膽落小朝廷。乾坤撥亂非孤掌，君父蒙塵貴反經。事不可為爭一死，氣當申處即常醒。一隅可有忠魂到，長伴胥濤入海寧。

番禺令姚齊州招飲 己丑

懷中溷刺謁天涯，文筆如椽美作家。百軸自隨胸貯錦，五官并用筆生華。友分至味均蘭蕙，旬有餘香剩齒牙。聽斷閒閒無箇事，黃紬被裏放晨衙。

才大如君不患多，曾于瓜上綴金梭。韓裴互辟傾名士，李杜齊聲厄制科。披卷偶尋先聖語，栽花懶對俗人哦。飛談捲霧珠璣落，去盡陳言脫臼窠。

江在湄前輩還桐城 己丑

三十年前前輩風，識韓偏在海隅東。人敦古處留淳樸，詩較唐音界盛中。閱世秋雲成幻夢，笑予南浦送歸鴻。出門不覺星霜改，決計還山理桂叢。

桑落洲邊大小山，華花生處錦爛斑。年登大耋書瓶守，性愛喬松學石頑。每痛人琴思子敬，好持門戶撫任環。天機活潑吾生樂，靜掩柴門事不關。

江在湄先生粵遊有感，次其見贈原韻 己丑

淮陰一飯古人求，堪歎車魚又麥秋。市上博徒思任俠，坐中故友恥從遊。持籌澮仲心何窄，脫粟孫弘度未優。相送珠江帆已遠，望洋兀自小遲留。

整冠辜負沐新彈，誰識良材爨下殘。已作馬牛甘伏櫪，肯隨雞鶩共爭餐。此生自傲千秋骨，清譽何貪一片肝。願得後來居上者，維風隻手挽頹瀾。

周捷三都巡 己丑

羅警勾稽異冷官，未謀一面得芝蘭。職司都檢來西蜀，盜畏桑公去永安。最愛名流多贈句，每思題壁快騷壇。行臺十笏容鼾臥，小憩

林泉借筆端。

贈毛充有世兄，追憶其尊公大千老師 己丑

鯉也趨庭詩禮傳，相隨門下比彭宣。琢磨成器恩難報，陶淑因材義可鐫。善讀父書堂構在，恪遵家訓子孫賢。桂枝高折三槐望，豚犬曾邀割半氈。與小兒和癸酉同譜。

又贈李駿詒 己丑

聖賢岡下讀書人，廊廟殊姿席上珍。太白詩名凌沈宋，易安詞學駕蘇辛。山門古逕棲鳴鳳，海月西巖起蟄鱗。遙望帝城幾萬里，送君踏遍軟紅塵。

離筵故舊并朝英，年少雞壇肯負盟。午夜琴聲嘗達曙，桃花潭水較多情。金臺騏驥爭求骨，鐵網珊瑚孰旦評。世好通門原一脈，欣欣草木向春榮。

葉戴山同年 己丑

百里雷封異繭絲，印何若若綬纍纍。小山叢桂同時折，庾嶺寒梅握手遲。三仕烹鮮均惠愛，一蜚衝漢莫驚疑。霜臺梧掖開言路，從此功名勒鼎彞。

嘉又年姪 己丑

坐破繩牀似管寧，捧盈執玉久談經。每從周廟觀欹器，退省汾亭

感負苓。人尚才華尊理學，士先識力達時空。羽毛豐滿乘風起，堂構依然重鼎銘。

李又董葺宗祠　己丑

　　爲訪賢關到寶安，故人諸子盡琅玕。父書善讀心何壯，寢廟重新墨未乾。和協天倫均式好，恪遵遺命煥斯干。衣冠世冑由來舊，百世爭彈進德冠。

李又令郎　己丑

　　鳳雛駒齒待翱翔，執禮深慚大父行。留研范喬看欲泣，聚書周顗味尤長。巾車花外尋珂里，扶杖林中覓草堂。咫尺風濤過萬叠，海天一色豈茫茫。

新安金明府　己丑

　　巖城一面傍山隈，環繞青山廳事槐。猛以濟寬須健令，仁能化暴藉雄才。不將耳目煩他寄，獨出心思見主裁。清晝垂簾常默坐，爐香焚罷理書堆。

　　名作如林四壁題，火雲飛渡出牆低。眼中白鷺時時過，耳底黃鸝恰恰啼。置榻喜逢游釣侶，款賓立辦韭萍虀。栽花潘令清談好，咳吐紛紛辟暑犀。

年友鄧豹生爲其愛女立嗣始末　己丑

故人有女早乘龍，誰料膠弦西復東。嗣子尚生三歲後，命名已判外家翁。若敖未餒宗支衍，無忌重宣翼贊功。祀產千秋欣可託，義門從此日隆隆。

訪新安溫上汲孝廉　己丑

家徒壁立感蕭晨，爲訪蓬萊到海濱。馬隊不談塵外事，皋比如對卷中人。更無雞犬喧貧巷，但與漁樵結四鄰。已薦賢書甘寂寞，長留姓字表儒珍。

汪洋一水抱孤村，南面談經道自尊。已分桑麻容聖世，何妨溝壑老衡門。潔身直擬蟬鳴樹，涸俗常防虱處褌。縱有賢侯勤適館，此心蚤斷利名根。

寓官富司行臺　己丑

禪房思信宿，佛火照繩牀。柳色連山黛，松風隔水簧。晨昏勞鼓鈸，魂夢怯滄桑。賴有周都檢，弓刀肆蹶張。

書劍飄零地，題詩敢自矜。壁間留雪詠，字裏挾風稜。愛結登壇客，相依舊院僧。明朝攜襆被，又醉夕陽亭。

謝李駿詒惠新鑿荔燒　己丑

長腰見餉并吳興，日糶何煩過五升。就食陶詩煩再舉，拙生顏帖記吾曾。前人韻事隨緣續，古處風期遍地稱。此叄長安須苦索，陳陳紅朽價無騰。

五月生春貢六清，色香味可賽澄明。王孫直欲傾家釀，風味而今辨麴生。得遇醇醪甘窟室，不辭豪飲似用鯨。愛君南董操觚政，尚有酴醾解夙酲。

贈葉廣文御六　己丑

研珠點易碧窗寒，書卷風清苜蓿盤。花萼聯吟携愛弟，荆枝忍折耐微官。醍醐飲客筵中味，柏麝留香室裏蘭。棠棣碑成方二賈，聲名馳驟未爲難。

周澹寧先生里居　己丑

何必揚雄著廣騷，王公隊裏慣逋逃。徵書不起潯陽逸，翼贊何人用里高。五老園詩真惜墨，七旬叟夜尚焚膏。子孫愛護窗前草，長使青青似錦袍。

題珠江送遠圖　己丑

三年同官異升沉，只有文章結素心。讀罷驪駒添別淚，桃花潭水未爲深。

玉版新詞字字香，蒲帆如箭渺歸航。長河不少悲秋者，有恨同君吊楚湘。

秋曉珠江柳一枝，凝眸南浦送君時。展圖忽接清涼界，消盡炎蒸總不知。

臣心如水與鷗盟，指點郵籤算去程。獨有周南留滯客，夢中隨爾到寰瀛。

史冑司宮端奉詔祭波羅江，事竣言旋，爲太夫人七十稱觴，賦此請正 己丑

前輩風流記昔年，蓬山視草思如泉。上卿旌節迎牲幣，南海燔蕭慎吉蠲。五獻蒸禋看浴日，八騶呵殿儼登仙。歸朝贏得珠江集，牛渚清輝載滿船。

投金瀨水姓名揚，系出春秋君子鄉。代有聞人誇後勁，眼看學士總平章。弟兄對掌花甎上，父子齊名紫闥傍。前席待賢添盛事，玉驄宮錦一門強。

皤皤魯國太夫人，擁笏垂魚祿養申。整肅衣冠嚴答拜，教先詩禮擇交鄰。生階盡是芝蘭種，着膝無非廊廟珍。采菊佩茱斟薏酒，滿筵朱紫慶長春。

掄才玉凡浙西東，雁序龍文入彀中。并侍師門方薛董，每逢燕飲別宣崇。班荆尚念貧時友，肉食誰憐塞上翁。相遇花田欣執手，藹然招我坐春風。

贈胡厚存 己丑

晉陵名族海陵風,柳柳州曾記武功。絹出俸餘猶細審,書辭官紙肯嫌窮。何妨侍奉哦松下,不用辛勤冀瑟工。喜有佳兒成父志,霜鷹未許寄條籠。

姚令君夫人壽 己丑

年少列朝簪,刑家清白箋。和柔原一體,毘勉更同心。門內嚴冠履,閨中靜瑟琴。花時勤擊鉢,相賞有知道。

纔過天中節,榴花似火明。已增長命縷,恰值伯勞鳴。內助兼肥國,官方註美評。番君社稷器,不愧喚卿卿。

鄧然明世好 己丑

燕越淵源族譜長,標題積厚自流光。宋時尚主推名閥,明代掄才具國香。祠對綠屏山叠叠,門橫藍澗水泱泱。洛城殿裏推高第,兄弟同居君子鄉。

朱振子招飲并見六子,即席賦贈 己丑

隔坐關關小鳥聲,幽居曲檻最移情。尊彝盡是商周器,花木猶傳海島名。宋豔班香胸貯錦,王池董室墨為兵。臨行尚慾留髡飲,大笑峨冠已絕纓。

諸郎玉立已騰冠,王者香生竟體蘭。酥酪醍醐兼醴醒,瑤環瑜珥續琅玕。鷓鴣斑暖芬牙後,鸚鵡杯銜觸鼻端。剪韭論心名士會,高軒賦罷罄交懽。

柬王芥山索飲　己丑

一棹珠江舊雨來,參橫月落憶殘梅。小蘇人散歌猶繞,試館賓空雁亦猜。文運興衰爭頃刻,官場冷暖等浮埃。當年履舄看誰在,遲爾三春待舉杯。

重遊羊城贈李駿詒明府　己丑

明經治事異凡材,劍氣珠光物色來。豈有曹劉煩摸索,肯教班馬溷塵埃。栽花試展三春雨,製錦將分百里才。文字相知千古少,敢誇羅網石生媒。

和友人遊西樵十二載　己丑

烟霞錮癖愛山行,漸入雲深儼赤城。呵殿不聞人影小,棕鞋桐帽一身輕。

南浦生春障綠波,布帆斜刺等閒過。蠻烟瘴雨雲如墨,臥聽船頭蛋婦歌。

獨坐籃輿到海涯,疏籬茅屋兩三家。山椒一片紅如錦,不數香閨豆蔻花。

江風吹浪月溶溶，三逕黃花五鬣松。此日踏青逢上巳，水邊士女結錢龍。

唱罷山歌棄短橈，新晴并力插良苗。閒來僧舍凭欄望，口渴思將茗椀澆。

俗尚羲皇比屋封，日斜雲暗影重重。嫩黄紫碧分諸相，夢裏微吟記數峰。

十二層樓并五城，碧巖香願結三生。讀書談道西樵麓，空谷猶傳議禮聲。

雙岐八繭一齊收，携酒來聽黃栗留。浴日臺邊人漸杳，長竿月出釣槎頭。

白雲洞裏養靈根，漫説旋乾更轉坤。一粒須彌藏世界，海中日月氣能吞。

此生無酒便攢眉，辜負長城五字詩。聞說故人探勝去，三春行樂在乘時。

白髮丹顏漸返童，有才合住瀼西東。從今欲傍仙靈窟，朝願南風暮北風。

仰首青雲接紫烟，安期揮手此朝天。靈洲自有衣冠氣，遥映台星二室巔。

647

樊崐來命其三子出見，賦此贈之　己丑

門高可畏語須參，課子詩書味飽諳。添植竇家丹桂二，已分馬氏白眉三。忠清每憶元暉訓，韶令思諧濬仲談。多謝學生勞侍立，臨行欲別又停驂。

王謝階前玉樹姿，席珍待聘異凡兒。少年有志非溫飽，努力竷書惜歲時。已見才華齊軾轍，竚看科第并郊祁。側生掌上胭脂顆，都是田荆連理枝。

新寧齊明府畫燈　己丑

勁節幽香儒者風，偶然寫出此心同。借他一點光明火，透出琴堂化日中。

己丑元夕觀察丁學田尊堂劉太夫人八衺

鳳輦鰲山柱，平添兩夜燈。醉人占瑞世，秤士得奇徵。京國傳柑會，良辰設帨增。生春呼聖酒，萊舞及雲仍。

元正一歲首，華渚貫三才。浮磬非凡子，祥川毓聖胎。辛盤迎鳳曆，旛勝拂春臺。城闕明于火，還憑玉匙開。

農祥從此始，難老已忘年。四乳徵奇表，五雲集左肩。養堂尊母德，遺鮓感親賢。老福銀花字，蟠蟠雲滿巔。

高門看綽楔,清節凜冰霜。剡薦垂家誡,鳴機佐義方。梧桐生翠岫,葵藿向青陽。百歲籌添日,重來進兕觥。

二月望前一日壽糧儲陳荀少參 己丑

賜出黃羅好釀柑,桑弧蓬矢日之南。花朝屈指剛過二,月望當頭又洗三。甘谷繞籬思采采,侯門傍曉望潭潭。春時不盡長生酒,緣放紅綢富貴酣。

新安金明府壽 己丑

二月鶯花春正酣,女桑初長浴原蠶。開冰上巳鑽槐火,撲蝶華林駕篠驂。思向蓬池沾禊飲,遙看弧矢挂天南。他時八座稱難老,分得長生蕉葉三。

輓誥封夫人黃母王太君 己丑

江夏垂家範,鳴機頌女師。衣冠門內肅,琴瑟室中宜。爲嫂情均屬,寧姑器鮮私。膠弦不易續,那得此兼資。

夫子人中傑,還憑內助賢。平反嚴出入,讞決破拘牽。執燭言頻勸,酬庸歲幾遷。于張徐杜後,母德可移天。

坤道原柔順,宜家列素屏。燕居勤昧旦,答拜儼明延。不異金蘭友,相須日月形。一朝蟬脫去,悲感涕先零。

賢名型四國,積厚喜多男。黃裏詩無詠,白頭吟未諳。諸郎忘異乳，一味必分甘。默護繁桃李，千秋生意含。

朱母八十壽　己丑

義重朱公叔，升堂奉太君。禮儀虔拜母，進退儼成交。幾閱葭灰節，難拋布總裙。履端逢百歲，旨酒已熏熏。

所天齊孟案，中道忽先摧。剗薦思留客，丸熊苦教兒。星回剛大耋，歲首又新支。花甲年年會，瓊瑤王母池。

講武迎冬索，皤皤老福年。華堂添繡襪，獻歲擲金錢。鳳曆延長命，椒花頌肆筵。願隨子姓後，桃實祝三千。

元旦壽丁學田觀察　己丑

諸儒尊漢傳，奪席自丁鴻。歲首鍾於旦，官資直到公。綠雞懸戶上，玉燕啓天中。恰喜青旛候，滿街放鴿籠。

風物真聞美，家家慶履端。椒花簪綵勝，柏酒佐辛盤。月吉始和布，農祥晨正寬。外臺分五節，一路得人官。

梅東草堂詩集卷之九

留　　別

大中丞范自牧先生

玉節牙幢劍佩摩，中丞家學尚漸磨。民風所喜趨平易，王道無偏却細苛。宥過必三情可恕，求賢若渴禮爲羅。布帆一幅冬歸候，回首珠江尚綠波。

官端史胄司祭告還朝

海幢小立望旌麾，使畢還朝未滿期。但願片帆歸去疾，不將一物土中宜。家門經過因將母，道路咨諏遍采詩。惜別故人情最重，爲憐失路獨遲遲。

懷桐城江在湄前輩

苦向寒爐撥冷灰，杜門終日鼓枵雷。貪泉也索枯魚肆，廋嶺虛誇止渴梅。豈願交多投濫刺，只愁才盡恥空罍。綈袍張祿誰優匄，不是江郎賦不來。

樊學使崑來

懷中漉剌我非狂，慷慨悲歌字挾霜。風爲馬牛分順逆，頭因黍麥辨低昂。范張一諾言猶耳，管鮑分金取不傷。易理深微先悔吝，補牢未晚鑒亡羊。

聞達窮愁總一般，每因世態淚潸潸。曾看一死輕于羽，嘗視千金重若山。歎息榮華同幻影，權衡義利認儒關。故人不爲流言惑，離合天心反掌間。

廣州葉太守

鰲禁神仙共譾娛，曾從末座識夷吾。佐州屢賜緋魚袋，入粵新膺銅虎符。騷雅文人鎸屐齒，清廉太守濯冰壺。詩中有畫維摩詰，莫吝珠江送別圖。

番禺、新會兩邑侯

邑宰詩才誰最強，每稱姚合與長康。番君大將人人得，吳下孤軍面面當。賴有苦吟針俗耳，借他餘事補貧囊。梅東歸去心聲遠，風雅微權出五羊。

憶新安尊公金長源先生

三山方伯擁鳴騶，部署東南領八州。治譜已經傳令子，鄰封誰不識賢侯。連疆閩越恩威遠，接踵公孫仕學優。偶到海隅尋樂土，柴桑深處有巢田。謂及孝廉隱居之地。

瓊山、臨高兩令君

曾過海外賞奇文，一見今知勝百聞。貶謫才人成獨步，搜求古蹟得濃薰。花香鳥語奚囊滿，月榭風簾仙吏分。水上一軍成壁壘，各張旗鼓立詩勛。

抵關

河海汪洋樂就深，相逢誰耐歲寒心。曲針那得通磁石，利斧空携入鄧林。詩料儘多裝不去，月光雖滿載難沉。韶關使者掀髯笑，賢令人情直一金。曲江送過關口。

飲保昌李澄園署中憶東莞

西秦二李盡仙才，辭却函關度嶺來。香國沾衣經半月，花陰滿路賽官梅。灣灣水石清于齒，叠叠山峰翠作堆。早晚金莖分賜出，兄酬弟唱讓先杯。

晤保昌兼懷錢子華大令

湘靈才子宦遊情，賞雪龍門歌妓迎。求友昔年思北道，得朋此地識西京。同時自合芝蘭味，一見能將肝膽傾。執手方殷忘欲別，何須酸楚作愁聲。

居停朱照廳

綠水芙蓉儉府才，相公嫡派屬雲來。風鸞有種原孤立，雞鶩成群反見猜。良醞三升人可戀，春風一室晝常開。繩床特爲吾家設，欲別還留日幾回。

梧岡舊曲江

觧人何用不平鳴，甑破渾忘寵辱驚。愧儡功名原是幻，風霜字句頗非輕。已知衾影能無愧，須信天機覩未萌。千古是非公論在，果然臣罪坐真清。

君山、葆羽兩世執

俱是桐山席上珍,王家叔姪謝家昆。姚嶲氣誼原同調,方令才華亦可人。敗絮荆榛竹自苦,滿懷風月坐生春。建康風味醍醐似,何不清談就飲醇。

二曾、漢英兩表弟

珠海經年話苦辛,相看鬖鬖各如銀。熱腸慣是濃時誤,俠氣偏於冷處真。老去漸知文字貴,客中唯覺弟兄親。飄飄風笛吹離別,滕閣先容慰問津。

君是詩豪亦酒豪,才名不肯逐時髦。嶮巇世路人情幻,倔強生成野戰麈。小謝善書常左右,大蘇鍾愛慣嘲嘈。歸來欲訪孤山鶴,只向南高與北高。

懷子載兼柬繡翎

易堂耆舊古人心,此地相逢有嗣音。萍梗敢忘傾蓋友,笛聲長憶倚樓吟。時從家孟公奇賞,但到良辰即共斟。有日南湖尋唱和,柴門啓處認花陰。

澹寧及故人子

書劍年年汗漫遊,誰知失路困炎州。尉佗餘習仍蠻俗,南漢遺音半狎優。接引名材先古學,挽回風氣尚清流。伯苗冥契潯陽老,不爲江山亦小留。

憶　　家

纔返江鄉又別離,出門惘惘欲何之。一家老少儳驅田,同患妻孥痛定思。已識世無彈鋏客，那從人乞買山資。鶩文自笑非常策，魯相公儀扛拔葵。

寄善長兒

我向南行爾北看，郵籤萬里各心酸。爾歸醉里春猶半，我滯章江歲又殘。可笑客途多彳亍，全憑家問報平安。囊空羞澀無他寄，小傳新詩一例刊。

將之楚

一路炎荒聽鷓鴣，逍遥託足儘歡娛。風花滿眼逢場戲，山水隨緣過隙駒。快意逢人談娓娓，悶時對酒泣烏烏。今朝撇却羅浮夢，又渡湘江訪小姑。

思歸

昔年老友結營巢，秋雪臨軒坐檻凹。着意讀書貪客問，閉門索句怕僧敲。天光雲影清閒局，雨笠烟簑冷淡交。只有釣徒三兩個，不分投膝與投膠。

到處荊榛設罻羅，側聞行不得哥哥。也知名利原爲餌，又況居諸似擲梭。楊柳烟中聞鐵笛，菰蘆灘上起漁歌。新巢口血乾猶木，營得香泥燕一窠。

寄謝蔣子蘊寫照

游藝文人色色精，豈徒詞賦擅西京。朱陽館主傀高士，黃鶴山樵王权明。於越地靈鍾秀骨，炎州瑞靄毓香名。爲開生面留青眼，雙管拈來洗俗塵。

同年張曲江

曲江聲價古名儒，家學瀟源好步趨。風度昔年名獨擅，宦游此日政相符。河陽潘岳尋花至，蜀道相如負弩驅。挂笏西山看不厭，放衙豈爲急征輸。

同是天家折桂生，君栽桃李我蕪菁。民生疾苦除其甚，治忽機關視所行。年少有心齊結綬，海隅何幸此班荆。升沉異路關情最，戴笠乘車自古盟。

世執李東筦奉召入都，
喜并舟十八灘中，即次見贈原韻

櫂歌聲裏喚黃頭，人羨登仙李郭遊。魚鳥易邀羈客玩，江山肯爲宰官留。鬱林穩載全無石，竹葉輕裝并引舟。萬里王程馳驛去，願登台輔量休休。

一回談罷一低頭，華嶽蓮花想勝遊。搔首問天誰比擬，搜腸索句敢停留。罰依金谷寧辭酒，風送滕王少滯舟。他日西湖訪世好，吟壇到老不甘休。

謁贛州楊人庵將軍

雄開幕府禮游巖，嗜好終身不食鹽。熟識機宜煩御扎，留心疾苦重民巖。雅歌對酒談三畧，甲帳裁書得百函。下士登堂勤倒屣，一程相送別風帆。

過南安吊陳香泉太守

門閥崔巍羨貴游,蘭亭熟與古人優。波分三折精神飲,筆用雙鉤點畫遒。酒社幾曾忘老卒,吟壇不敢僭先籌。南安署裏尋遺藁,猶自朝朝踏戶求。

答陳與勛武舉

班荆話舊五羊城,日暮途窮肯倒行。辛苦風霜七十叟,飄零湖海六千程。世人冷暖心何窄,天道盈虛理甚平。孝友百年門第盛,相期努力振家聲。

憫僕

本是青衣厮養徒,車前馬後儘傳呼。相依穎士忘其苦,不及方回所以奴。洒掃幾曾清垢面,紀綱時亦恃長鬚。一身況瘁捐殊域,送爾歸魂慰髮膚。

寄南贛楊人庵將軍

開倉發粟散陳紅,招集流移第一功。籌畫有方民食重,指揮如意笑談中。興師閫外將軍令,坐論行間儒者風。文事自來兼武備,萬邦爲憲古今同。

帥府今爲有脚春,我來何幸謁清塵。流傳翰墨才無敵,散落珠璣語逼人。籬角盡收巖下電,拙藁一覽無遺,且採陳言送友。山厨擬作席間珍,吐哺握髮開賢路,四海歸心柱石臣。

南贛將軍公子又束

翩翩翻羽已成交,刷翅能空百鳥群。立掃千軍唐四傑,高懸一榻漢三君。相逢自笑來何暮,臨別翻愁袂欲分。檢得鷓鴣香片片,願爲班馬作爐薰。奉寄女兒香。

青雲萬里即官梯,咫尺扶搖近紫泥。豈有名材非杞梓,果然聖菓屬楂梨。坐無酒史監雙斗,酌以大斗幸酒政不苟。背有詩囊立小奚。南浦布帆留半日,多情端爲主人稽。

泊舟章門喜遇同年沈南季太史,招我同登滕閣觀日落處

夾來雨水似明湖,傑閣凌空一面孤。倒影金盆看落日,捲簾沙渚亂飛鳧。詞臣獨踞江山勝,坐客平司書畫廚。千古文章蘭蕙味,滕王蛺蝶有還無。

直上層巔未可攀,清塵追步愧癡頑。王楊盧駱三君遜,晉宋齊梁八詠閒。歷歷晴川樓外鶴,悠悠画檻雨中山。品題不是才人筆,勝地難分伯仲間。

上郎撫軍

千頃汪洋綠潑油,恃公雅量若安流。洪都賴有長城險,江左全無南顧憂。理亂絲如抽緒繭,欲操刀不見全牛。十三郡務車輪轉,一日

腸應一萬周。

鎖鑰西江領豫章,百花洲上集帆檣。此盈彼縮權通糴,舊澤新恩肯畫疆。噴雪飛來光似玉,落霞看去錦爲裳。春風大地無私拂,柳色成陰覆隔牆。

高煥然將軍招飲

龍驤麟振古元戎,百萬精兵貯腹中。豈以行軍忘俎豆,早于極北奏膚公。黃驃昔日原飛將,白麵書生願下風。且喜太平無一事,吹笙鼓瑟拜彤弓。

瀛臺舊識醉華筵,此日牙幢劍倚天。偶到西江欣執手,相逢滕閣敢隨肩。經過庾嶺探梅使,夢想柴桑對菊錢。門外故人留澶刺,八驤遙望似登仙。

南昌太守王梅侶先生

前稱廣漢後文康,千古名賢謝與王。莫竭東南真召杜,不求溫飽勝龔黃。清談自合超塵表,家誡何心辦越裝。江左夷吾人盡識,得觀全豹許斟量。

瓊林瑤樹冠當時,器度能容寸管窺。揮麈敢邀濬仲賞,盜牛莫使彥方知。臨書早脫腹中藁,入夜還摩道左碑。世守青箱家學盛,三槐從此位台司。

承南兄贈詩即次原韻

舟居無水陸無區，天地何心作竈爐。鐵網已曾經一拔，條籠焉用苦相拘。畢生願化桐花鳥，有志羞爲伏櫪駒。明日別君西楚去，鄱陽湖接洞庭湖。

豈是浮沉夷惠間，忙中草草慣偷閒。何妨出入由于竇，自有乾坤即此山。榻爲故人懸不解，門因俗客設常關。他時若過南湖畔，里巷鐫名記姓顏。

聞同年張雪書掌坊奉命督學粵東，却寄

紅箋名紙記當年，便隔金泥敢并肩。玉尺掄才江左盛，_{前典試江南。}冰壺校士嶺南專。元和聲價留清秘，承旨談經近御筵。老友叮嚀無別語，求賢若渴慎臨淵。

誰言前事後之師，欲起聲名在此時。大海狂瀾容易挽，荒田蕪穢不難治。立身自信夷兼惠，處世休過亢與卑。聖世憐才情最切，青雲一蹙到台司。

訪南康司馬蔣蘿村

半刺青牛驥足先，匡廬紀德口碑傳。昔年治譜看藩岳，此日廉聲并潁川。山水徙容閒嘯詠，友朋歡譃是因緣。定西家世原勾乘，梓里千秋事可鐫。_{令祖原籍浙江諸暨人。}

太平別駕仇學周爲同年滄柱閣學令姪，奉督撫命買米江右，喜遇于此

日月湖西西子湖，曾隨大阮躍天衢。通門兩世聞高躅，半刺三山異俗儒。喜見龍文成末契，每思石友已中樞。帆檣一幅逢傾蓋，白髮蕭蕭撥冷爐。

袁鳳攬以詩見投，和韻答之

自慚儉腹噪空雷，山水因緣風月陪。名士關心欣一面，好詩多讀約千回。天寒愛就南榮日，歲晚愁縈麥尾杯。書罷名箋思側里，那從人覓夜明苔。

燕石何堪比日華，臨江不敢賦懷沙。入關南去尋芳草，乘興西來看落霞。寂莫生涯甘剩炙，徘徊澤國式鳴蛙。如君意氣高千丈，肯鬭人間錦上花。

奉新莊令君

簪笏相傳物望尊，清于三峽瀉詞源。盛朝富庶過天寶，巨手文章溯漆園。作吏嚴明如谷響，對人談笑得春溫。蘭陵美酒盈千斛，許向驢前共竹根。

謁故人董特瀛先生督學西江

昔年仙吏去仍回，金石絲桐作賦才。委羽山前天姥洞，聞琴橋下

伯牙臺。宦遊所至憑歌嘯，政事餘閒待剪裁。此日采將名勝地，好供水鏡細敲推。

二

官評物望借銓衡，方駕裴王量不盈。風月坐談無可間，塵埃滿榻抑何清。五雲晝見瓊林宴，一夕傳來玉笋名。聖主得人經兩試，鳳鸞接翅盡門生。

三

丹詔新銜自玉堂，衡文江右矢冰霜。雷聲騰出千人口，文談高于萬仞岡。取士先須求結緣，掄才何必限驪黃。從來妙手逢青眼，破壁飛如穎處囊。

四

憶別春明廿載零，出逢歧路髮星星。謫居塞外仍重足，歸臥山中只半丁。恃有雞壇相揖語，敢邀蘭譜兩忘形。老年最苦無錐立，大海浮沉一葉萍。

奉訪世執楊威遠先生

愛作逍遙物外遊，風期俊邁四君儔。馳聲輦轂人爭識，退跡江湖志自求。緩急扣門誰可恃，有無一諾熟爲籌。曹劉沈謝從頭摸，千古賢豪水乳投。

君之昆仲我之師，休戚何分通塞時。得失一官如敝屣，門徒相戒守藩籬。楊津侍坐辭先飯，子柳班貧鮮立錐。近得五茸消息未，可能常寄草堂貲。

叠鳳攬韻贈兩蒼潘四哥

凌雲可許附陳雷,狂態如臣忝作陪。珠海相逢談未竟,玉臺一別駕先回。非因彈鋏留殘歲,無限傷心付此杯。聞有專房如絡秀,待趨湯餅踏莓苔。

少年豪興喜繁華,一旦閒鷗卧淺沙。裁句工時慚錦繡,入山深處覓烟霞。客居願飽榆糜粥,草閣愁聽鼓吹蛙。待到陌頭楊柳色,春來無處不飛花。

又叠韻贈靖公同學兄

官場羞説禹門雷,玉趾臨軒伴食陪。早是賢關看不透,未經百折已思回。心傷世事同棋局,恨塞胸堂借酒杯。願得素心談往事,隔籬爲爾破蒼苔。年來無事欺苔華,欲長蓬蒿不聚沙。蓋世功名終辟穀,半生經濟學餐霞。何須知往求乾鵠,堪笑今人盡井蛙。獨有先生明出處,眼前朱紫等菱花。

寄別楊人庵將軍

賢豪知遇事非輕,燭影高懸引旆旌。丹石寸心傾斗府,青雲萬里驟王誠。渴呼鹿血醍醐味,手拓弓弦霹靂聲。夕脱羊裘朝佩玉,腰間金印大如罍。

羞殺崔家百萬銅,出關誰識棄繻翁。寵邀錫命封王父,日覲天顔侍澤官。忠孝于今難比擬,班資到此極尊榮。高車駟馬看誰在,獨有錢愚弗與通。

大戟毛錐武與交，爲霖爲闓兩平分。牧頗在禁均元老，平勃交歡代北軍。儒將憐才香共惜，元戎愛士馬空群。蕭蕭兩鬢摧頹甚，猶向人前作齒芬。

西江寫不盡瘢痍，退跡江湖誓守雌。知己片言誠可感，有文百軸自相隨。春冰欲泮談何娓，秋月相依人更宜。他日八驪能見訪，南湖一曲穩樓遲。

世執段百維先生初蒞西江驛鹽道

連轄東湖事出群，源清流潔溯綾紋。名均日月波源闊，四明章門有兩東湖，兩日月湖。水號炎涼意不分。冷暖二泉同出一水。欲泛剡溪違畫楫，公宦浙時不及奉訪。恰從南浦傍卿雲。掃門便倒迎賓屣，願借餘光仰德薰。

曲蓋朱幢翠羽旄，襜帷不蔽有誰撓。權衡鹽策輪商困，對勘銅符省驛騷。萬里青雲年尚少，一圍玉帶位逾高。飛談勝氣連朝霧，鳳翮搏風上九霄。

楊又東公子元娶王麓臺閣學令愛，今續配即其女姪，合巹之夕，爲賦却扇詩

遴選名材賦析薪，孰如揚億摘星辰。高門坦腹逢雙璧，有女乘龍并一人。大小姨夫非亞壻，後先僕射屬良姻。二喬往事休誇美，歐九分明再現身。

欲續琴聲第一弦，八蚕抽繭緒綿綿。閨聯朋友金蘭似，調叶君臣魚水緣。對影燈前親旖旎，合歡扇底露嬋娟。算來恰值中秋會，穩卜宜男耀鬢蟬。

題董友燒丹圖

服食丹砂總學仙，廬山深處結人緣。何如賣藥多栽杏，董奉家風有嫡傳。

友人毛虎臣于幕中納寵，詩以嘲之

新年猶未八耆英，聘得佳人正爛盈。十載鰥魚誰過問，枕邊微聽喚卿卿。

幕府蓮花恰并頭，鴛央池上盪輕舟。雙莖紅白交相映，解語從來愛勝流。

香閨蘭友喜同斟，燈下重調綠綺琴。昨夜茂陵新却扇，更無人唱白頭吟。

手裁口答豈才窮，游戲交人造化功。不爲榴房貪結子，口脂一滴愈頭風。

讀李節母九十考終事不勝豔羨，特爲賦此

見說文孫孝感虔，那能讀竟蓼莪篇。一身仰事承三代，百歲將登見六傳。里巷口碑如沸鼎，門庭棹楔已衝天。只今節壽流芳躅，千古

人稱母德賢。

題呂振宗散花圖

袈裟露頂一瞿曇，佛法無多仔細參。不現如來金色女，幾乎錯認普明龕。

誰辨前身與後身，真中疑假假疑真。紫衣禪客今生果，紅粉佳人未了因。

寄老友邵柯亭失官昌邑

貧賤交情耐久朋，每于別后想東陵。不因人熱情非矯，間亦書空淚滿膺。蔡琰品弦分燥濕，易牙辨味別淄澠。百年自許心期久，只有寒號可語冰。

菜根滋味續書香，最羨高門著義方。沉默渾深名自顧，瑤環瑜珥意差強。早思結綬同標榜，其那離群各老蒼。千里素心憑一紙，何時重會語江鄉。

樂山乃殿先長君也，相遇灌城

故人之子遇滕王，話舊班荊各異鄉。塞外春秋憑草木，歸與湖海托津梁。已知得失同春夢，猶自飛鳴寢故蒼。聞說謝庭多玉樹，管中觸目見琳瑯。

自古文人器識先，出山無異在山泉。圭璋比德光難揜，机杼成章志倍堅，官紙不書真令子，老成難得是青年。相傳家學源流遠，椿桂聲名即力田。

題雪樵姪畫尹靖公燈上蘭竹

誰道無人谷自芳，偶乘濃豔熱中腸。燕姪久叶青青夢，試與庭階鬪國香。仙姿九畹碧叢叢，一到深秋色漸紅。羅綺宮中爭買得，不盛磁斗却紗籠。

白描好手勝雕鏤，企賢姪留心金石篆籀之學。瀟碧堂前早署銜。留得渭川真影在，飽看畫棟也生饞。蕭疏過過似便娟，愛與清流結勝緣。冒雪停霜空色相，不勞鑽火亦能燃。

答袁鳳覽採茶歌

袁山之名何所始，高士袁京曾闢此。峰迴路轉着屐登，太守來茲五年矣。儉府蓮花應阮才，終朝握管封庭梅。不愛狂花甘水厄，一朝賈客呈鷙雷。仙掌龍團隨地產，郢復襄唐齊入選。比君陽羨造更佳，綠脚雲垂方蟹眼。作歌歌出金石声，老痴論難鋒相生。介橋一出世無價，碩渚春前敢抗衡。我聞太守家日鑄，園亭亦種清人樹。盧仝七椀腋生風，陸羽三篇手自註。吁嗟乎，榷茶使者號茶綱，中鹽輸帛備饑荒。年年驛遞誅求盡，何似多栽陌上桑。

贈九江府太守朱敬威

名勝從來少俗吏，清風明月差強意。箕穎高懷獨往還，絕口不談當世事。腰折五斗恥爲官，太守焉能折簡致。王弘載酒託故人，追隨微服遊山寺。情投意合兩相忘,九日籬邊白衣至。丈夫肝胆豈易傾,頓爲心知拚爛醉。千秋佳話世所傳,豈料南陽復遇此。尚書之姪恒屢空,布囊敝簀豆兩器。羊腸馬瘠老潯陽,二十年來稱臥治。訟庭閒暇郎吟詩,廊廟常懷山水志。何家殘客孰敢干,一榻空懸待徐穉。西陵有客倦于遊,快然堂上逢刺史。一言投洽藹生春,戛石敲金成鼓吹。明朝襆被又何之,喜得匡廬東道主。嗟嗟王弘朱博互相輝,可憐世上無栗里。

尹靖公連舉二子,詩以賀之

一樣宜男不少偏,寧馨家種畧分先。徵蘭叶麥多奇骨,有鶴從空并集肩。豈必珠璣生老蚌,自來瑜耳産藍田。眼眉謨頤成名士,門户方知絡秀賢。

君是天邊南極星,偶來塵世主山靈。迴思乃祖科名譜,況守家尊忠孝銘。慷慨一生成季諾,逍遥六甲歷堯蓂。江皋解佩逢仙女,小弄神通送二鈴。

題企賢姪乘槎圖

海上星槎一葉多,張騫乘此犯天河。濟川本是男兒事,雙手能回萬里波。

置身沆漭渺難儔,浴日包天水積浮。習坎乘虛行有止,金湯恃尔作安流。

陳廷求以月夜聞笛詩見示，依韻答之

七言長似五言城，描寫梅花入骨清。慈母山前吹斷續，天津橋上聽分明。倚樓欲喚離人枕，乘月能移逆旅情。賈客不須頻悵望，魚龍噴躍夜濤鳴。

嘲袁鳳覽腰痛

才高莫怨命堅頑，因病今朝翻得閒。折臂尚符黃閣識，曲鈎應有紫泥頒。髮膚小損猶生痛，肩臂相連那不關。夢想香粳同縮項，午餘攤飯小歡顏。

四枝欲舉不勝衣，僵臥藤床怕指揮。料是苦吟移帶孔，豈因清餓減金圍。木猶有理從繩直，俗不能醫羨義肥。借得神針剛一服，霍然病已喜投機。

企賢姪以點筆軒印譜索題

莫謂雕蟲壯不爲，金標玉版興淋漓。周宣大篆風斯古，程邈方書學者規。大帝雨珠防粟貴，深宵鬼哭洩機危。文人游藝先依據，次第工夫似累絲。

圖書在版編目(CIP)數據

丁澎文學家族詩集/(清)丁澎等撰;多洛肯點校.
—上海:上海古籍出版社,2019.1
(清代少數民族文學家族詩集叢刊)
ISBN 978-7-5325-8766-7

Ⅰ.①丁… Ⅱ.①丁…②多… Ⅲ.①古典詩歌—詩集—中國—清代 Ⅳ.①I222.749

中國版本圖書館CIP數據核字(2018)第047718號

清代少數民族文學家族詩集叢刊第二輯

丁澎文學家族詩集
(全二册)

[清]丁 澎 等撰
多洛肯 點校
上海古籍出版社出版發行
(上海瑞金二路272號 郵政編碼200020)
(1)網址:www.guji.com.cn
(2)E-mail:guji1@guji.com.cn
(3)易文網網址:www.ewen.co
上海惠敦印務科技有限公司印刷
開本890×1240 1/32 印張24 插頁4 字數602,000
2019年1月第1版 2019年1月第1次印刷
ISBN 978-7-5325-8766-7
Ⅰ·3257 定價:118.00元
如有質量問題,請與承印公司聯繫